U0807710

日本文学现代特质研究

曹永馨◇著

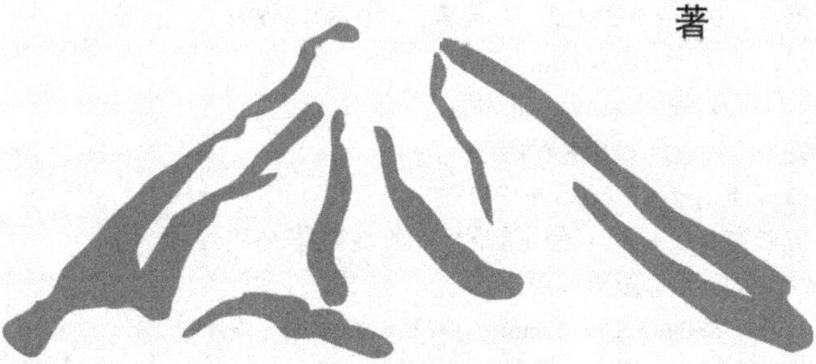

国家一级出版社 中国纺织出版社 全国百佳图书出版单位

图书在版编目（CIP）数据

日本文学现代特质研究 / 曹永馨著 . -- 北京 : 中国纺织出版社 , 2019.4
ISBN 978-7-5180-4681-2

Ⅰ . ①日… Ⅱ . ①曹… Ⅲ . ①日本文学—现代文学—文学研究 Ⅳ . ① I313.065

中国版本图书馆 CIP 数据核字 (2018) 第 025425 号

责任编辑： 范晓雅　　　**责任印制：** 储志伟

中国纺织出版社出版发行
地　　址： 北京市朝阳区百子湾东里 A407 号楼　**邮政编码：** 100124
销售电话： 010-67004422　**传真：** 010-87155801
http://www.c-textilep.com
E-mail：faxing@c-textilep.com
中国纺织出版社天猫旗舰店
官方微博 http://weibo.com/2119887771
北京虎彩文化传播有限公司印刷　各地新华书店经销
2019 年 4 月第 1 版第 1 次印刷
开　　本： 880mm × 1230mm　1/32　**印张：** 8.5
字　　数： 190 千字　**定价：** 58.00 元

凡购买本书，如有缺页、倒页、脱页由本社图书营销中心调换

前　言

在讨论日本文学现代主义特征时，特别是讨论日本现代主义理论的时候，我们显然无法将“现代主义文学”仅仅限定在狭义的日本现代文学史概念之中，应该从更为广阔的视野之中把握现代主义文学的理论与创作现实，既要留意1920—1940年前半期的“艺术派”的文学创作，也要注意到发生重大变化的战后日本文学的现代主义因素。只有这样，才可能保证现代主义文学的讨论不致陷于一个过于狭窄的范围之中。

1896年的明治维新在给日本带来西方科技的同时，由于“文明开化”等口号的提出，日本近现代文学也应运而生，它在短短的时间内积极吸收西方先进文化，完成了欧洲自文艺复兴到世纪末数百年的漫长路程。自1912年大正时代开始，日本近代文学进入分化期，在社会需求及文学自身发展等各方面原因支配下，原本以自然主义独尊一方的文坛情景被取而代之。日本现代文学登上了历史的舞台，芥川龙之介、川端康成、村上春树等领军人物，因此更是因其在文学内容和形式上的独辟蹊径、刻意追求，因此对日本文学产生了极大影响。

从第二次世界大战直到20世纪末期，时代的疯狂造成了个人思想上的偏激虽然是必然现象，但是带来的结果却是很惨痛的。这一时期，日本文学同日本的政治一样，也进入毫无美感的黑暗期。明治时代的文学巨子森鸥外在《鼎轩先生》一文中说：“我把日本的现代学者分为一条腿走路的学者和两条腿走路的学者。一条腿走路的学者的意见是偏颇的。因为是偏颇的，所以一用于实际就会出现问题，听从东方学者的会过于保守，听西方学者的就会成为激进的。”然而他断言日本需要的是“两条腿各立足于东西方文化的学者”，提出了“以西方文化之眼光观察东方文化，想取彼之长以补我之短”的见解。其中夏目漱石、森鸥外、川端康成等把古典与现代结合，谱写了日本文学现代化发展道路外，其文学特征具有明显的现代主义精神。随着时代思潮的发展，任何一位日本作家如果直面世界的变化就不可能无视西方各种文艺思潮的存在，尤其对与现实主义相对应的现代主义文学思潮绝不会充耳不闻，这也把日本文学的现代特征表现得淋漓尽致。

在东西方文化交流的今天，各国文化都具有了自己独特的现代发展意识，日本文学现代主义特征发展状况是一个值得探讨的问题。本书中，作者首先从总体上分析日本文学现代主义文学特征所产生的具体文本。其次，从现代主义作品的流派、表现技巧与内容、表现形式等方面做进一步分析。通过梳理日本近代后期的文学特色，对尾崎翠、芥川龙之介、川端康成、村上春树等作家的作品进行深入分析，勾勒出了日本文学现代特或质的表现形式，力图将日本不同于传统文学的变相形式在诸多文学之中找到契合点，指出文本中本身存在的现代主义文学特征。

本书介绍了这些文本在思想内容上所具有的异化主题、悲观虚无思想、现代“真实感”；艺术特色上的反传统文本形式、诗性语言；意义上的对传统日本文学“善”“美”的反拨、对后期日本公认现代派的影响及由此引发的对日本现代主义文学特征的思索等。在大量的文本分析基础上，以芥川文学为代表的日本文学的“现代主义文学特征”得以明晰地呈现。鲁迅先生在《罗生门》中指出“取古代的事实，注进新的生命，便与现代人生出干系来。”现代社会中，人们所普遍关注的人性、生存等根本问题在日本文学中时有出现。在东西方文化交流的今天，各国文化都具有了自己独特的现代发展意识，日本作为亚洲唯一一个独立走向资本主义的国家，日本近代作为一个文化特殊时期，它的文学现代主义特征发展状况是一个值得探讨的问题。相信在全球化快速发展的今天，日本文学作家必因其文学中开启的日本“现代主义特征”问题而愈来愈得到学术界与社会的重视与认可。

编者

2018 年 12 月

contents

目录

第一章

日本文学与日本文学的现代主义

第一节　日本现代主义文学

讨论日本文学，特别是讨论日本近现代文学史时，时常会使用一些西方文学的概念来解说日本近代文学发展过程的特点。讨论日本文学史时所使用的现实主义、浪漫主义、自然主义、唯美主义、现代主义、后现代主义等文学概念，可以说都来自西方文学。甚至可以这样说，如果不使用西方文学的概念，有时就很难讨论日本近现代文学。自然，在讨论“日本现代文论”这个宏大题目的时候，我们同样无法摆脱西方文学的框架，仍然需要使用一些西方的文学概念进行讨论。但是不可否认，即使无法摆脱西方文学的框架，也并不意味着日本现代文学就与西方文学完全等同，即使使用了西方的文学概念，其内涵也未必与西方文学概念完全相同。所以，我们有必要在一些基本概念上进行辨析，以加深对日本现代主义文学的认识。本节主要讨论日本“现代主义文学”概念的基本内涵以及其所涉及的文学现象。

当我们关注日本现代文学史时，特别是讨论日本20世纪20~30年代的文学发展的时候，必然要碰到「モタニスム」（MODERNISM）这个词汇。翻译成中文，应该是“现代主义”。但是在日语中，这一词汇的内涵却有着它自身的意义。首先，“现代主义”表示迎合现代流行与感觉的倾向，具有所谓新潮、现代风潮之意。其次，在艺术领域，它所指的是与传统主义对立、试图以现代感觉进行表现的倾向。在美术领域，现代主义则指试图将前卫艺术的各类运动符合现代感觉的态度、运动。而从文学的意义上看，「モタニスム」这个词汇特指大正末期至昭和初期的新感觉派、新兴艺术派等一系列文学、艺术运动。也就是说，日本文学方面的所谓“现代主义”一般指的是由两个文学流派所构成的文学运动，即日本现代文学初期的重要文学流派“新感觉派”与“新兴艺术派”的文学活动。尽管日语词典从三个方面对现代主义的内涵进行了比较清晰的解释，明确了这个词汇的意义差异，但是这并不意味着它所解释的三个方面是孤立的，三者之间毫无联系。其实，如果从迎合现代流行与感觉的角度来看，日本20世纪20年代的文学与当时的现代流行风潮有着密切的联系，甚至可以说，没有欧美的新生活方式的影响，没有飞速变化的摩登世俗生活的外部环境的作用，日本新感觉派的产生可能就会变得十分困难，新兴艺术派的描写也许就没有了合适的对象。

日本1889年（明治22年）全国只有31个市，而到1920年已经发展到81个市，总人口的百分之二十都住在城市。到1925年，这种城市化的现象更为突出，东京郊外的人口已经超过市区的2倍，形成了工作在市中心、生活在郊区的现代工薪阶层的生活雏形。新的社会中产阶层此时开始形成、扩大，回应来自新阶层的文化需求的新文化也就应运而生，这就产生了以美国文化为基调的所谓「モタニスム」。此处的「モタニスム」也许译作“摩登主义（风潮）”更合适。这种摩登主义风潮表现在青年男女的时装、发型上，表现在摩登男女沉迷的咖啡馆、舞厅上，表现在更多的灯红酒绿的摩登娱乐文化之中。正像著名评论家矶田光一明确指出的那样：“新感觉派文学运动的基础正是《东京进行曲》的现实”，这种摩登风潮可以说是新感觉派发生的巨大背景，所谓《东京进行曲》表达的正是一种都市生活的抒情。继新感觉派之后，于1930年出现在日本文坛上的“新兴艺术派”，同样与关东大地震后都市人的虚无、享乐的风潮有着密切的关系，他们表现的是那种迅速流变的摩登社会“黄色、荒诞、无聊”的表象。在日本近现代，艺术领域以及美术领域是接受西方文化艺术思潮最为迅速的领域，日本文学与艺术、美术之间的关系也是日本文学研究者极为关注的，它们之间的相互影响关系无法否认。“未来派、立体派、表现派、结构派、达达主义、超现实主义”等前卫艺术潮流确定了20世纪艺术的基调、方向，形成了其历史性格。进而，不仅在欧洲发生国，而且作为国际性浪潮之一环，给以新感觉派的文学运动为基础的日本现代主义文学的历史性发展以结构性的影响。”由此看来，现代主义虽然涉及社会文化、艺术美术、文学创作，但是这三者在日本这一大的背景之中，还是相互联系，并非各自孤立的。

当然，词典对于现代主义三个层面的分别解释并没有错误，这种解释表明了使用“现代主义”这一词汇时需要分别理解的不同侧面。当强调现代风潮的时候，人们需要看到社会文化现象之中对于现代生活的追求，在讨论艺术、美术方面的现代主义的时候，人们看重的是对于传统表现形式的冲击、否定以及全新的创造，在谈到文学时，人们则将视点集中在20世纪20~30年代重视文体试验、重视时代新感觉、重视都市描写的新感觉派和新兴艺术派之上。在文学意义的词义解释之中，日本的“现代主义文学”显然与20世纪欧美的文学潮流有着无法否认的联系，甚至可以说此时的日本的现代主义文学就是欧美以城市生活为背景、否定近代文学传统的、前卫文学运动在日本的实验活动。

但是，我们在中国的文化环境之中讨论日本现代主义文学时，显然存在一个无法回避的问题，那就是是否仅仅依照日本文学研究者的“现代主义文学”的概念描述日本现代主义文学就可以了？与日本文学史上的现代主义文学概念相比，中国文学研究界所使用的现代主义文学概念显然更为宽泛，所包含的内容也更为丰富，似乎更加接近西方现代主义文学的内涵。中国研究者所使用的现代主义文学概念可以说是不断理解、解释西方现代主义文学的结果。如果我们仅仅简单地认为日本文学史上的“现代主义文学”概念就是日本现代主义文学的全部，那么就有可能将日本现代主义文学局限在一个十分狭窄的范围之中，使我们无法在更为开阔的视野之中讨论认识日本现代主义文学。

我国的研究者所使用的“现代主义文学”概念，几乎包含了自20世纪前10年以来在世界文坛产生过影响的各类先锋文学，譬如未来主义、结构主义、表现主义、象征主义、达达主义、超现实主义、存在主义等。从其形式上看，我国研究者所使用的“现代主义文学”概念所涉及的内容十分广泛，其所包含的先锋文学内涵很难用几句话简单概括。尽管如此，我国的文学研究者还是试图从不同的角度对现代主义文学的基本内涵进行概括，吴晓东认为“现代主义核心的美学追求是反叛性、先锋性、实验性，是对既有文学的颠理。”这种归纳可以说较为清晰地概括了现代主义文学的基本内涵。无论是其反叛性，还是其先锋性，或其实验性，从其本质上看，都可以说是对于以往文学的颠覆，而所谓“既有文学”，究其本质，也就是在文学发展的历史过程中所形成的文学传统。在这种意义上，现代主义文学最为主要的一点就表现在它的反传统性上。由此看来，现代主义文学的重要特点完全可以归纳为在现实主义、浪漫主义文学之后，高举反传统大旗，对既有文学进行彻底颠覆的“反传统”，而反传统的内容则在于其先锋性、实验性。如果从这个角度来考察日本现代主义文学的重要代表新感觉派，其最大特点同样在于它的反传统性。当然，除了反传统这一特点以外，其先锋文学、实验文学的特征也同样是区别其与同时代其他文学派别的重要指标。在国内，也有研究者将现代主义文学的内涵概括为：文体实验、内向性、抽象性和文本的不透明性。这种概括所看重的是现代主义文学文体变革的特点。当然，这种文体上的变革、实验毫无例外都与现代主义文学的反传统有着密切的关联。所谓的“内向性”，实际上就“根植于现代主义文学家的反现实主义的文艺观”。现代主义文学的重要一支“象征主义文学”可以说是西方现代主义最早的实践。它强调“艺术是表现，不是再现”，表现“不是现实，而是精神”。而另一支现代主义文学“超现实主义文学”所追求的是表现一种“超级现实”，表现人性背后更深层、更真实的现实。“超现实主义的基础是信仰超级现实。这种现实即迄今遭到忽视的某些联想的形式。”在现代主义文学中，意识流小说可以说是最充分体现其内向性特点的流派。如果从文体实验性、从内向性的角度认识日本现代主义文学的话，那么我们可以发现在新感觉派、新兴艺术派之后，还有一些文学现象与现代主义文学有着千丝万缕的联系。譬如说，日本“二战”前的心理主义文学、“二次”后的战后派文学、“二战”之后日本文学存在的“存在主义”文学创作、超现实主义文学的创作似乎都可以与西方的现代主义文学发生联系。如果我们在讨论日本现代主义文学时把这些文学事实一一忽略，恐怕就很难清楚地认清日本现代主义文学的整体面貌。但是，如果沿用中国研究者的现代主义文学概念，将所有在西方出现过的现代主义文学在日本文学之中寻找它们的影子，似乎又显得过于宽泛，那样，日本第二次世界大战后的不少文学现象似乎都可以归纳在这个现代主义里面，现代主义文学的概念与日本现代主义文学的实际状况会产生很大的距离。所以，我们有必要将日本现代主义文学的概念限定在一个既不过于狭窄、也不过于宽泛的范围之中，使我们的讨论不会因为概念过于狭窄而忽略日本现代主义文学的整体现实，也不会因为概念过于宽泛而将日本现代主义文学变成一个任何日本现代文学现象都可以随便放入的“大筐”。

曾根博义在《现代主义的崛起》一文中从两个方面解释了日本的现代主义。他认为“现代主义”一词首先是历史概念，“‘现代主义’这个词汇是‘现代’等一些流行语所派生出来的词汇，指大地震后积极接受主要由美国传入的都市的新流行、新风俗、新的生活样式等的志向、态度。”但是，“现代主义”同时也作为文学史用语使用。在作为文学史用语使用时，则“未必严谨，从广义上指大正末年至昭和初年以后的非无产阶级派，用当时的用语就是‘艺术派'的新的文学革新运动整体"，"在昭和5年（1930年）以后的文坛上基本与'新兴艺术派'同义"。曾根博义的解释可以说代表了目前研究者的一般观点。日本现代文学史上所使用的"现代主义"一词，主要指新感觉派以及其后的新兴艺术派的所谓"艺术派"的文学活动，几乎所有的文学史以及研究论文都毫无例外地将他们作为日本现代主义文学的代表。对于新感觉派文学的反传统性与文体试验性，千叶宣一在《比较文学研究》以及日本文学新史现代的相关章节进行了比较详细的归纳总结，很具代表性。在关于"新感觉派之成立与展开"一节里，千叶宣一谈到新感觉派的重要代表人物川端康成在新感觉派的重要刊物《文艺时代》的创刊词里曾经明确表示自己以及同人的责任就是推翻旧的文学传统，"更新文坛的文艺""更新人生的文艺""从根本性上更新艺术意识"。而且在此之前，川端康成亦曾撰文表达他们这一派的文艺新人需要在关东大地震之后的历史环境中"更加露骨地、大胆地表示对于既有文艺的不满，以明确的形式提倡新文艺的要求"。在川端康成看来，"地震无疑是原有文艺的终点，是新文艺的起点"。而且，同时代的评论家也明确指出，在新感觉派反传统诉求的背后是"新的语汇、诗和节奏的感觉"。事实上，川端康成也试图从"表现主义的认识"与"达达主义式的想法"两个方面整合新感觉派表现的理论根据。另一位新感觉派的主将横光利一则同样在他的《感觉活动》一文中，明确表示："未来派、立体派、表现派、达达主义、象征派、结构派、如实派的一部分，这所有一切，自己认为都属于新感觉派"，将新感觉派视作来自欧洲现代主义文学艺术各种流派特点的文学综合体。千叶宣一认为这是新感觉派代表人物的自我告白，"不仅证明了他们对旧文学、既有文坛在理论上的挑战，而且还证明了以横光利一为旗手的《文坛时代》的新一代竭力探究文体与思想的现代性，对于作为方法技术上的学习对象——欧美新兴文学动向是何等关心与期待。"事实上，横光利一的代表作品《日轮》的构想与文体的题名与情调都有借用西欧作家日译作品的明显痕迹。评论家伊藤整认为：“从未有过像新感觉派这样在技术上带来巨大变化的文学运动。”由此看来，新感觉派与欧洲现代主义文学的渊源十分明显，而且主要表现在文学方法技术上的反传统的革新运动。

千叶宣一认为，“现代主义”成为文坛的口号，作为批评用语，并且开始与之相适应的作品创作活动，最终形成轰轰烈烈的文学运动，应该在昭和5年（1930年）。在这一年，《新潮》发表了平林初之辅等人的“现代主义文学及生活的批判”。同年3月，中村武罗夫在朝日新闻上撰文认为现代主义文学的主要倾向之中，色情文学与无聊文学占有主要成分，并没有导入现代文明精神的科学、机械的文学出现。在千叶宣一看来，1930年4月组成的文艺团体“新兴艺术俱乐部”应该是对日本现代主义文学发展至关重要的团体。新兴艺术俱乐部的成立以及同时开始的新潮社发行“新兴艺术派丛书”的大规模宣传，使现代主义文学成为人们关注的对象，产生了巨大的影响。随之，几种以“尖端”“新锐”命名的丛书开始刊行，丛书的作者多为新兴艺术俱乐部的成员。其中，最为引人注目的是《十三人俱乐部创作集》的刊行。人们认为十三人俱乐部成员唯一的相同点就在于他们“不满足于试图将文学置之于政治性强权之下的马克思主义文学”，追求“艺术主义的复兴”。千叶宣一对新兴艺术派的看法与曾根博义对于现代主义文学的概括、归纳，应该说是一致的。

但是，如果从新兴艺术俱乐部主要成员创作成果来看，文学史上所称的“新兴艺术派”的文学创作，虽然依然坚持新感觉派文体试验等超越近代传统的文学创作手法，在反传统的意义上与新感觉派非常接近，但是他们的创作内容并不具备超越新感觉派的任何新意，因此，他们的文学往往被批评为“黄色、荒诞、无聊”。千叶宣一认为，“正是‘新兴艺术派’的文学形成了典型的现代主义文学的日本形态”，正是新兴艺术派的文学“最为精彩地、敏感地、多样、不统一地反映了作为社会思潮的现代主义。这种社会思潮对于当时的时代感觉、世相风俗给予了巨大的影响”。这种批评虽然是从积极方面评价新兴艺术派的创作，但也从另一个角度说明“现代主义文学”的概念使用在新兴艺术派文学创作时，主要指的是对于社会思潮的现代主义的反映，而不是积极的现代主义文学的创新。

假如从创作方法的求新角度看，与新兴艺术派同时出现在日本文坛上的新心理主义文学显然具有极强的创新性。日本作家堀口大学在 1925 年曾撰文论及“内心独白”的影响，坚信这种形式的创作必将在不久的将来出现。到 1932 年，正如堀口所预料的，迎来了新心理主义文学的繁荣时期。这一年，《文学》《新文学研究》等不少文学刊物登载介绍乔伊斯、普鲁斯特的文章，形成了从未有过的介绍西方意识流文学的高潮。在这一高潮中，最为引人注目的是在日本新心理主义文学的形成与发展中发挥了重要作用的伊藤整。他不仅在 1932 年在《改造》上发表“新心理主义文学”，同时他还在新心理主义文学创作上显示了自己的能力,《幽鬼街》(1937 年）可以说是他使用意识流创作方法的成熟之作。在新心理主义文学理论的核心文献中，伊藤整表示自己对于表现人的存在本身的小说方法十分关心，认为“心理现实主义的表现方法虽然在外表显得晦涩，受到种种非难与攻击，但是现在如果否定新的心理主义，就无法设想小说的前进”，他在“新心理主义运动前后”一文中对新心理主义文学运动的意义进行了概括，认为新心理主义派的意识流是近代日本文学与新感觉派比肩的、最为重要的形式上的新的实践，是“欧洲先锋文学的‘诸种技术的全面性综合’”，新心理主义文学运动“介绍、移植欧洲文学，对日本文学产生了冲击”，使日本文学“重视文学上的思考”“探讨文学的道德性”。这种概括无疑是切中新心理主义文学实质的，特别是对“欧洲先锋文学的‘诸种技术的全面性综合’”的归纳，更能够显现出新心理主义文学的现代主义文学性。尽管新心理主义文学的创作成果远远不如它在理论上的介绍、归纳、总结，但是它所带来的意识流、内心独白等心理描写的方法、所带来的西方文学的影响，对于日本战后文学的影响却是重大的。

关于广义的文学史上的“现代主义”，曾根博义对研究界的一般论点作了简洁的归纳，认为开始于新感觉派的日本的现代主义因素进入昭和以后，通过年轻一代由新兴艺术派和新心理主义派所继承，新兴艺术派产生新社会派，试图从都市的消费层面进行生产面的描写，以失败告终，而新心理主义派则从引入弗洛伊德的精神分析的新心理小说出发，摄取普鲁斯特的“内心独白”、乔伊斯的“意识流”这一20世纪的新的心理、内面的表现方法，对以后文学的革新和发展做出了很大贡献。堀辰雄的早期创作《拙笨的天使》《圣家族》，新感觉派的老将横光利一的《机械》，川端康成的《水晶幻想》都被认为是新心理主义的代表之作。毫无疑问，这一归纳符合日本现代文学发展的基本事实，只是曾根博义没有对新心理主义对于以后文学的革新、贡献进行进一步说明。但是，曾根博义在文章中所介绍的濑沼茂树的观点，对我们认识“二战”后日本现代主义文学很有帮助。濑沼茂树认为，新心理主义文学的来源需要在新感觉派的内部进行探索，其系谱可以沿着主知文学、不安的文学、第一次战后派排列下去，继而成为探究志在认识、重建解体分裂的自我的人的内面这一20世纪文学的一大潮流的尖锋。事实上，如果从日本现代文学发展的事实来看，新心理主义对于以后文学的最为直接的影响应该是对于战后派文学的创作。

“二战”之后的日本文坛是十分繁荣的，出现了许多与近代文学颇为不同的文学创作，“战后派”文学就是其中重要的一支。虽然作为文学流派，其存在时间并不算长，但是“战后派”文学的理论主张和创作实践却在相当长一段时间内产生了重大影响，并且得到了文学史家与研究者的充分认可，奥野健男给战后派文学很高的评价，认为“他们的轰轰烈烈的出现，可以与曾经席卷固有大正文坛的新感觉派、无产阶级文学派当年出现在文坛上的状态相匹敌”，他们在“将方法的革新与内容的革新，即‘文学的革命’和‘革命的文学’有机结合为一体这一点上，更为必然、现实，而且强有力。”对于他们的文学创作，奥野健男认为“他们所关心的已经超出了文学的框架，直接面对人、世界、思想、革命、上帝等”，“他们的文学都不约而同地将战场、败军、俘虏、监狱、殖民地、废墟、饥饿等极限状态作为背景，日常的心理、感情、习惯、道德则销声匿迹，而与人的生死相关的原绪性感觉、行动以及人的存在之核心的思想、观念密切相连。（通过）描写极限状态下的体验，直接与人的普遍性观念相通”。本多秋五更简洁地将战后派文学的特点归纳为四点：

1.“对政治与文学关系的敏锐的问题意识”；

2.“存在主义倾向”；

3.“对传统的日本式现实主义和私小说的扬弃（或者说愿望）”；

4.“文学视野的扩大”。

其中的“存在主义倾向”无疑与西方现代主义文学的存在主义文学有着密切的关联，其中的“扬弃传统日本式现实主义、私小说”这一特点，与战后派文学否定、批判近代文学传统、积极变革创作方法这一文学史事实有着不可分的联系，同时也是战前新心理主义文学等现代主义文学的影响所致。荻久保泰幸在《日本文学新史现代》一书的“战后派文学（第一次、第二次）”一章中认为“战后派文学确实具有与战前、战中的文学断裂的异质的一面，但是（它）也可以被看作流经‘战中’的一股细流，其源头为昭和初期的无产阶级文学与现代主义派”。当然，荻久保泰幸的论点不是他个人的，是在他之前的一些著名文学评论家的论断支持下而得出的。西田胜在“战后文学的开端”一文中指出战后派的特色在于“将第一次世界大战期间开始的欧洲文学的新的方向，也就是作为20世纪小说有别于19世纪文学的方向，综合地移植过来”，前面所提到的濑沼茂树的论点也同样是支持荻久保泰幸以上结论的重要依据。濑沼茂树在“战后文学的系谱”一文中更加明确地指出“战后派文学在昭和文学的系谱上可以概括为以无产阶级文学与新感觉派以后的‘近代艺术派’为源头，是其在战后的批评、继承、发展”。尽管战后派文学与战前、战中的现代主义文学有着密切的联系，但是这种联系更主要是在心理主义的描写手法上的继承与展开。毫无疑问，战后派文学并不等同战前的现代主义文学，它具有自己独特的现代主义文学的倾向，这就是本多秋五以及众多研究者所提及的“存在主义倾向”。

存在主义可以说是“二战”之后的世界性的流行语。“二战”后至20世纪50年代这一期间同样盛行于日本，影响到一代作家的文学创作。萨特的《呕吐》等作品在“二战”结束后不久被迅速翻译为日文，对日本作家的创作产生了直接的影响。不过，日本作家创作之中出现的存在主义倾向不仅与萨特的存在主义有关联，而且与陀思妥耶夫斯基的创作、与“二战”后价值观念的巨大变化、“二战”期间的个人经历等关系密切。拓殖光彦认为日本存在主义可以定义为两点：一是重视对于自由的敬畏的感觉；二是重视对于他者、事物的不安，存在主义文学是以“对于自由的敬畏的感觉”“对于他者、事物的不安”为基础的文学。这种存在主义的倾向实际上自20世纪20年代起已经开始出现，譬如芥川龙之介、牧野信一、江户川乱步、梶井基次郎、坂口安吾等。但是真正形成思潮还是在“二战”之后的20世纪40年代后半期。战后派的代表作家植谷雄高曾经描述过战后时期文学的发生状态，认为首先是以椎名麟三为代表的存在主义文学最先出现，继而出现了以野间宏为代表的具有社会广度的作品。在拓殖光彦看来，战后文学的存在主义倾向首先是自发产生的，以后由于与萨特的关系而扩大，成为一个巨大的文学潮流。即使20世纪50年代中期出现在日本文坛上的大江健三郎的创作，同样在这样的文学潮流的作用下，具有较强的存在主义倾向。另外，需要指出的是，同样属于战后派的文学家群体，安部公房的文学创作一方面具有较强的存在主义色彩，另一方面又具有较为浓厚的超现实主义的文学色彩。这也从另一个方面告诉我们，日本现代主义文学没有仅仅停留在“二战”之前，即使在“二战”之后其影响依然深远，并且影响到年轻一代作者的创作，以新的方式呈现在读者的面前。

第二节　日本现代文学与文学类型

日本现代文学史的书写始于太和田建树于 1894 年出版的《明治文学史》，而在形成现代文学史书写框架上发挥重要作用的是岩城准太郎的《增补明治文学史》（1902）以及大正时期和昭和初期涌现的一系列文学史。这些文学史均将自然主义文学看作现代文学达成的一个标志，以"写实主义话语体系"为基准将传奇小说等文学类型作为通俗小说予以排斥，形成雅俗二元对立的文学史观。具体而言，这个话语体系有三个要素：在文体上推崇文言一致体、在手法上主张写实主义至上论、在内容上关注自我确立。这种文学史观一直持续到战后，甚至以解构"现代文学观"著称的柄谷行人也认为明治末期是一个"文学类型消亡"的时期。然而，被认为业已消亡的传奇文学在 20 世纪 20 年代作为"时代小说"风靡一时，形成大众文学的重要类型之一，也浸透到一些纯文学作家的创作之中。尽管一些研究者已经注意到这方面的问题，并开始尝试打破雅俗二元对立的文学史观，但由于对"写实主义话语体系"以及相关理论问题缺乏深入探讨，使得这方面的研究不仅进展缓慢，甚至出现了消解"文学研究"的倾向。因此，本节从反思有关写实与自我、文言一致体关系的文学史论述入手，从语言的性质和文体的变迁等角度考察文学类型与日本现代文学之间的复杂关系及其文学史意义。

一、现代文学史书写与文言一致体

针对日本自然主义文学在文学史上的定位，中村光夫早在 20

世纪50年代的《风俗小说论》中就曾提出过严厉的批评。中村直言日本自然主义文学运动是日本现代写实文学发展的一个重大“挫折”。究其原因，一是日本资产阶级革命的不彻底性导致了民主主义制度的不健全，个人的自我没有得到充分确立；二是科学精神的缺失使“写实”很难做到客观。因此，自然主义文学开创者田山花袋在《棉被》中所采用的“自白”形式不仅缺乏艺术性的创造，而且还剥离了欧洲写实主义小说应具备的广阔的社会视野和虚构。尽管中村竭力在二叶亭四迷的《浮云》和岛崎藤村的《破戒》中发现真正的写实主义——具有虚构性和社会性的写实主义可能性，但总体上看，中村光夫的文学史观其实并没有摆脱自然主义文学思潮以来所形成的“写实主义话语体系”的大框架。

对这种“写实主义话语体系”从语言的角度作深刻反思的是柄谷行人。他在《日本现代文学的起源》中断然否定上述文学史关于写实的解释。在柄谷看来，此种解释基于这样一个认识论的前提，即“写实”是由一个确立了的“自我”对外部现实世界的客观描写。柄谷认为，这种看法是滑稽的，就好像“现代自我”能先验地存在于大脑之中似的。他说，“现代自我”“只有通过某种物质性的东西或所谓的‘制度’才可能存在”。这种被依附的东西就是文言一致体。因此，他在考察“现代自我”确立这一问题的时候，有意识地避开从“内面”观察“文言一致”运动，是相反，通过“文言一致”体的形成来考察“内面的发现”问题。因为不如此观之，则“只会更为强调已被视为不证自明且自然而然的‘内面’及其‘表现’之形而上学性，而看不到其历史性”。柄谷指出，在《浮云》中二叶亭四迷首次尝试用文言一致体写小说，在小说中人物的“内心格斗”与小说文体的“文”与“言”之间的格斗是交织在一起的。“内面”（“现代自我”）正是通过“文言一致”而得以形成的。在此意义上，浪漫主义的自我主张与写实主义的写实手法并非截然分离，两者是通过文言一致体紧密地结合在一起的。

柄谷行人的这一观点，对于理解文言一致体形成的复杂性以及纠正简单地将浪漫主义与写实主义对立起来的文学史观具有重要意义。但是过于强调内面性与文言一致体的紧密关系也存在问题。比如，柄谷认为，文言一致体是一种中性化叙述，而日本现代文学中类型多样性的消失与这种叙述的中性化密切相关。在近世小说中叙述者是显在的，但在现代小说中通过句尾的“た”抹掉了这样的叙述者。他解释说，“た”是过去时态，可以起到把存在于故事的超维度上的叙述者中性化而产生“仿佛真的一般”的效果。另外，句尾“た”还使从某一点上回顾故事的发展成为可能。这种回忆的方式使叙述者与主人公的内面获得了同一性，从而让叙述者和主人公暧昧地同化在一起。日本现代文学在文体上自如地使用“た”是从自然主义作家开始的。丰富的文学类型就是在这样的文言一致体和新的叙述方法确立中被逐渐排斥的。柄谷进而指出，夏目漱石因为目睹了这些丰富的类型被排斥的过程，因此，有意识地不使用“た”予以抵制，从而在他的文学创作中保留了多种文学类型。

夏目漱石的作品中确实有多种文学类型，按柄谷的分类，《梦十夜》《虞美人草》等是罗曼司，《寒风》《二百一十日》等是近世的“劝善惩恶”式的“读本”，《我是猫》则受“落语”的影响。无可否认，这些作品中的叙述人是显在的，但柄谷没有区别漱石作品中的显在叙述人与传统作品中的显在叙述人有何不同，因此，笼统地将其划分为“文”就看不到漱石所作的现代性转化。尤其在分析“た”的问题时只提漱石的《矿夫》不使用“た”的开头部分，而不论及从中间部分开始使用“た”的情况，更没有涉及《三四郎》《从此以后》和《门》等作品，必然使其议论偏颇。因为在《三四郎》等作品中漱石不仅使用“た”，而且也尽力消抹显在的叙述人。当然，无可否认，在这些作品中依然保留了柄谷所谓的多种类型的要素。但如果看不到漱石在保留多种类型过程中所作现代性转化的努力，不仅无法真正理解漱石文学，也会无视自然主义文学中的类型问题，以至于认为类型从日本现代文学中消失。

二、语言的性质与文学的创新机制

关于文学类型问题，柄谷行人与夏目漱石的立场是不同的。这种不同源于他们两人各异的语言观。

柄谷认为，文言一致体一旦形成，与之对应的内面便形成。他说，国木田独步在明治30年代创作时基本上与文言一致体没有任何距离了。他已经习惯了新的“文”。这种习惯意味着他已经具有了能够“表达”的“内面”。在国木田看来，语言已不是可以分为口语和书面语的，而是深深浸透到“内面”的东西。正是这个时候，“内面”开始作为直接的显现于眼前的东西而自立起来。同时，从这时起“内面”的起源被忘却。柄谷进一步指出：“可以说在现代日本文学中从国木田独步那里开始获得了写作的自在性，这种自在性与‘内面’和‘自我表现’概念的不证自明性相关联。”即是说，在柄谷看来，“内面”是可以用文言一致体自由表达的。

但夏目漱石的语言观却与此迥异。漱石认为包括文言一致体在内的所有语言形式均无法充分表达“内面”。夏目漱石在《文学论》中指出：“语言的能力（在此指文章）”在于“用相应的符号记录下人们心中那无尽的（意识流的——引者注）曲线之波浪，但这种记录只是将波浪的尖峰部分一段一段地串联起来。”而波浪的谷底部分，语言则无法毫无遗漏地记录下来。漱石清楚地意识到文字无法完整地记录人的所有意识。这是漱石对语言性质的第一点认识。他的第二点认识是任何语言都背负着文化和历史的积淀。漱石的文学理论就是建立在对语言性质的这两点认识基础之上的。以这两点认识为前提，漱石首先提出，文学家不可能、也没有必要做到彻底的“写实”。文学家应该努力表达的是那些感染读者的情绪，而不是对事物不差分毫的描摹。当然，在表达某种情绪时也会做一些描摹，但那本身不是目的，最终还是要通过描摹传达某种“情绪”。他说，文学上的“写实”与“科学上的求实”不同，是为了追求艺术上的“真实”。为了表达这种“真实”，作家需要在文字表达上做一些艺术化处理。漱石关注的是，经过艺术化处理的文字能在多大程度上刺激读者情绪上的想象。他将这种唤起读者情绪上的想象称为“幻象”。可以说“幻象”是贯穿于漱石文学理论中的一个核心概念。在此意义上，一般文学史将夏目漱石当作反自然主义文学的代表人物有一定的道理。但这只是问题的一面而已。漱石其实并不否定作为幻象方法之一的“写实法”。夏目漱石认为“写实法”也是一种有效的幻象方法。值得注意的是，“写实法”对于漱石来说，绝不是无技巧，而是制造幻象的一种技巧。同时代日本自然主义作家的最大问题，就在于没有意识到“写实法”也是一种技巧。再一个根本问题是，自然主义文学派将“写实法”绝对化，与其他方法对立起来，造成自然主义文学的文体单调。漱石要否定的不是自然主义，而是这种自然主义至上论。

在自然主义文学思潮盛行的时候，漱石提出“幻象”理论具有重要的意义。这不仅打破了自然主义独占文坛的局面，还解放了其他创作方法和其他创作倾向，打开了其他修辞手段和题材的大门。并且，他指出写实也是一种“幻象”，为深化写实的内涵提供了理论根据。

其次，漱石认为，凭空的文学创新是不存在的，总是与文化和历史传统有某种关联。漱石将文学创新的关系做了如下四种类型的分类：第一种类型是（现在的审美趣味）+（古的审美趣味）；第二种类型是（现在的审美趣味）+（古 + 古的审美趣味）；第三种类型是（现在的审美趣味）+（新的审美趣味）；第四种类型是（现在的审美趣味）+（新 + 古的审美趣味），由此可以看出，无论哪种超越方式都是由现在的审美趣味生发开的，是由现在的审美趣味加上其他的审美趣味所形成的一种新的审美趣味。审美趣味具体包括文体、手法、题材、体裁、故事等。

学界关于文学的创新机制，以俄国形式主义的相关研究最为著名。俄国形式主义用“自动化”和“陌生化”两个概念来阐明其中的原理。什克洛夫斯基认为，任何事物如果被类似的语言形式反复描写，必然无法持续引起读者的关注，这就是所谓的“自动化”。而“陌生化”则是把语言形式扭曲化，增加感受难度，从而唤起新鲜感，达到艺术效果。在《艺术作为手法》中，什克洛夫斯基说，艺术的手法就是使事物陌生化的手法，是使形式变得模糊、增加感觉困难和时间的手法，因为艺术中的感觉行为本身就是目的，应该延长；艺术是体验一个事物艺术性的一种方式，事物本身并不重要。关于“陌生化”的方式，什克洛夫斯基认为诗歌和散文有所不同。诗歌语言是经过人工加工的，是一种“困难的、扭曲的话语（充满障碍的语言）”。因此，诗歌的晦涩、延迟现象，即诗歌的文学性，只能通过扭曲日常语言创造。然而，散文艺术的小说则一直是普通的、节约的、易懂的话语，语言本身并不太扭曲，它是通过情节和结构扭曲叙事方式创造“晦涩、延迟现象”，在通过改造现在的艺术手法达到艺术创新这一点上，俄国形式主义与夏目漱石的思路有不谋而合之处。但与强调难度和求新的“陌生化”理论相比较，夏目漱石的理论的包容范围更广泛。按漱石的分类看，“陌生化”理论相当于第三种类型，即（现在的审美趣味）+（新的审美趣味）。但漱石认为的创新方式还包括其他三种类型，尤其是这三种类型都与“古典审美趣味”有关系。也就是说，对于漱石而言，不仅“新的审美趣味”具有艺术性，“古典审美趣味”以及与此相调和也会产生新的艺术性。这一点对于理解包括自然主义文学在内的所有文学都有互文性具有重要的理论意义。的确，即便是绝对真实，但在其作品中也不难发现各种互文关系和类型的痕迹。

三、雅俗二元对立的文学史观与类型

“纯文学”和“大众文学”这一对概念的出现与文艺批评中对类型的歧视密切相关。本来泛指一切书面语言艺术的“纯文学”这个词，是在20世纪20~50年代对“大众文学”的类型化倾向的排斥过程中强调自身独创性而其含义发生转变的。

关于纯文学和大众文学二元对立思维模式的表述，桑原武夫的《文学入门》有其代表性。桑原武夫使用的是“真正的文学”和“通俗文学”两个术语。从使用方法上看，“真正的文学”的范围不限于私小说，还包括具有社会性的写实主义小说，而“通俗文学”等同于“大众文学”。他认为，“真正的文学”具有三个特性，即创新性、变革性、现实性。创新性要具有真正的社会意义，必须经过主体与客体相互作用的客观化的过程，使其具有“现实性”。他说：

他（指作者——引者注）的作品是他的经验，他没有考虑别人、没有考虑读者，坚持走自己的孤独的路。看起来有几分利己主义，但由他的孤独产生的作品得到很多人喜爱并打动他们，成为公共性的作品。之所以产生这种不可思议的现象，是由于经过了客观化的过程，是由于他的胸中预先存在着社会。

（桑原武夫，1950：64）

这种具有“创新性”和“现实性”的作品，不仅在创作的过程中会改变作者自己，读者通过对作品的阅读也会改变自己，即所谓的“变革性”。从这三大特性可以看出，桑原推崇的是具有社会性的写实主义文学。

与此相对的“通俗文学”，在桑原看来，在价值上是重复性的、在精神上是保守的、在性质上是主观的。这里所说的变革和保守的概念是指作者对读者的影响，而不是指政治立场。通俗作家因为有很多伴随的读者，总是在考虑迎合伴随自己的那些读者的趣味，因而丧失主体性和强烈的艺术个性。

关于“真正的文学”与“通俗文学”之间的关系，桑原武夫（1950:66）认为是模仿与被模仿的关系。他说，“真正的文学”中人物是鲜活生动的。因为作者可以深入人物之中进行描写，因此，有新的经验形成，也有新的价值发现。但是在“通俗文学”中，人物则是僵死的。因为是作者为了取悦读者而臆造的，不能深入其中描写，只能是外在地摆布人物。因此，没有新的经验形成，也不可能发现新的价值。在“通俗文学”中价值是预设的，缺少作者的切身体验。所以，“通俗文学”始终处于对“真正的文学”的模仿位置，只能是低一个等级的文学。

的确，在大众文学草创期，由于出版环境、作家素质以及读者教养水平等因素，确实存在纯文学与大众文学之间的水平差异。但是这种差异绝不是桑原所说的有无“独创”与“模仿”的问题。“模仿”在桑原看来是“类型化”，因此他坚决否认“真正的文学”也存在“类型”问题。但其实类型不仅存在于大众文学，也存在于纯文学之中。关于这个问题，卢卡奇曾指出：

所有伟大的作品都是满足所属于的文学类型的法则的同时又扩大它。并且伟大的天才和形式的独创者因为同时表达了历史的转换，后来的作者需要与它对决，在这种时候，真正的伟大的、世界级的作家在个人的创作过程中，要面临双重矛盾，一方面在扩大形式法则的时候吸收了不变的东西和启发未来的东西，另一方面根据历史状况既扩大又满足这个法则。

（ルカーチ，1969：16）

这虽然是卢卡奇论述司各特的历史小说的一段话，但是具有普遍的文艺学意义，即独创总是在以对某种类型规则的突破的基础上才能实现的。

因此，问题不是有无类型的问题，而是如何转化以及转化的质量的问题。就此而言，不可否认纯文学在转化上做了很多探索，但大众文学也并非毫无建树。尤其到了战后，大众文学的探索与纯文学可谓并驾齐驱，在某些时候甚至超越纯文学。50 年代社会派推理小说在文坛上异军突起后，一些文艺批评家也不得不承认其重要的文学史意义。伊藤整说，松本清张的推理小说不仅继承了无产阶级文学对社会现实的批判传统，还纠正了无产阶级文学中存在的概念化倾向，使日本的“社会写实主义”文学达到新的高度。也就是说，桑原武夫所推崇的具有社会性的写实主义文学在日本文学史上其实不是由纯文学实现的，而是在大众文学中实现的。

江藤淳曾在 20 世纪 50 年代次文艺座谈会上尖刻地批判当时纯文学杂志上的作品毫无创意：

江藤淳：纯文学的很多作品都是模仿，很无聊，反而中间小说的虚构写得好又有趣，不应该无视这样的现象。（略）

江藤淳 ：我并不是为了恶心纯文学而列举了中间小说，而是中间小说已经达到文学的标准而列举的。在纯文学杂志上感觉不到文学，当然毫无办法。（略）

江藤淳：比如，我曾经评论过山本周五郎的《阿山》。他刻意追求西洋现代小说手法，并在作品中获得了成功，而这一点在大江健三郎的小说中也没有完全做到。

（河上徹太郎　江藤淳　平野謙，1961：159–160）

山本周五郎的《阿山》是时代小说，在题材上是最典型的大众文学，但江藤淳却从中发现了连纯文学作家都没有尝试成功的崭新技法。因此，那种漠然地认为大众文学始终处于纯文学模仿位置的看法是相当片面的。

四、文学发展的动力：类型的融合与分化

日本现代文学中存在着多种类型，比如，历史文学、社会小说、私小说、纪实文学、恋爱小说、滑稽文学、推理小说、幻想文学等。与此同时也要看到，类型之间并非泾渭分明，而是在题材、结构、文体等方面有交叉融合之处。比如，恋爱题材几乎贯穿在所有的类型之中，像东野圭吾的《X嫌疑人的献身》和吉屋信子的《德川的夫人们》既是出色的推理小说和历史小说，同时也是纯情恋爱小说的杰作。再以手法而论，幻想虽然主要用于幻想小说，但是滑稽小说将事物大肆夸张有时也就变成了幻想，尤其在20世纪90年代以后呈现出幻想要素浸透到其他小说的倾向。小谷真理在1996年的《文艺年鉴》中指出类型之间的混合现象说：“最显著的是推理小说、恐怖小说、时代小说和纯文学的小说类型的混合现象。”

有意识地进行这种类型融合创作的作家当首推村上春树。村上提倡“并列阅读”和“中央突破”的方法。前者指阅读方法，后者指创作方法，但两者有密切关系。前者是指读者拥有同时阅读不同类型的权利，后者则是指作者既充分吸取不同类型独特的长处，又不拘泥于这些类型，而将这些类型融为一体的创作方法。也就是借用小说这种独特媒介将不同类型融入其中，最大限度满足读者的“并列阅读”的需求。村上自己在长篇小说创作时相当有意识地进行“中央突破”：引入通俗文学的类型，如侦探小说、科幻小说等；引入历史事件、社会新闻；引入历史著作、信件、日记、调查报告等文类。这些类型在文本中被处理成隐蔽和显在的互文关系，如《寻羊冒险记》中虽然在故事结构上模仿钱德勒的小说《漫长的告别》，但是在小说中完全没有提及该小说，属于隐蔽的互文关系。也有显在的互文关系，如《海边的卡夫卡》就明显地借用了《俄狄浦斯》的故事，在小说中也明显提及；《1Q84》也是以科幻小说《1984》

为蓝本的。无论隐蔽还是显在的互文关系对于彰显主题、丰富内容都发挥了重要作用。村上春树的小说广受欢迎绝非偶然，这与他在小说中有意识地将各种类型融汇在一起密不可分。

尽管出现了这样的融汇混合倾向，但是类型并不会消亡。因为只要人因性格、年龄、性别、社会处境以及教育的不同而有所差异，那么就必然存在不同的阅读倾向和不同的创作风格。传媒业自然会竭尽全力将这两者的需求结合起来，以达到自身利益的最大化。作品有好坏之分，但类型没有高低之别，不同类型的不断融合和新的分化，会不断创生新的类型促进文学的发展。

类型不会消亡的更为关键的原因还在于，如夏目漱石所言，语言具有不可充分表达的性质和背负着不同的文化历史积淀。因为语言（包括文言一致体在内）不可能完全表达，因此，需要各种各样的表达方式，作品的故事结构、人物和风格倾向必然是丰富多彩；又因为语言背负着不同的文化历史积淀，因此，任何作品只能诞生于一定的文化历史积淀的语言环境之中。时代小说当然明显地包含了传统的类型。即便是纪实作品，也需要借助某种故事框架才能将“事件”呈现出来。

那种认为丰富的文学类型在现代文学中消亡又在后现代文学中复活的看法，其实是强化了雅俗二元对立的观点，而遮蔽了日本现代文学的历史性和复杂性。

第三节　日本现代主义文学流派

现代主义含后现代主义文学不仅在许多西方国家广泛流行，在不少东方国家也拥有相当大的势力，日本便是其中之一。自 20 世纪 20 年代以来的数十年间，日本文坛上接连不断地出现了许多各种名目的现代主义文学流派，举其要者即有新感觉派、新兴艺术派、战后派、无赖派、太阳族、荒原派、内向派、透明族等。兹将各个流派的产生发展过程、思想艺术特点和代表作家作品简要评述如下：

新感觉派

新感觉派是 20 年代中期活跃在日本文坛上的文学流派，堪称日本现代文学史上的第一个现代派。新感觉派的始末兴衰是与《文艺时代》杂志的始刊停刊密不可分的。1924 年 10 月，《文艺时代》创刊号出版发行，主要成员有横光利一、川端康成、片冈铁兵等人。其后不久，千叶龟雄便在《世纪》第 2 号（1924 年 11 月）上发表题为《新感觉派的诞生》的文艺时评，指出《文艺时代》年轻作家的倾向是重视技巧和感觉，故意由小孔窥视人生内部全面的存在和意义，他们的出现意味着新感觉派的诞生。从此以后，《文艺时代》的同人便获得了新感觉派的称号。《文艺时代》在赞成与反对交织的呼声中支撑了不足 4 年，于 1927 年 5 月停刊，共计出版了 32 号。

新感觉派的出现并不是纯粹偶然的事件，而是日本国内外种种条件所造成的必然结果。从国外来说，欧洲大陆于 1914—1918 年间爆发了第一次世界大战，这场大战不仅给欧洲各国带来了深重灾难，而且使欧洲各国的思潮发生了深刻变革，文艺随之全面更新。后者迅速波及日本。从 20 年代初起，欧洲各种现代派文学艺术相继被介绍、翻译过来，成为新感觉派产生的适宜媒介。从国内来说，1923年9月1日的关东大地震造成严重后果，这次地震对于东京市民以及集中于东京的日本文化和文学艺术的影响几乎可以与第一次世界大战对于欧洲各国的影响相匹敌。正因为如此，我们可以说，大地震的不幸为日本追踪战后在欧洲兴起的新文艺提供了合适的地盘。

新感觉派往往被视为不得要领的文坛流行现象，或者青年作家文学技巧的失败尝试。它确实具有这样的一面。这不仅表现在新感觉派运动本身的短命上，而且表现在新感觉派没有留下多少经久不衰的作品上。但这只是事情的一面，还有另一面，即新感觉派在日本文坛上掀起一股轩然大波，公开宣告旧文学时代的结束和新文学时代的开始，并且赢得了许多青年读者的心；尽管新感觉派没有完成这个划时代的任务，但它冲击了以私小说为代表的旧传统，引进了欧洲现代派的新潮流，从而促进了日本文学的发展，乃是无可否认的事实。

《文艺时代》其实是个没有特定的理论和主义的刊物，所以新感觉派曾经被人评为没有理论的文学运动。川端康成后来说过，《文艺时代》时期，自己也曾著文论述新感觉派，不过那些东西不能构成系统的文学理论，不能成为文学运动的一翼。事实上，不仅是川端康成新感觉就是派其他成员也没有能够提出系统的理论主张。从创作实践来看，他们重视感觉和技巧，经常使用象征、暗示、拟人和夸张等手法，追求新奇的文体和华丽的辞藻受当时流行的西方各种现代派的影响。有人认为，未来主义、立体主义、表现主义、达达主义、象征主义、构成派、如实派的一部分归属于新感觉派。当然，这并不意味着新感觉派是西方多种现代派的大杂烩，只不过是说它的影响不是来自一个流派，而是来自许多流派罢了。

横光利一（1898—1947）是新感觉派的代表作家，是最典型的新感觉派作家。他这时的主要作品有《蝇》（1923年）、《太阳》

（1923年）、《头与腹》（1924年）、《春天乘着马车来了》（1926年）等。其中《春天乘着马车来了》是描写丈夫看护病妻的，生动地表现了丈夫的悲痛和绝望心理，代表横光这个时期创作的最高水平，也是他一生的杰作之一。这篇小说从表面上看是私小说，是对旧传统的复归；但它不注重描绘"生活"本身，而是着重表现丈夫的"感觉"，从而构成另一个新的世界，与传统的私小说性质迥然不同。他的创作深受表现主义、未来主义和达达主义的影响。他最显著的特色是，无论如何也要写出新东西来，以便表现自己非同一般的个性。这当然也可以说是新感觉派作家的共同特点，不过在他身上却表现得格外强烈，甚至成为他创作作品的动机本身。

川端康成（1899—1972）是新感觉派日后取得最大成就的作家，但却不是最典型的新感觉派作家。之所以这样说是因为他在这个时期的创作具有两种不同的倾向：有的采用纯粹的新感觉派的写法，有的则采用不纯的新感觉派的写法。前者如《感情装饰》（1926年），极力强调主观感觉，热心追求新颖形式，如拟人法和拟声法的大量使用，不同形象和联想的突然组合，重视色彩的对比，故意造成有节奏的跳动和快速的反复等。后者如《十六岁的日记》（1925年）和《伊豆的舞女》（1926年），尽管其中具有某些新感觉派文学的特色，但却几乎没有使用新感觉派作品所常见的那种奇特的修辞方法和精心修饰的文体。

新兴艺术派

新兴艺术派是继新感觉派之后，于20世纪20年代末30年代初登上日本文坛的现代派文学团体。1929年年末，一个自称"艺术派十字军"的文学团体"十三人俱乐部"宣布诞生，成员共有13人。1930年4月，又以"十三人俱乐部"为基础，创立"新兴艺术派俱乐部"，成员扩大为32人。其中包括中村光罗夫、深田久弥、堀衣雄、嘉村义多、吉行英介、龙胆寺雄、久野丰彦、井伏蹲二等，此外，如川端康成是"十三人俱乐部"成员，但不是"新兴艺术派俱乐部"

成员。总之，新兴艺术派几乎网罗了无产阶级文学阵营以外活跃于当时文坛的新作家。

新兴艺术派文学的特色在于着重表现低级庸俗的现代城市生活，追求刺激和冲动。这种文学与娱乐文学相差无几，对社会整体不能发挥任何积极作用。他们的作品大多刊载在《近代生活》《文学时代》和《新兴艺术派丛书》等书刊中。

龙胆寺雄（1901—）被认为是新兴艺术派的代表作家之一。他在《放浪时代》（1928 年）和《公寓的女人们与我》（1928 年）等一系列作品中所刻画的放荡不羁的摩登女郎形象充分地表现了新兴艺术派的风格。但是，这一流派较有价值的作品并不出自龙胆寺雄之手，而是产生于井伏蹲二（1898—）、嘉村义多（1897—1933）和川端康成等人的笔下；其中川端康成的《浅草红团》堪称新兴艺术派最优秀的代表作，也可能是新兴艺术派可以名垂史册的唯一作品。他如吉行英介虽然一度显示才华，可是终归未能取得显著成绩便弃笔了。总的来看，新兴艺术派所取得的艺术成就远不及新感觉派。

战后派

适应战后新时代而登上文坛的一批新作家，被称为战后派。战后派是日本战后产生的第一个现代派，也是影响较大的一个现代派。战后派作家以 1946 年创刊的《近代文学》为中心，在《近代文学》文艺评论家的指导和推动下从事创作活动。这些评论家大多受过战前无产阶级文学运动的影响，但战后却以艺术至上、尊重人权等为基本精神，提倡文学独立于政治斗争之外，主张创作不受政治党派和政治理论的束缚。

当然，即使都称为战后派作家，各人的经历、作风、文学思想也有不少差异，可是他们确实具有与战前文学不同的某些新因素。所谓新因素，从思想内容上说，是指重视表现战争的主题，描写侵略战争对人的肉体和心灵所造成的创伤，探讨人的存在价值，描述人在政治斗争中的“转向体验”；从艺术表现上说，是指突破传统的现实主义和专写个人身边琐事的私小说手法，大量吸收西方各种现代派的手法，如意识流小说、超现实主义、存在主义等，不太注重情节描写和性格刻画，着力描述心理活动，细致分析内心感受，力求深入开掘人物的深层意识领域和精神境界。

战后派文学与战前的现代派文学既有联系，又有区别。一方面应当看到，大部分战后派文学，实际上在二三十年代业已以各种萌芽形态被提出和尝试过，并在一定程度上取得了进展，可惜不久便被军国主义和侵略战争断送了。另一方面也应当承认，战后派文学是在战后的新土壤上培育起来的，他们力图大胆创新，对于战前的所有文学怀有不满情绪，极力希望与战前的所有文学一刀两断。

战后派拥有的作家多，作品也多。代表作家和作品有野间宏（1915—1991）的《阴暗的图画》（1946年）和《脸上的红月亮》（1947年），梅崎春生（1915—）的《樱岛》（1946年）和《崖》（1947年），椎名麟三（1911—1973）的《深夜的酒宴》（1947年）和《永远的序章》（1948年），武田泰淳（1912—1976）的《审判》（1947年）和《秘密》（1941年），中村真一郎（1918—）的《在死亡的阴影下》（1947年），值谷雄高（1910-）的《亡魂》（1946-1949），大冈升平（1909—）的《俘虏记》（1948年）和《野火》（1949年），三岛由纪夫（1925—1970）的《戴着假面具的自白》（1949年），安部公房（1924—）的《墙—S·卡尔玛氏的犯罪》（1951年）等。

野间宏是战后派中成绩卓著的作家之一。他在战后发表的第一篇作品便是《阴暗的图画》。这篇以战争期间日本进步青年学生的苦闷和命运为主题的小说，在杂志上一发表就以其独特的感受和新颖的手法引起广泛注意，被认为是战后派文学出现的先声。如本多秋五曾经这样叙述当时人们的印象：“对于今天的读者来说，也许以为当时觉得理解至难的《阴暗的图画》不过是文学发展上一个业已踏平的里程碑；但在那时，像开头之类的描写，几乎被认为怪物一般。这种思想，这种思考方法，这种感受性，究竟从何而来呢？令人感到茫无头绪。”（《物语战后文学史》）其后，野间宏又以旺盛的精力接连发表了《两个肉体》（1946年）、《肉体潮湿》（1947年）、《脸上的红月亮》（1947年）、《第三十六号》（1947年），《地狱篇第二十八歌》（1947年）、《残像》（1947年）、《崩溃感觉》（1948年）等一系列中短篇小说，从各个角度挖掘人们的青春、爱情、个性和幸福是怎样被罪恶战争所扼杀和破坏的。

安部公房被认为是战后派中一个特异的存在。他的创作深受象征主义、存在主义和超现实主义的影响，以特殊的场面、怪诞的情节、象征的手法和深刻的寓意为特色，旨在揭露日本战后社会的不合理性，描绘日本人的孤独生活，表现日本人的孤独体验，探求解决这些问题的出路。如《墙—卡尔玛氏的犯罪》的开端是，主人公早晨醒来感到似乎“有些异样”，后来才弄明白是自己的名字丧失了。这类“异化”故事近似卡夫卡的《变形记》，在日本文学中实属少见。所以，难怪有的学者认为，他是一个极力要把日本战后文学和明治维新以前文学切断联系的作家，极力要把日本鲇后文学和西方现代派文学紧密联系起来的作家。

荒原派

荒原派是战后活跃于诗歌领域中的现代主义文学流派。荒原派因其主要刊物《荒原》而得名。《荒原》创刊于1939年，其后休刊，战后于1947年9月复刊，1948年6月停刊。自1950年8月起，又开始出版年刊《荒原诗集》，共出八册，主要执笔人有鲇川信夫、田村隆一、三好丰一郎、黑田三郎、木原孝一等。

“荒原”一词出自英国象征主义诗人艾略特的著名长诗《荒原》。这首长诗被誉为后期象征主义的代表作品，它把现实社会描绘成一片荒原，从而揭露了现代西方世界的黑暗腐败，表现了人们的悲观失望。在荒原派看来，战后的日本社会也是一片荒原，而诗人的责任则是对它加以探究。正如《荒原诗集》第一集序言中所说的那样：

“不求平安，敢于发问，充分发挥听觉器官耳朵的作用，为了加深对自己生活的认识，坚定不移地进行理智的探究——我们必须以这样切实的努力，走向现代的荒原。”

荒原派诗人大多属于所谓“战中派”，即在战争期间被征入伍，具有惨痛战争体验的一代人。他们对这场侵略战争持批判态度和否定态度。他们的作品重在表现自身的战争体验，力求以新的理性恢复诗的秩序，从而为战后诗歌确立了一个方向，对推动战后诗歌的发展起到了一定作用。

鲇川信夫（1920—1986）被认为是荒原派的支柱。他的诗歌创作深受艾略特《荒原》的影响。1947 年发表的《死去的男人》一诗，表达了经过战乱立于荒原的孤独心境，标志着荒原派的新起点。与艾略特不同的是，艾略特重视传统，而鲇川信夫则极力否定传统，不仅否认荒原派诗歌与战前现实主义诗歌的关系，而且否认荒原派诗歌与战前现代主义诗歌的联系。他的诗作收录于《姑川信夫著作集》（十卷本）之中。

田村隆一（1923—1998）是荒原派的另一代表诗人。他在战后参加《荒原》杂志，成为活跃分子。在诗集《四千个日日夜夜》（1956 年）和《无言的世界》（1962 年）里，表述参加战争的深切体验，揭示现代文明的深刻危机。

内向派

20 世纪 60 年代末 70 年代初，一批新作家登上文坛，被称为内向派。这批新作家相继获得芥川奖，立即引起了评论家的注意。小田切秀雄在《满洲事变后四十年的文学问题》一文中写道：“最近引人注目的新作家和批评家，除了若干例外，都只在自我和个人的状态之中追求自己作品的真实效果，正在作为超意识形态的内向文学的一代，形成一种现代的时代潮流。”于是，“内向派”一词便流行起来。

内向派的产生与 20 世纪 60 年代末 70 年代初日本社会形势的

变化有联系。在经济上，由于经济恐慌、美元贬值、能源危机、公害污染等的冲击，人们普遍感到好景不长，前景暗淡。在政治上，由于政局动荡不安、党派斗争加剧等的影响，人们更加觉得社会难以把握，未来变幻莫测。因此，内向派认为现实社会不可理解，只好回避，进入“超现实”和“内向化”的境界。

内向派作家一般不大关心社会现实和社会问题，往往安于表面的和平与繁荣，埋头追求自身内部和日常生活中的不安定因素，所以，他们作品的主人公以普通人为主，而不以知识分子为主。他们主要描写城市生活，这种生活是从传统的“家庭”“血缘”“故乡”分离出来的，于是变成专门描写无意义的人们，在无意义的场所，所过的无意义的生活；这些人虽然生活在现代社会之中，但他们却离开了社会，离开了周围的人，甚至连自己究竟是否确实存在也无法确定。内向派作家在艺术上大多采用超现实主义方法进行创作，有时具有表现主义、存在主义和象征主义色彩，因此，常常写出一些令人难以理解的小说，把现实抽象化和折光化，充满寓意和象征。

内向派的代表作家和作品有古井由吉（1937—）的《杳子》（1970年），后藤明生（1932—）的《夹击》（1973年），黑井千次（1932—）的《时间》（1969年），阿部昭（1934—）的《司令的休假》（1970年），柏原兵三（1933—）的《德山道助还乡记》（1957年），小川国夫（1927—）的《一部圣经》（1973年），等等。

后藤明生的《夹击》是典型的内向派小说。这部小说的主人公“我”，用了整整一天时间寻找过去穿过的一件“旧陆军步兵外套”，结果没有找到。在小说开始时，“我”站在茶水桥上，试图证明自己是存在的，但却很难达到这个目的，于是只好自称为“具有某种想法的一个实例”。这表明内向派感到异常孤独，甚至怀疑自己的存在了。

古井由吉的《杳子》具有新型小说的艺术魅力。女主人公杳子是个年轻貌美、精神失常的姑娘。小说以“杳子独自坐在深谷里”

开篇，描写她一坐下去，便感到周围的重量仿佛全都慢慢地向自己身上压来；她害怕极了，好久不敢抬起头来。这里所表现的也是人生的孤独感。不仅如此，从小说写法方面也充分体现了它的新，即由日常的简单的片段中展示其细微的内容，并不着眼于讲述一个完整的爱情感伤故事。

透明族

从20世纪70年代中期起，中上健次、村上龙、三田诚广等一批更加年轻的作家登场，称为透明族。经过60年代的高速发展，进入70年代以后，生产现代化的目标已经基本达到。然而，这种新局面对人们意识形态的影响却是复杂的、微妙的。首先是怀疑产生了，人们对过去感到怀疑，对未来产生不安；接着是混乱出现了，用一个评论家的话来说就是，从1972年下半年到1973年，日本好像什么地方发狂了一般。这个时代给文学造成了困难。第一个困难是人生的意义丧失了。人们不知道为什么而生活，也不知道怎样生活才好，于是小说的现实基础也就发生了动摇。第二个困难是日常的形象丧失了。在青年一代中流行着“空白的日常”的说法，它意味着失掉形象的日常，任何形象也没有的日常。旧的日常消失了，新的日常又看不见，这也动摇了小说的现实基础。

由于上述情况，促使70年代以后的文学产生了一系列新变化，其中之一便是透明族的问世。他们不满意现有的社会秩序，也不服从现有的规章制度，可是自己又没有明确的理想和目标，因而行动起来往往是盲目的，具有无政府主义、虚无主义和自由主义的倾向，实际上是一种新颓废派。

中上健次是这批新作家的第一个代表。他以1975年发表的《岬》获得芥川奖，使人感觉到与以前几代战后作家不同的新人的出现，表现了全新的感受。正如他在《十八岁》中所写的那样：“我们是幸福的，是幸运的一代。既没有被驱赶到战争中去，也没有体验过母亲常常提起的B29轰炸机轰炸的灾难和恐怖。”

继之村上龙的出现对于文学界是一个新的冲击。他的处女作《近乎无限透明的蓝色》（1976年）立即获得《群像》新作家奖和芥川奖，发行量达一百余万册。这篇作品以东京近郊美军基地周围的青年生活为内容，具有浓郁的嬉皮派风格。由于表现出以青年一代为中心的生命意识的现代格调，由于去掉了所谓“战后”的观念，写出了新时代的感受性，所以这篇小说大受读者青睐，透明族也因此而得名。

综观日本现代派文学的发展历史，笔者认为需要注意以下几点：

第一，日本现代派文学的流派众多，形式多样，名目繁多。它们在日本文坛上相继出现，此起彼伏，互相更替，连绵不绝，不断冲击日本文坛和传统文学，推动日本文学向前发展。从历史的角度来说，现代派的力量在不断壮大，战后比战前壮大，六七十年代又比战后初期壮大，现在已经拥有巨大的实力。至于今后的发展趋势，我们尚须拭目以待。不过有一点是可以肯定的，即如果西方国家的现代派文学继续存在，日本的现代派文学也就不会销声匿迹。关于西方国家现代派文学的寿命问题，学术界存在着不同的看法，有不少人认为业已结束（下限为70年代，所以本文也暂以此为限），但也有人认为尚未结束，甚至还有可能出现新的高潮。当然，历史究竟如何演变，还得静待事实发展。

第二，日本现代派文学是在西方国家现代派文学的影响下产生的。日本虽然在地理上是距欧洲最远的东方国家，但在文学上却是受欧洲现代派影响最早的东方国家之一。这是因为，自明治维新后，日本便把目光从亚洲大陆转向西方，努力向西方看齐，力求在政治、经济和文化上与西方同步前进。在文学方面，日本对于西方的新理论和新创作的翻译介绍既快且多，所以，接受它们的影响也就既广且深，不仅浪漫主义、现实主义、自然主义等传统流派迅速传入日本，并在日本近代文学史上留下了自己的足迹；而且随后产生的象征主义、意识流小说、未来主义、表现主义、达达主义、超现实主义、存在主义、垮掉的一代等现代流派也迅速传入日本，对于日本现代文学的发展产生了很大的影响。不过，日本的现代派并不以西方现代派的原有样子出现，而是结合日本的特殊情况，反映日本的特殊问题，采用日本的特殊形式；并且一个日本现代派往往不只受一个西方现代派的影响，而是受许多西方现代派的综合影响。

第三，若就日本现代派作家与西方现代派文学的关系而言，情况更是千差万别，但大体上可以归纳为两种类型。第一种类型是有些作家走上了“全盘西化”的道路，即几乎采用西方现代派方法进行创作。这类作家为数不少，并有日益增多之势。以安部公房为例。如上文所述，他是用象征主义、存在主义和超现实主义方法进行创作的，所以渡边广士称他为“国际性的作家”“最明显地表现出与日本文学的过去切断联系的作家”（《安部公房·后纪》）。那么，安部公房所走的这条道路是否行得通呢？事实说明是行得通的，他所出版的平系列作品便是行得通的证明，他所获得的国内声誉和国际声誉便是行得通的证明。如果再问一下：这条道路为什么会行得通呢？我想其中有两个原因。一是日本是个资本主义国家，与西方各国社会性质相同，社会状况接近，所以作家可以全盘“西化”，全盘“现代派化”。二是所谓全盘“西化”和“现代派化”并不是绝对的，充其量也仅仅限于创作方法和表现技巧；至于作品所表现的生活和反映的问题则仍然是日本的，否则他的作品便会丧失赖以存身的土壤，便会丧失国内读者和国外读者。第二种类型是有些作家采取了“东西结合”的方针，即力图把继承日本文学传统与学习西方现代派方法结合起来进行创作。这类作家也占相当比重。以川端康成为例。他在经历了新感觉派时期和单纯模仿意识流小说时期之后，自 30 年代中期起，开始走上了“东西结合”的道路，即既重视继承日本古典文学传统，又注意吸收西方现代派文学方法，并使二者有机地结合在一起，而以前者为主的道路。用他自己的话说便是“我受过西方现代文学的洗礼，也曾试图加以模仿；但我在根底上是东方人，从十五年前起就不曾迷失过自己的方向”（《文学自传》）。正因为如此，他既不同于使用传统创作方法进行创作的日本作家，也不同于全盘接受西方现代派创作方法的日本作家，又不同于采用纯粹现代派创作方法的西方作家；可以说他是一个日本式的现代派作家。也正因为如此，他的作品形成了自己的鲜明特色，引起了日本和世界各国人士的瞩目，并且由于“以敏锐的感受，高超的艺术技巧，表现了日本人内心的精髓”（《授奖辞》）等原因获得了诺贝尔文学奖奖金。由此可见，川端康成的道路也是行得通的。

第二章

芥川龙之介的现代主义文学特征

第一节　芥川与芥川文学

芥川龙之介（1892—1927），日本著名作家，新思潮派的杰出代表，于1892年3月1日出生于东京，因恰逢辰年辰月辰时，故名龙之介。原姓新原，父亲曾经营牛奶业，后因出生后9个月时母亲神智失常，过继给舅父做了养子，改姓芥川。在现实中母亲的发疯，父亲事业的失败和初恋的失意给他带来精神上的极大痛苦，造成了成年后的他患有严重的神经衰弱和肉体上的多种疾病。同时，这一切又使他倍感孤独，在遗稿《给一个旧友的手记》中曾将自己称为“在孤独的地狱里受苦受难的人”生活在“时代的不安”下。更主要的是，作为一个有理想的理性青年，在当时资本主义发展的大背景下，对利己主义的不满、对资本主义现实的抱怨如恶魔般侵蚀着他，使其“产生一种厌世的思想”。日本人有云“花选樱花，人当武士”。1927年，35岁的芥川龙之介，这位日本文坛上的巨匠如樱花般在其文学生涯达其顶峰时与世长辞，留下的是后人对他的无尽感念。观其创作，自1915年第一篇历史小说《罗生门》问世，在以后短短的12年里，这位天才般的作家，用自己独特的手法和新颖的艺术视角写出了148篇小说，还有大量的散文、评论。这些精美的佳作，技巧纯熟、构思奇特、语言简练、情节更是引人入胜，使其在日本文坛上享有“鬼才”之称。当今一年两届的“芥川龙之介文学奖”在激励与培养日本众多后起之秀的同时，更体现着人们对他的无尽哀思。

对芥川文学的研究，鲁迅扮演着中国“第一人”的角色。1921年，《晨报副刊》中对《鼻子》和《罗生门》的翻译，开启了芥川文学研究在中国的传播与发展。进入文学新时期，随着中国改革开放后外国文学理念的广泛传入，对芥川龙之介的理论研究更是不断深入，理论成果层出不穷。但是在种类繁多的研究新方法背后，中国学术界在对待芥川地位的定性问题上则出现了极为简单的一致，而这种情况的出现却大都依据学者叶渭渠在其著写的《日本文学史》中将芥川龙之介定性为日本近代最后一个作家的判断。中国学术界的这种共识，直接导致研究的重点偏颇地放置在了芥川本身的传统性中。作为一个时代转型期的作家，芥川所具有的那种身份的复杂性在中国已然被忽略与抹杀。作者在此选取几乎与共识对立的视角，试图从芥川文学本身的现代性特征中研究、叙写，以求达到对其文学地位更为全面、正确的定性，改变中国学术界对芥川文学的研究遗漏与偏颇。

首先，从芥川文学存在的社会背景来讲，日本文学的大正时期是日本近代文学史上的一个分化期。直观 20 世纪大正时期日本的社会，它呈现出一种与传统日本截然不同的状况。1905 年，日俄战争的结束使日本凭借侵略和扩张，国力大振，开始跻身于资本主义列强之林。但战争的后果也使日本加剧了国内的经济危机，劳资纠纷达到了历史的高潮，工人罢工、农民暴动，加之 1917 年俄国革命成功的影响，社会主义思想风起云涌。在这种动荡的大形势下，日本当局制造了幸德秋水等人的“大逆事件”，残酷镇压了工农运动和进步的民主力量。而这一切反映于日本文坛，可用日本作家、诗人石川啄木当时发表的题为《世代闭塞的现状》中的话加以概括：“笼罩着我们青年的空气，已经一丝也不流动了，强权势力遍及全国。”“现今仍然处在失去理想、失去方向、失去出路的状态。所以，我们必须一齐起来向这个闭塞的时代状态宣战。”

在这种存在复杂矛盾冲突的形势下，早期垄断日本文坛的自然主义发展到 1908—1909年的高峰之后也开始走向衰落。自然主义作为一个文学流派或文学运动其影响力几近消失；作为理想或主张也由初期的反抗的、批判的主动精神开始向着低迷、沉滞的受动状态转变，其积极的声音也已经不复存在，从而被由白桦派、新浪漫主义、新思潮派构成的三派鼎立的文坛新象取而代之。在各自代表作家的领导下使日本文坛呈现出了一个缤纷多姿的样态。作为其中之一的新思潮派，就狭义来讲，它主要是指《新思潮》第三、第四次复刊那一部分文学青年组成的创作团体。就本身而言，它缺乏一种共同的思想、方法与技巧，之所以成为一个流派，在于其观点的一些相通之处，正如叶渭渠在《日本文学史》中指出的那样“他们对自然主义的纯客观描写持反对态度，又对白桦派相信个性全面发展就是美善的理想主义持怀疑态度，而崇尚夏目漱石和森欧外，主张用理智的，心理的描写技巧，通过表现现实胜过片段的真实，来再发现和再解释隐藏在这片段生活中的人生和现实。”芥川龙之介正是这个松散团体中的佼佼者、领军人物。

其次，就作者个人生活经历来看，由于所处家庭、时代的原因，芥川虽然很小便受到了古典文学的熏陶，造就了他深厚的古典文学功底。可是 1910 年他以优等生免试的身份进入日本第一高等学校学习的境遇，让他有机会可以大量阅读外国著作和哲学名著，使得青年时代的他有机会走出日本文化乃至东方文化的圈子，去接触与体验一种与之不同的西方文化世界。20 世纪初期的西方文学是继 19 世纪末文学转型（从现实主义向现代派文学的转换）后的一个初步成型期。此时各种现代主义的思想理论已经开始逐渐被人们所认可。芥川龙之介的学习“通过与书本的接触了解了人生”，从而“深受怀疑主义、厌世主义、世纪末文学影响”，所以，纵观芥川作品中所要向我们表达的文学世界：在思想内容上，他极力表达对异化生存状态的审视；在痛苦困境挣扎后产生的虚无以及在前者表现下深层次想要最终揭示的高度真实。在艺术叙述上，他反传统地运用了诡异的文本结构；在语言上大胆地尝试着重象征、重情感的词语。而这些正是芥川学习了解西方后在文本中对西方“现代主义文学特征”含义理解的体现。

通过以上的借鉴性分析，笔者尝试梳理出芥川文学中现代主义文学的内涵：它属于日本资本主义制度完善后在文学上的反映，同时又从精神内涵上加大了对现代制度的驳斥。它针对物化弊端而关注人的灵魂，用感性向制度理性的异化进行抗争，因此具有了强烈的反传统、反制度理性的特点。具体在文学文本内容中表现出来便是在内容上对现代人性、生存等终极问题的深度关切，在艺术上存在的反传统模式以及对文本形式、技巧、语言的重新挖掘与重视。所以，将这种新型的反传统、反理性的思想作用于创作实践，一言以蔽之，芥川在其文学作品中表现出已然存在的现代派文学的特征，这是一种西方现代主义色彩在文学文本中的展示。而关于这些正是芥川学习了解西方后在文本中对西方“现代主义文学特征”含义理解的体现。

有评论者曾经说到芥川的死是日本近代文学结束的标志，以川端康成为代表的“新感觉派”是日本历史上第一个现代主义派别。但笔者在此试图大胆推断，作为传统大背景下的作家，芥川的文学作品中已然具有了较强的现代主义文学特征因素，与其将他归为日本近代文学史上的最后谢幕者，倒不如将其视为日本现代文学史上的开篇者更为恰当。

需要强调的是，在对芥川现代主义文学特征进行大量文本梳理的过程中，笔者试图站在比较文学的视域，做到历时性与共时性研究的结合，以此来更为全面地展现芥川文学的现代主义文学特征。

第二节　异化虚无下的“高度真实”

探讨西方现代主义文学的思想意识方面的问题，首先，必须对现代主义文学产生于西方的时代大背景做一个了解式的探讨。19 世纪末 20 世纪初，西方各国的经济有了突飞猛进的发展，“制度现代性”的强烈反传统特点使得生产力水平得到了极大的提高。但与此同时，各国间的利益矛盾、国内的劳资矛盾、民主运动、民族独立和解放运动的高潮，却促使了经济危机的发生，也加速了国际战争的爆发；科技的发展在带来社会大发展的同时，也带来了人们的思维方式、生活方式和文化价值观念的根本性改变，它使得人们对已经熟悉的世界变得越来越陌生，甚至产生了恐惧。需要特别指出的是，在这种快速、混乱的时代大背景下，非理性思潮油然而生，柏格森、尼采、叔本华等人，用一种全然不同于传统的理论，解释着当时的一切。而“现代主义文学正是西方现代非理性哲学和现代心理学相结合的产物”。对现代西方文明的危机意识、变革意识，特别是它在人与社会、人与他者、人与自我的关系中所表现出来的全面的扭曲和严重的异化，最终反映于文学，使得现代主义文学普遍具备了时代性较强的精神创伤、变态心理、悲观绝望情绪和虚无主义思想。

明治维新后的日本，资本主义体制已经基本确立。在当时政府的大力提倡下，积极引进现代西方的先进生产技术，从而使得日本生产力水平得到了极大的发展。但与此同时，西方社会发展下带来的各种危机，在当时的日本社会中也不可避免地出现。物质的丰富与精神的匮乏在大正时期的日本成为一大社会特色。加之对西方文化的引入随之而来，各种外文书籍的引进与译介，使得日本人有机会更好地了解了东方视野以外的世界——西方。令当时日本文坛惊奇的是当时西方作品中所反映的对传统理性主义的大胆怀疑与反叛；用感性知觉对人生乃至整个宇宙生命的观察；对梦魔病态心理与变态心理的捕捉等，与当时日本现实状态下知识分子关注的东西存在惊人的吻合，这势必使得西方现代文学中的东西引起日本文人的共鸣。芥川龙之介的作品便是当时极具代表性的典型，整个社会与周围环境带给芥川本人的真实感受反映于作品中便是现代文学中通常体现的危机感、幻灭感，以及最终所导致的悲观厌世情调。

一、生存中的异化

西方现代文学的大量作品加大了对“人”这个特殊主体的关注，特别涉及了对人性、生存等最为本质概念的探索。但与传统不同的是，在文本的内容组织上它习惯用一种新颖另类的手法向我们揭示一种新的人生状态。例如，卡夫卡笔下的大甲壳虫；奥尼尔笔下的毛猿等，这些故事作品的产生让读者在感觉作品风格面貌焕然一新，其背后的深层又在极力地向我们展现现代文化中所特有又广泛存在的异化主题。“异化”概念早已有之，自 17 世纪起人们便从各种角度阐释着它的内涵。最早将此概念引入“人类本质与社会生活关系”领域的是德国小资产阶级政治家赫斯，在他看来，“人们对利益的追逐与竞争，使人们便成利己主义的个体，造成人与社会的脱离，造成人与人彼此的孤立、对立，从而造成人的本质在社会里的异化。”后人美国批判家约翰·劳森曾对“异化”做过更为概念式的理解，他认为“异化成了现代社会最流行的词语之一，它常被用来表示人同他在其生活环境的分离，人与人之间的隔绝，人失去了相爱和友善的能力及其结果——绝望，丧失信心以及道德上的虚无主义，从而促使人到乖戾反常、麻醉剂和毫无意义的暴力行为中去寻求安慰”。正是如此，物质的泛滥、科技的发展使生产力得到了极大的提高，随之而来生产关系的问题也异于从前。现代社会的深刻危机带来了人的全面异化，人异化为非人，失去了人的价值也就失去了自我的本质。

芥川龙之介所生活的日本大正时期，正是这种异化现象表征明显的年代。传统的以血缘为纽带的封建制度于 1868 年明治维新后开始松动与瓦解。到大正时期，经过几十年的发展，以金钱、权力、利益为纽带的资本主义制度在日本已经基本建立与完善。如果说封建制度下还有血缘为主的脉脉人情，那么在资本主义时代这一切都被物质、金钱所代替。“人”作为“万物之灵长”的特性被极大地抹杀，现实中出现最多的是人与周围一切关系的异化。芥川在现实的生活中深切感知了这种变化，在作品中，他将这种异化的主题展现得非常深刻。

（一）人与社会关系的异化

首先我们从他的代表作《罗生门》来看：它主要讲述的是一个男仆，在走投无路时，雨夜寄宿罗生门，终因对生的渴望，最终抢走了门楼上老妇人的衣服“消失在了黑暗之中”的故事。仅仅三四千字，可人与社会的异化关系却表现得入木三分。从男仆当时的身份处境看，他在“京城凋敝”的大背景下“四五天前已经被主人扫地出门”，与其说在罗生门下“等待雨停”，不如说“困顿雨中的仆人无处投身、穷途末路”。在最终的结果发生以前，他也曾犹豫过，“已经肯定了不择手段”，“但还缺乏勇气”，“不敢做出积极的肯定”。特别是当看到老妇人正在揪女尸的头发时“仆人心中一点点积累起对于老妪的强烈憎恨”。正义感在仆人的心中油然而生，“人性”传统在此时还有一丝的力量支配着人的言行，可是最终社会生存战胜了一切，随之而来的邪恶使之丧失了理智，门楼上只剩下“仿佛死人一般的赤裸老妪从死骸堆中爬起身，口中发出呻吟般的嘟囔”。而男仆则拿着从老妪身上抢下的衣服，消失在一片黑暗之中……

短短的文章，力透纸背地向我们反映着人世的苍凉。男仆的举止变化使我们产生一种诧异后的感叹，深层次的挖掘莫过于作者对人性的思索。而这种对思索又必然要放置于当时的社会背景之下，作品写成于日本经济快速发展阶段，生产的发展、技术的进步使得机器现代化代替了手工劳动，大量劳动人们失业，芥川一直所探索与追寻的人性，在社会的巨大压力下已经所剩无几，这引发了文学敏感的作者对社会人生做出哲理性的理解。社会确实是在进步，可是在芥川的眼中，这种进步却以一种人与社会间关系异化的变式表现。在致恒藤恭的信中作者曾对人性中最为根本的“无私的爱”产生了质疑，认为“倘若没有，人生便无比的痛苦”。《罗生门》正是作者对人生有无“无私的爱”探索的结果，同为天涯沦落人，可它们之间却没有点滴的关爱。被老妇人揪头发的女子曾贩卖假货，老妇人揪女尸头发，男仆抢老妇人衣服，一连串的故事，以恶报恶，为了生存，穷人在现代社会里已经顾不得人性，高度发展的物质文明下，社会与人之间是一种异化关系，所有的东西都可以被买卖，唯独不能谈人性、谈感情。正是社会在芥川的眼中发生着巨大的变化，而这字字珠玑表现在了芥川作品中社会与人关系的异化上。

（二）人与他者关系的异化

社会大背景的变化直接导致了人与所在社会关系的异化，而从另一个角度分析，由人构成的社会，社会中的人与人之间的关系必然随之发生着变化。具体分析可以得到以下解释：人与异己的社会对象发生关系就不可避免地与对象的主人发生关系。在人与社会产生异化关系的大前提下，人与他者的关系必然是存在着异己与敌对。

芥川代表作《鼻子》正是如此：禅智内供的鼻子奇长无比，它在带来丑化面容的同时成了此僧侣的一大心病。生活的不便和别人的嘲笑使得他想尽办法把鼻子弄短。可就在其梦想成真之后，他却更加苦恼，因为别人看他的眼光更加怪异，招来的是更多的讥笑。故事的结尾是发人深思的，内供的鼻子又恢复了原样，唯一不同的是他不再觉得自卑，反而心情舒畅，自言自语道："这样一来，再也没人笑话我了……"

一篇由特大型鼻子引起的短篇小说，却让读者很容易地体会到了人生百态。与传统的文本不同，作者试图用一种欢快的笔调来书写一个内蕴深刻地故事。在文理行间极力想要告诉我们的是：对于僧人内供来说，这个鼻子深刻地刺痛了他的自尊心，但伤其自尊心的又何止那大型的鼻子，甚至这方面的分量占比微乎其微，不然我们就无法理解在鼻子变小之后僧侣会变得更加痛苦。刺激他自尊的真正原因是他人，是他人的眼光、他人的讥笑深深刺激了僧人，使他倍觉尴尬。在现代社会中，异化的主题在这个看似荒诞的故事中再次出现，人与人之间的关系出现了隔膜、畸形，极端冷漠、残酷和思想感情无法沟通的可怕图景在文章中一览无余。正如文章中芥川自己分析的那样："人心总是存在两种相互矛盾的感情。当然任何人对别人的不幸都有同情之心，但一旦不幸的人摆脱了不幸，旁人又觉得若有所失。说得夸大一点，甚至希望这个人重新陷入和以前同样的不幸。于是，就会不知不觉地对对方产生某种—虽然是消极的—敌意。"在现代社会中旁观者为了满足自己的欲望，用一种自私自利的态度去评价着别人，而被评说者却总是像文中内供那样将他人的判断变成了衡量自身价值存在的标尺，不断地反抗只能离他人的尺度越来越远，势必引起更多的烦恼，他人的评价使现代人生活得更加痛苦与艰难。

（三）人与自我关系的异化

在现代文学所崇尚的异化主题中，除去以上所说的人与社会的异化关系和人与他者的异化关系外，为了揭示荒诞的生存现状，人与自我的异化也成了一个主要创作的视角。“在现代心理学的影响下，人们力图表现人的意志的复杂变化，许多作品中的人物常常失掉了人的本性，变成畸形发展的东西，成了非人。”“丧失自我的悲哀，寻找自我的失败，是不少现代派作品的主题。”而这种主题的文章，芥川的作品中也有很好的体现。

例如，在作品《山药粥》中，作者就向我们极力展示了这样一个小人物。主人公是“某位五品”，他拥有一个身份丧失的名字，如同卡夫卡作品中的K，没有任何个性特征，文章中写道：“蛮想弄清是何方人士，姓甚名谁”，“偏巧那名竟没流传下来”，至于“五品是何时来侍奉主人的呢？这谁也不知晓。”可见，这个人在文章的开头就被丢掉了人本该拥有的最基本的东西，即身份象征。如果说这是他初步自我丧失的表现，接下来故事中向我们揭示的情节，则意在一步步地完成整个社会对一个人的真正异化，即使其“自我”的彻底丧失。

因为有一副寒碜的尊容，“五品甚至不如一只苍蝇。”对别人来说“五品的存在好比空气一样无影无形，眼里就没有这个人”。而“五品却从不动气，那些不平的事，他全然不觉，为人竟窝囊怯懦到如此地步”。自身的、外在的因素使他进一步丢掉了人的本性，快速畸形的发展，在向现实中的“非人”进一步靠拢。

故事的高潮是围绕着五品的山药粥梦想开始的。从一种角度来讲，如果说文章高潮以前的叙述是在极力展示五品自我性丧失的悲凉，那么对山药粥的渴求，我们却可以理解为寻找迷失自我的举措。是自愿？是被动？暂且不论。“需求”让读者感觉到了五品自我回归的一丝迹象，但结果又能怎样呢？面对着满锅满碗的山药粥，五品已经提不起了任何兴趣。强烈的愿望在快要实现时变成了现代人所普遍存在的幻灭意识，此时的五品只能想起的是“在此以前的自己，心中充满依依之情”。那点仅有的对自我的追求，在现实的大环境下荡然无存，消失殆尽。作者芥川在故事的结尾很巧妙地提到了一只狐狸，它如同五品一样对山药粥充满渴求，就修辞学角度来说这可以称为一种特殊的类比，“五品—狐狸”，人身上的人性部分被极大地抽取出去，兽性成分取而代之，从而完成了人与“自我”关系的彻底异化。

“异化”是现代派文学中的一个重要特征，而现代派文学的中心内容则致力于表现资本主义社会危机、精神危机下人的这种异化。“异化主题”在芥川文学中所占的比重是突出的，作为一个理性的作家，他以“人性”作为创作与分析的切入口，在探讨社会人性传统丧失的文本中人与社会、人与他者、人与自我的异化关系成了作者关注的焦点和议论的核心。“资本主义特征就是金钱对人的普遍奴役，金钱把人变成商品，使人非人，把人变成不折不扣的自觉的利己主义者。”

现代社会的异化作者已然深刻感觉，那么作为一个理性的作家，他又会做些什么呢？正如美国文论家约翰·劳森所说的那样：如果不断审视一个“病态”的社会，描写“病态”的社会，那么，“艺术常常会染上它所描写的疾病，堕落也会传给艺术家本身，于是他们心里就会展开一场反对妥协和绝望的斗争”。

二、痛苦挣扎后的虚无

关于悲观虚无主义，这是现代社会中所普遍反映的一种思想现象；是资本主义混乱矛盾，面临无法摆脱的危机现状在人们头脑中反映的产物；是知识分子对社会现实的厌恶、不满、绝望以及一种无政府主义的反抗情绪表达。如同前面所论述的那样，在现代社会中，高速发展的生产力在带来物质丰富的同时，更多带来的是人与自我、人与他人、人与社会关系之间的不适应。在庞大的物质社会面前，原本封建宗法制度下的道德规范已然没有了存在的空间，一丝温情的血脉关系变成赤裸裸的金钱利益关系，人们原有的价值观被彻底地瓦解。当现代主义文学带着自己本身具有的反叛精神而登上历史舞台的时候，悲观、虚无的表现随之而来，并成为现代文学内容中力图展现的独特内涵。

现代主义文学时期，著名的西方理论家叔本华曾在自己的理论著作中不止一次地提及人世的痛苦、生存的虚无问题，在他看来，“一切生命的本质就是苦恼”，“人的一切行为，虽然可从死亡的缝隙中逃脱，而苦恼和痛苦仍是不可避免……如若困顿和苦恼稍止，容许人们稍事休息，倦怠将立刻随之而来”。可见，在现代社会中，人们对生命的思索已不再仅限于“万物的灵长”这样崇高辉煌的梦想。社会形态的变化，社会异化的产生，不可避免地使大众对“人”这个世界的主宰的存在产生怀疑，在接踵而来的痛苦和压力面前，传统所提倡的“人性”显得那么脆弱。压抑的社会环境、冷漠的社会关系，使得人们总是在小心翼翼地知与生活，但迎来的“不是新的痛苦，便是倦怠——亦即空虚的憧憬与无聊”。

（一）生存痛苦的写照

将上述理论引入芥川文学，我们不难发现，就身世、家庭来讲，芥川龙之介的一生的确是痛苦的。本应天真烂漫的童年，却被特殊的生活经历所抹杀。生母因身体屏弱，在芥川出生后十个月便突然发疯，之后小小的芥川不仅没有在母亲身上得到一丝的母爱，精神病的遗传性像阴影一样在芥川的心里无法消除，并为此，他承受着来自社会各方面的歧视和压力。从小被过继给舅父，自幼寄人篱下的生活经历使他平添了性格上的一分软弱和孤僻；青年时代的初恋被疼爱自己的姨母横加阻挠，使之加深了世间是否存在“无私的爱”的考问；成年后的芥川，贫瘠但却有着不可推卸的生活责任，等这些委实不能使人快乐，但是需要指出的是青年时代的芥川，凭借着自己深厚的中、日古典文学功底和超强文学天赋顺利进入日本的高等学校深造。明治维新以后已经打开国门的日本，大量外国图书的进入迎合了他对知识的渴望，在他的评论中不止一次地提到外国的文学家、理论家的名字，例如，托尔斯泰、福楼拜、叔本华、尼采。在给朋友的书信中更是经常对外国作家的作品加以评价或推荐。这使我们可以清楚地感觉到，文学的世界让芥川了解到与自己生活不一样的东西，使之感到兴奋与满足，但从另一方面这也使他认清了社会的现实，这位极为理性的作家对人生、社会的思索变得更为深刻。特别是自 1921 年起，芥川龙之介的神经衰弱越来越严重，加之社会经济危机的波及，生父、养父两家的事业败落，沉重的生活负担压在了他的身上，也压在了他的心上，这对于本已不堪重负的芥川可谓是雪上加霜。生活的痛苦与无助使得他缺乏了生存的勇气，在给好友的信中他多次提及了自杀。写至这里，有人必然会问这位“鬼才”式的作家就没有想到过抗争吗？答案显而易见是否定的。对于作家而言，面对自己他所需要考虑的是声誉与生计；面对读者与外部世界，他更多要考虑的则是良心与道德。在芥川的评论《艺术及其他》中，作者提出了自己对艺术与人生的观点：“为艺术的艺术，一步走错就会掉进艺术的游戏论中；为人生的艺术，一步走错就会掉进艺术的功利论中。”可见，在生计与道德的观点上，他都选择了回避，他追寻的是一种“艺术的人生”，艺术成了在芥川的世界里抵抗痛苦的最主要手段。他将生存的勇气放到了文学与艺术里，艺术在他的世界里是至高无上的，从而使得他将对生活痛苦的挣扎完全体现在了自己的作品中。

（二）艺术挣扎的幻灭

众多评论者认为《戏作三昧》中主人公马琴的心境正是芥川自我心境的完美表现。在一个熙熙攘攘的澡堂里，一个年过六旬的老人像常人一样搓背洗澡，文章拥有平实的开头。可与众不同的是，在他的心里涌现出来的却是一道“死亡”的阴影，正如文中所写的，想到“为谋生疲于奔命，几十年来还苦于不停地写作，使得精神疲惫不堪……”死对于他来说“像水桶中的天空一样宁静可人，只是一种解脱烦恼、安然寂灭之感罢了”。这是一位作家的内心真实写照，同时也是芥川对疲于奔命写作谋生的一种质问，人生与艺术的问题在这里徐徐展开。

在接下来的一天中，作者马琴先后听到了令他“轻蔑之念不由而起”的一段不着边际的赞美；令他愤懑与无奈的读者的误读与中伤；令他无法忍受的书店老板的阿谀奉承，而这一切使他感到了人生的琐碎“心里有说不出的烦乱，很不痛快。”直到好友的登门拜访，才使这种状态有所改观，文章的结尾朝香回来的孙子太郎的几句话彻底地打消了马琴的苦闷。“您要好好忍耐啊。”这种忍耐成了在现实生活困难面前的无助表现，随之作者芥川在此真正将反抗人生痛苦的手段给予了艺术。只见文中马琴最终突破了一切阻碍“如帝王般威严的眼睛里，既不是利害得失，也非爱恨情仇，更看不到一丝一毫为毁誉所苦的情怀，而是充满不可思议的喜悦。”达到了人生的“三昧”状态。是的，这一切才是人生“残渣污秽荡尽之后”剩下的“一块崭新的矿石”。

将艺术创作作为人生的职业，对中外作家来说都是一种痛苦的选择、艰难的炼狱。芥川亦如此，在他反映真实生活感触的作品中，能深刻体会作者在“艺术的人生”中走得是那样艰辛。但在上篇文章中，读者可以清晰地感觉到作者刻意留下了一个光明的尾巴，预示着在艺术道路上的继续奋斗，在人生道路上的继续抗争。

那么人生的苦难真的能在艺术中化解吗？比之《戏作三昧》较晚创作的《地狱图》在充分体现作者文学观的同时，回答了这个问题。芥川在自己的评论中曾写道：“艺术家必须期待自己的作品的完成，否则艺术就变得毫无意义了。艺术家为了创作非凡的作品，有时候、有的场合难免要把灵魂出卖给魔鬼。”可见，在“艺术的人生”中，他主张一个艺术家为了作品的完成应该牺牲一切，也必须牺牲一切，这便是艺术至上。《地狱图》中画师良秀在观看地狱火烧这一场面时所表现出来的行为举止真实对照了作者的这一思想。看到自己将要被大火吞噬的女儿，作为父亲，“他向前伸出双手，瞪着入木三分的眼睛，目不转睛地注视着毛车周边的烈焰和烟尘。”“圆瞪得双眼，扭歪的嘴唇抑或是不断痉挛的脸颊，都活生生展现出良秀复杂变化的恐惧、悲哀和惊悚。”可是作为画师，对艺术炙热的追求却又使得良秀“那皱纹密布的脸上浮现出令人费解的光辉，宛若恍惚之中的法佛，”“美丽的火焰和烈焰中受难的女人的身姿，令之产生了无限的喜悦。”艺术与人生的冲突在这一瞬间达到了顶峰。芥川提倡的艺术至上胜利了吗？用艺术来抗争痛苦的人生成功了吗？文章的结局“在屏风完成后的翌日深夜良秀在自己的房屋里悬梁自尽。”这又说明了什么？是的，这样的结局只能归结为作者艺术至上主义的夭折。良心、道德的谴责使画家无法承受：丧女之痛使其难以苟活于世，人生最终战胜了艺术，艺术至上在苦难的人生面前成了一纸空谈。

以上两篇文章的分析，真正体现了芥川文学中所表现出来的作者独有的人生观与艺术观。面对痛苦的不可抗拒的人生，作者试图从“艺术至上”中寻求解脱的途径，但结局对于芥川作品及其本人来说都是可悲的。琐碎的人生、“压抑”的道德，使得他自己所修筑的艺术世界彻底崩塌，他不得不从艺术的虚幻中无奈地出去面对那残酷的现实，痛苦挣扎幻灭后带来的是彻底的绝望，剩下的仅有万事的虚无。

（三）虚无最终的死亡

1927 年 3 月 1 日，芥川在自己家里大量吞服安眠药自杀，与其说这是对现实的最后反抗，笔者更愿将其归结为对现实苦恼的绝望和对人生无奈的妥协。正如前面所讲，芥川的一生是悲苦的，家庭、身体，重重的不幸压抑着他。对于艺术的追求虽使他暂时得以逃避现实，但最终艺术至上主义的破产，时代大氛围悲观虚无主义的影响，使他这个本以极端理性的作家再也无法对苦难的现实置之不理。叔本华对悲剧人生定义中所列举的内容“永远无法满足的欲望、徒劳无功的努力、被残酷命运践踏的希望、苦恼增值的最后亦难逃一死的生之迷惑”等在芥川的身上一一呈现。芥川死了，在他的遗书中写道：“我之所以自杀，仅因有种隐约的不安。”他深感人类“‘为了生存而生存’的悲哀”“心甘情愿进入长眠世界。”用他的话说“这即使算不上幸福，也准是一种和平”。在经历了人生痛苦，艺术抗争后，芥川用自杀的方式完成了犹如后期川端康成、三岛由纪夫这类现代主义文学特征色彩更为浓厚的作家惯走的“痛苦—失望—挣扎—幻灭—绝望”之路，让自己的一生以悲剧收场，将所有的一切归于虚无。

三、异化虚无下的“高度真实”

文章的前面部分曾不止一次地提及“现代主义文学特征的核心内涵，就是彻底反叛传统，十足的标新立异精神”，那么具有鲜明现代主义文学特征的文学艺术——现代主义文学，作为传统的破坏者，在西方众多非理性主义的思潮中应运而生。“异化、虚无”是其内容的突出特征，这使人不禁要问，现代主义文学特征是否存在真实？现代主义文学特征的真实在哪？它又如何具体体现？

正如有的文学理论前辈所论说的：浪漫主义有浪漫主义的真实；现实主义有现实主义的真实，自然主义有自然主义的真实，现代主义也理所应当存在着现在主义自己的真实。“‘真实’，其实仅是人们对真实的看法，有什么样的‘真实观’就会有什么样的真实，所谓唯一的客观的真实其实并不存在。”笔者在此极为赞同这种观点，所以认为现代主义作家反其道而行之的举动，是对传统文学中的客观现实性的抛弃，换而代之的是对主观内心世界真实的挖掘与分析。在反传统、反理性的年代，现代主义无时无刻不在崇尚着对终极理性的思索。“存在”“人性”在成为现代社会所关注问题的同时，也成了现代文学作品中所常见的具有根本真实性的概念。所以，我们不应因为现代文学的晦涩难懂，便否认其真实性的客观存在。

日本新思潮派是作为对本国自然主义文学的反拨而登上历史舞台的，在它的创作时期，由于受到了当局“大逆事件”的影响，它只能是日本文学“寒冬时期”的曲折反映，城市中下层思想的隐晦折射。它讲求“运用理智的、心理的描写技巧，通过实现社会片段的真实，来再发现和再解释隐藏在这片段生活中的人生和现实”。所以，不管芥川龙之介如何写作，在古怪、荒诞、朦胧、象征中对真实社会的追求与探索却是不变的，而这才是作者想让后世读者感受得最具有现代主义特色、最为根本的东西。

如果将芥川的作品稍加归类，大致可以分为两种：第一种便是前期所写的多取自传统古典故事的作品，在这类文章里充满着“丑恶怪诞”的内容，对这些别人不屑一顾的东西，作者却充满了由衷的欣赏。如同西方现代派发展演变的进程中，前期象征主义和唯美主义所追求的那样“作为具有反叛精神的新思潮，在创作上标新立异、惊世骇俗，在理论上刻意创新、耸人听闻，虽有失实之偏颇和过渡，却掀起了西方文学和西方文论史新颖独特的一页”。芥川文学作品中正是具备了这种特点，反之也理所当然地可以看作是芥川对西方现代派学习与认可的见证。在大正三年给朋友恒藤恭的信中他曾提到：“觉得善恶并不相反，而是相承。”“这两种相互矛盾的东西对自己都具有同样的诱惑力。”他喜欢波德莱尔的诗歌，在此中他找到了“善恶如一的东西”。可见，“丑恶”的形象频繁出现在芥川的文学作品中，是有意为之的结果。例如，《罗门生》中城楼上的尸体，在黑暗中“像猴子”般揪女尸头发的老妪；《鼻子》中那个“酷似一根香肠的细长的鼻子”；《山药粥》里长着“寒碜通红的鼻子，徒有其名的几根胡子”的五品；《蜘蛛丝》中“三恶道上之冥河与刀山剑树”的地狱之境等，一个传统的现实主义作家是很少从这种素材中提炼作品的，但芥川却能从这种角度入手写出自己的风格。

但是，揭开文章的表面华纱，作者没有仅仅停留于表层怪诞意思的表达，在这“丑恶怪诞”中流露出来的往往是作家最想表达的东西，即一种理性的思索、一种内蕴真实的把握。就前面所提到的那些现象：城楼上黑压压的尸体正是大萧条社会的直接见证，而以揪女尸头发过活的老妪现实中很有可能真的存在；《罗门生》《蜘蛛丝》在象征性地影射社会黑暗的同时，更进一步真实反映了现代人的那种自私自利的品质和现代社会中异化主题下的自我人性的完全丧失：《山药粥》结尾五品的“迷茫”，《鼻子》结尾僧侣的“欣喜”，又能深层体现现代社会人们由于欲望无法满足而产生的那种无奈与虚无。正如存在主义所提到的那样“备受痛苦而又无能为力，唯一的命运是一连串的失败。”

进入写作后期，芥川趋向于写实的创作道路，对社会的揭示更为真实，但对于怪诞的事物仍然极为喜欢。在他的后期遗作《河童》中，这种表面怪诞的内容写作可谓到了极致。这个故事出自一个精神病人之口，这使得它本身便带有了怪异的不真实性，同时故事发生在“河童国”，这个日本传说中子虚乌有的地方，从而使这种怪诞的程度更加深化。文章从主人公一天去爬山却误入河童的社会开始讲起，在他人想来本应黑暗无比的地下河童国，在作者的笔下却成了一个有声有色、极其丰富的天地，在这个荒诞、奇异的世界里，主人公见到了“拿着纯金的匙子搅动咖啡杯”的玻璃公司总经理，听他诉说河童国怎样成为自己的囊中之物；他参观了“书籍制造公司”，而印书的方法却是“只需将纸、墨水、驴脑髓放在机器里一起搅拌”；至于河童生孩子就更加蹊跷了，在小河童出生以前，医生必须询问他是否愿意降临到这个世界上；还有那古怪的“职工屠杀法”，大量的失业者纷纷被吃掉，结果竟然造成了肉价的下降等。这些稀奇古怪的内容，在让读者感到诧异与好笑的同时，不禁会使我们思索：这个社会怎么了？怎会如此疯狂？但如果将河童社会营造的内容一层层剥离，作者的真正意图便得以展现：地底的河童国其实正是芥川所处日本社会现状的观照。当时的日本，所有的一切包括政治、经济、文化等各方面已经让作者深恶痛绝，在他的心里存留着的仅有对时代社会的深重阴影，对日本社会的无比憎恨，以及在抗争后产生的彻底绝望、悲观心态。而所有这些，作者都旨在通过一个疯子的幻想故事表现出来，用荒诞反映下的内蕴真相，极好地向读者讲述着一个近代日本的现实故事。

西方近代社会对传统的一切都产生了质疑，特别是现代主义文学特征中所表现出的那种反叛精神，早已成了现代派文学的突出特征。它抛弃了现实主义对客观现实的崇尚、自然主义对科学、精密的描写，极力地在用荒诞、怪异组织着作品，而揭开这些怪的面纱，留下的便是作家们对社会现象的深层挖掘。荒诞、怪异正是当时知识分子所处社会环境异化后，在其心中留下的真实印象，同时它又反过来体现着知识分子痛苦挣扎后的悲观与虚无。芥川的作品，正是如此，虽然“丑恶怪诞”在文章中有很多展示，但在它背后，更多的却是一种作家在理性的支配下对社会现状的总体审视，这才是作者想要给我们表达的写作意图。如果我们把文章的理解仅仅停留在表面的“古怪惊异”中，那么芥川文学的本质则根本无法全面地把握，更无法体会“鬼才”这一称号的真正价值。

纵观芥川龙之介作品的思想意识，他将现代主义文学特征中所反叛与揭示的东西表现得极为全面与深刻。正如存在主义者带着虚无主义的眼光来看世界一样，在他们眼中“荒诞是世界的永恒本质”，“异化是人类无法摆脱的命运”。它是“人的存在的普遍境遇，任何社会任何人都无法摆脱痛苦、危机和荒诞”。生活于日本大正时期的芥川，深刻体会到现代社会给人们带来的转变，在荒诞的生存状态下，所有的东西包括价值观、人生观都在发生着变革，传统的道德观、伦理观更是不见踪影，剩下的只是痛苦挣扎后的虚无、绝望。“世界无法认识，人生没有意义，世界是荒诞的，人的存在也是荒诞的。”芥川在分析了这一切，看清了这一切后，用自己怪诞的作品深刻展现着现代文学中所要求的高度真实、内在真实，淋漓尽致地完成了自己意识形态方面对现代主义文学特征的阐释。

第三节　反传统的艺术文本

现代主义文学的特征是“彻底反叛传统”“标新立异精神”，而西方文学的现代主义文学针对现代主义文学特征的物化弊端而关注人的灵魂，用感性与制度理性的异化进行抗争，具有强烈的反传统、反制度理性的特点。因此，从艺术理论层面分析西方文学发展到现代主义文学时期，凭借一种对传统文学的彻底反叛，它们首先要求打破的便是内容支配一切，内容主宰一切的传统创作观点，从而重新凸显文本艺术形式在作家眼中的重要作用。纵观文学发展史，文学走入近代特别是现实主义文学时期，作家、读者一味地去寻求作品中有关内容的一切东西，艺术形式在强大的内容面前不得不一再地降低要求，最终连基本存在的必要性也消失殆尽。现代主义文学意识到了这种创作极端化倾向，反其道而行之，力图从根本上改变这种观点，它极力奉行艺术本体论的创作理念，认为形式即内容，追求“艺术的非人格化”，并使得形式在作品的艺术构成中发挥巨大作用。它将文章的内容包裹于形式之中，意在通过不同的形式，表现出更加复杂、深刻的内容。正是在形式反思的大趋势中，作为方法的实践，西方现代主义文学将注意力转移到艺术技巧的革新与试验方面，力求在标新立异中表现反传统的特征。俄国学者维克托·什克洛夫斯基曾在其著名文章《作为手法的艺术》中提出“艺术的目的是使你对事物的感觉如同你所见的视像那样，而不是如同你所认知的那样；艺术的手段是事物的‘反常化’手法，是复杂化形式的手法，它增加了感受的难度和时延”。基于上述理论，在文章的形式结构上，西方现代派改变了原有传统写作方式，即力求清晰、完整组织文本的写作；取而代之的是朦胧、多义、重视不完满，甚至是对复义、残缺文本的极力追求。在文章的语言方面，对传统的反思更加明确。文学语言与日常语言的区别与分析，成为众多研究者共同感兴趣的话题，讨论后达成的结果一致趋向于文学语言与日常语言存在着根本性不同。在现代文学中，语言已不再仅仅作为写作的工具和手段，它本身具有独立的艺术审美作用，是构成文本的重要组成部分。

将西方的理论实践于芥川龙之介的身上，在前文中笔者已经将现代精神在芥川文学意识内容中的表现做了详尽的阐释。思想上的西方现代主义文学特征不可避免地要展现于具体的文本形式上，以下便是现代主义文学特征在作品艺术形式上的具体分析。芥川作为日本过渡时期的作家，受“西方的呼声”的影响，他积极接受在艺术上追求形式技巧的观点，并在自己的评论中出现了高度响应。例如，在《艺术与其他》中所指出的“内容是本、形式是末—这种说法颇流行。但这却是貌似真实一样的谎言。所谓作品的内容，必然是与形式同为一体的内容”。在《文艺杂感》中他又否认了作家菊池宽的打动人的东西仅是内容的思想，认为“形式和内容本来是一个东西”。在《文艺讲座“文艺一般论”》中更是具体提到“文艺上的作品一方面在有着内容的同时，另一方面必须有着给予内容以形式的某种构成的原则”。可见，在芥川的文学观中，内容和形式技巧已经成为不可分割的文本的两个方面，与传统的创作观不同，芥川将形式技巧看作一部作品存在艺术价值的不可或缺的重要部分。在文本中，他有意地对“反常化”文本形式进行了探索，在时空的结构、线索的层次、结尾的选用中，对传统的反驳是显而易见的。同时，对于文本语言的观照上，芥川讲究的是“小说语言诗性化”，这样一种极富现代主义语言特色的表达形式，即用富含意象、饱含情感的语言，来体现自我的别具一格。一言以蔽之，芥川艺术创作中的具体实践无不体现了与前人的不同，而这些创新又是具体的在形式技巧方面现代主义文学的体现。

一、“反常化”的文本形式

前面笔者已力图将芥川文学内容中的现代主义文学表述于文章之中，并最终将其归纳为“异化虚无下高度真实”，那么从作品的艺术形式来讲，芥川文学的现代主义文学特征特质又当如何体现，笔者在此借用了俄国形式主义中经常用到的“反常化”一词来加以初步阐释。新思潮派又称“新技巧主义”，它是以自然主义的反拨者姿态登上日本文坛的。特别是在技巧形式上，它反对自然主义所要求的“像自然科学家一样原原本本地再现现实生活的现象”，大力强调技巧，强调虚构与想象，从而在很大程度上抛弃了日本传统文学（特别是近代文学以来）对“客观真实内容”的重视，取而代之的是当时西方现代文学中所极力崇尚的对形式技巧的把握。

（一）反传统的时空结构

关于“时空”的概念在古老的时代已经出现，特别是历史发展到近代，科学技术的发展，使得我们习惯用“线性时间”与符合逻辑的“空间”结构来述写关于“时空”的一切。近代现实主义文学，尤其是自然主义文学时期，本着再现现实的创作原则，对时间和空间的真实性要求达到了极致。但随着“非理性”思想在现代文学创作作用的凸显，作家们都刻意地放弃了对传统时空观念的崇尚，取而代之的是一种非理性、反常化时空观的展示，即对虚幻空间和“心理时间”的推崇。芥川的创作中明显地体现了这一点，他将这种具有现代主义文学的时空观充分地表现在了自己的文本之中。

在芥川代表作《蜘蛛丝》中，文章的开头是这样叙写的：“一天，佛世尊独自在极乐净上的宝莲池畔闲步”，“极乐世界大约时光清晨”。就读者来讲，读到这样一个开头通常的审美期待应该是安详、光辉的故事主题。可是作者却意不在此，笔锋一转，下一个虚幻空间油然而生“在极乐莲池之下，正是十八地狱的最底层。”与极乐净土“莲花盛开多多精白如玉，花中金蕊送香，其香胜妙殊艳”不同，地狱之景乃是“三恶道上之冥河”“刀山剑树”。两个截然相反的虚化空间根据佛世尊的视角瞬息转换，将整个文章的整体空间无限扩展开来，从“极乐净土”到“十八地狱”，虚幻的空间已经涵盖了天、地、人三个具体空间的全部表象。文章继续讲述，因佛世尊顾念大盗键陀多的一丝善举欲救其于地狱“刀山剑树”之中，垂下蛛丝一条。一根细细的蛛丝在此成为作家有意安排的联结两个虚化空间的纽带。净土与地狱靠一根蛛丝维系，一个巧妙的大空间由此产生，而它本身荒诞、脆弱的特性也随之带入了作品之中。在结尾部分，由于主人公的自私自利，蜘蛛丝断裂，本以将“血池隐没在黑暗地底”的键陀多“像个螺旋滴溜溜地滚动着，哩的一声栽进黑暗的深渊”。在这一段故事中，虚化的空间又一次巧妙地被作者快速切换“地狱—接近净土—地狱”，一个充满奇幻的艺术世界尽收眼底。“不过，极乐莲池里的莲花并不理会这等事，”依然“金蕊送香，其香胜妙殊艳，普薰十方。”而此时“极乐世界大约已近正午时分。”文章至此戛然而止。

有心读者可以看出在文章中作者两次提及时间，从“极乐世界大约时光清晨”开始，到“极乐世界大约已近正午时分”结束。在这篇文章里，在文本明显虚幻空间的转化下，似乎存在着一个较为明确的时间指向：从清晨到正午。但如果细读，我们便会对此产生怀疑：一个常人能将“血池隐没在黑暗地底”“令人毛骨悚然的刀山剑树也已在自己脚下”时间却只用半天，这明显是非真实时间的写作。这里涉及的是传统物理时间与现代“心理时间”的比较问题。这么短的时间对于一个普通人来讲，在传统物理时间上完成自己的目标是不可能的，文章如此安排，显然是对传统真实时间的抛弃，取而代之的是对现代主义理论家柏格森关于时间问题的核心概念“心理时间”的认可，在柏格森看来，这是与“空间时间”相对的一种概念，“它是各个时刻的相互参与和渗透，在人的意识深处从来就没有过去、将来、现在、先后次序等明确时间的分界线，而‘心理时间’可以定为‘纯粹、真正的时间’。”在《蜘蛛丝》这篇文章中，心理时间的运用是成功的，一方面它增加了文本本身的诡异与奇特，在具体的时间中过去、现在、未来一起出现；更重要的是与反传统的虚幻空间描写相结合，使得作者想要表达的意义更为深刻。正如同现代派鼻祖波德莱尔一样，芥川是一个喜欢“审丑”的作家，他曾在给朋友的信中写道“我感觉像拨开迷雾发现了新世界，但不幸的是在这个国度里灌是丑恶，我祝福丑恶。因为丑恶，我更懂得了我所拥有的以及他人所拥有的美。”诡异、奇特的故事，“净土”“地狱”两个空间的描写，作者旨在向我们揭示一种“善与恶”“美与丑”的冲突。那细细的蛛丝，则正是善恶之间互通的桥梁。所以，在此可以理解为作者有意将键陀多放置在了两个可以交换的善恶空间，凭借主人公的心理选择去决定他所该停留的地方。故事中两个时间的提及更加意味深长，从清晨到正午，看似短暂的时间却无常地决定了一个人的“悲喜命运”。作者用“心理时间”支配文章发展，这体现了佛理中所不断强调的，人的生命在“一呼一息”间的虚无，更使读者感到善与恶的交换就在那一丝一念之间。

除此之外，在芥川其他作品的文本安排上，这种对“反常化”时空的强调也同样十分出色，《罗生门》中对雨夜罗生门这一典型时空的描写便是如此，大雨构成了一个相对统一的空间，而这里似乎成为所有苦难人的“家园”，而“门”的出现却使得统一的空间产生隔离，这不仅仅是空间上的障碍，更多的是人心中的隔膜；而对于时间的把握上，文章自始至终是“一片茫茫的黑夜”，没有黎明、没有太阳，“黑夜”在作家的心理被无限地延长。作品《河童》中的反传统时空结构也是极为明显，作者不惜余力地在文本中向我们展现了一个根本不存在的空间世界——河童国，并使文本不止一次地跟随主人公的视角在河童国与日本现实之间切换。在这种文章形式的安排与写作技巧的应用下，作者的写作目的更加明确，即让读者感觉离奇故事的同时，惊诧于怪异河童国与当代日本现实的相似。

总之，虚化空间的出现，打破了传统文学中的典型环境；心理时间的交错，取代了时序递进的物理时间在传统文学中的地位。巴赫金所谓的"艺术时空体"在这里被凸显，时间与空间的巧妙铺设，使读者不仅观赏到了一个个"诡异奇特"的故事，更重要的是这种二维的时空结合，有利于我们去感知具体物象下的象征意味，使得具体时空带有了诗性的朦胧。总之，这种艺术写作风格已经放弃了传统纯客观的时空描写，虚幻空间的瞬息转换、心理时间的大胆强调，使作者从时间与空间二维不断交错中向读者展现一个充满奇幻的艺术世界。同时更为重要的是在有限的时空画面内传达出了深长的思想意味，揭示出了人与社会的本质联系以及深刻内涵，这成为芥川作品中反传统文本的第一大艺术特色。

（二）反传统的多层次线索

除了对文章总体时空结构的反传统性关注，在芥川笔下，由于对形式技巧的高度重视，在文本线索的应用上，他大胆地采用了多线索复调式的写作方式。"从传统有中心的单线结构转移到无中心的复线或放射性结构。"这种大胆的革新，一方面可以看作是作者对西方现代派写作风格的迎合，同时也更为有利地突出了芥川在《文艺座谈"文艺一般论"》中指出"所谓技巧，就是表现某种内容的手段……把它等闲视之是不对的"的个人写作论调，从而使得反传统、反理性的现代主义文学特征色彩也显得更为浓厚。与传统单线索结构不同，芥川更喜欢用多层次的线索体现更为丰富的现代主义文学特征主题。

其代表作《竹林中》就是一个极为典型的例子。文章发表于

1921年，其中用一个杀人案件的审理过程作为故事的主要情节。在整篇文章中，作者独出心裁地将整个审案的过程分为了七个口供部分，而在每一部分中，口述者又都从自己的角度出发来讲述整个案情。对于文章内容而言，前四小节中樵夫供词、行脚僧供词、捕快供词、老妪供词是清晰的。樵夫是第一个发现尸体的人，在他的证词中提到了受害者的衣着及当时案发现场的环境；行脚僧的供词更是引出了文章当中的第二个当事人，即受害者的妻子。同时，“出家人”的身份让我们对他证词的真实性不加怀疑；对于第三个证人捕快而言，作为一个侦察角色，在他的口供中案件变得更加详细，分析也更为深入；最后审讯的老妪是当事女主人公的母亲，身份的特殊性，使得读者对她的供词也必然深信不疑。写到这里，一个案件审讯的结构框架已然跃然纸上，四个不同视角证人的供词，将案件发生的时间、地点、人物等基本要素交代得非常完备。作为一种期待，案件理应朝着预想的清晰方向发展。但作者在此后，笔锋一转，三个直接当事人多襄丸、真砂、武弘的口供却是相互矛盾的、令人费解的。文章的结构线索在文本的后三小节中全然被打破。三个人—三个口供—分述了截然不同的三个故事。多襄丸所说自己是因夺他人之妻而杀人；真砂则诉说自己是因为丈夫的冷漠愤而杀之；对于死者武弘，他借巫女之口所说自己是羞愧自杀，一件案情的真相在这种情况下变得扑朔迷离、难以判断。而这也正体现了当时社会给人的总体感受和作家的创作理念，正如日本文学界对该小说评论时的看法“对同一情况建构了三个不同剧本。……由此可见芥川的怀疑论：对真理绝对性的绝望”。它已经将“作者对客观真理的深切怀疑故事化了。”

现代文学中所提倡的反理性、反真理的写作特点在多层次、多线索的写作方式中做出了全新的阐释，本应明晰的案件由于采用了复调式的叙事结构，传统文学中全知全能的作者不复存在，整个案件由于当事人的口述变成了三个完全不同的故事，而在这故事中却又相互杂糅、扑朔迷离。原有传统文本的清晰没有了，文章极力推崇的主旨不见了，取而代之的是作者有意为之的现代主义文学特征迷乱。

（三）反传统的省略式结尾

西方现代派文学在反传统形式上的探索，还在于对文本结尾的叙写方面。以《圣经》的撰写为典范的西方文学传统模式，讲究的是一种以《创世纪》开篇，以《启示录》结尾得天衣无缝的理想结构，首与尾、中间与首尾的关系要求极度和谐。可随着文学的发展，到西方现代主义文学时期，文章结构在这方面的要求出现了叛逆的更新，虽然“它们不能拒绝向读者提供一个结尾，”甚至现代作家纷纷承认“书籍的巨大魅力之一就是它们不得不有一个结尾”。但是在他们的笔下，已经没有了传统派那样对典型结构的维系，他们“不会要求书严格按照作家的意志去结尾”。而那种迎合传统时间性期待的里面充满着“最后分发奖金、有抚恤金、丈夫、妻子、孩子、数以百万的票子、附加的总结式段落和令人鼓舞的言论”的老式“喜剧形式”的结尾，为现代作家所抛弃。

综观芥川的作品，匠心独运的结尾往往是文章的点睛之笔，而且也往往成为作者体现主旨的地方。可是将其与传统小说对比，它却彻底打破了后者的那种“句号”式写作，像西方现代派所提倡的那样，没有了非此即彼，缺少了首尾相呼，留下的是发人深思的省略，引发的是读者更为长远的思索。

例如，前面所不止一次提到的《罗生门》，在文章的结尾部分，当“赤裸老妪从死骸堆里爬起身，口中发出呻吟般的咕哝”时，“罗生门下是一片黑洞洞的夜幕”而至于“仆人的去向无人知晓”。在文章的初稿时，芥川曾将《罗生门》的结尾初步定为了“仆人从此走上了强盗的道路”。这与最终的定稿相比显然是一个“句号式”的结尾，但这也显然没有得到作家本人的认可。这种显而易见的结局使得整篇文章缺乏了应有的文学张力，平淡如水。而最终的结尾“无人知晓”好像更能诱使着读者去思索仆人的去向，从而使得结局构思更能体现出对现代“不定性”的探索。当然，细心的读者必然会在这不确定中找到确定的因素，联系当时的时代背景，社会萧条、人生悲苦，人为了生存必然要服从时代环境。因而男仆的命运虽存在一片未知，但却无法摆脱“从恶”的结局。再如，《鼻子》中，结尾部分内供在秋风里摇晃着长鼻子，心中自言自语：“这样一来，再也没有人笑话我了。”真是这样吗？又是一个看似“句号式”的结尾但却不由使读者产生怀疑。本身它存在着多种可能，或许内供的梦想真的实现了，人们的指指点点从此消失；但从另一方面来讲人性的自私使得现代人产生了强烈的嫉妒，别人的缺点必然成为他人的谈资，对于内供而言，他的鼻子无论长短已然成为他人所关注与议论的对象。这就预示了内供纯真的想法只能停留于“自言自语”。到底结果怎样？芥川又一次运用了省略式结尾加以淡化，他留给了读者足够的思考空间，构成了整篇文章的不确定性特点。省略式的结局留给读者深深的思索，这就是作者的目的——在非理性、不明确中引发人的思考。《河童》中这种在非理性中找寻理性的结尾表述就更为突出，一个疯子讲述一个子虚乌有的“河童国”的故事，这本来就是一篇让人不可言信的文章，可文章的结局，作者却有意安排了河童来看望疯人院中的“我”，为了证实河童真的来过，“我”大声读了一首河童库特留下的诗：

“——在椰花与竹丛里，佛陀早已安睡，
路边，无花果已经枯萎，基督似乎也一起死去，
可是我们也应休息，即使是在舞台的背景之前。”

一首出自疯人之口的诗，抒写的尽是迷乱的言语。但细品诗中内容“佛陀、基督”这些代表传统价值体系的主宰在“疯人——我”的诗中“安睡、死去”，而作为现代社会的人，能够做的也仅仅是“休息”。由此可见，文章结尾的意蕴已不再仅仅是疯人狂言。它

是文章中作者极力体现的传统理性丧失后人的真实生存状态，作者的最终目的是在这迷乱状态下体现对终极理性的探寻。

这种巧妙的文章结尾，一改传统文学写作过程中的“团圆模式”，本应抒发结论的“句号式”写作，被作家有意地留下了众多的空白，让读者自己去体会它的真正含义。正如现代派文学中所提倡的那样，用一种非理性写作手法，去探求对终极理性、最终真实的理解。在文本层次的不明确下，引发人的思索，从而反映出人与社会的真实生存状态。

在现代主义文学特征文学影响的大背景下，内容与形式在芥川的作品当中达到了高度的统一。反传统的时空结构，是作者创作思想的特意安排，时空形式不再仅仅成为组织材料的框架，更主要的是它成了体现作者意图的重要组成；反传统的多层次线索，使得作者彻底退出了传统写作中的全知全能状态，他和读者一样共同感受着整个故事的发展，体现着作者有意为之的现代主义文学特征迷乱；而反传统的“省略式”结尾的应用，更能引起读者的想象，通过这种构思形式，传统文学中的客观真实不见了，取而代之的是隐晦思索，用现代人的手法，表现出现代人真实的生存状态。综观现代社会的主流思想，当尼采大胆提出“上帝死了”的一刹那，传统价值体系便随之瓦解，在他看来，“以理性创造的价值观”已经岌岌可危，要求用人的生命“对事件的价值进行重估”。最终的理性没有了，可探求的真理也没有了，如今的社会陷入了非理性、非道德的状态之中。芥川的作品则力求在“反常化”的文本形式中对这种时代氛围做出完美阐释。

二、诗性的艺术语言

西方文学发展到现代主义时期，其中极为突出的特色便是对语言的强调，自索绪尔《普通语言学教程》发表之后，从布拉格学派到形式主义再到结构主义理论，对现代语言的探求就从来没有停息。早在莫斯科时期，语言学家雅各布森便提出了“文学性”的概念，并试图从功能上说明“文学性”的问题，要求“文学语言无论在构词、语法还是在修辞方面都超乎寻常地打破常规，通过不同的选择、加工、配置、改造，对日常语言加以‘暴力’使之变形、扭曲，从而达到特定的美学目的。”伯格森更是在自己的理论思想中一再指出“词语本身就包含着通往无限境界的去路，所以在谈话与写作的过程中，我们注意到人们就是想打破习惯用法的局限性，希望达到存在仍不可见的那种语言的彼岸。”等，这些在有力打破了传统文学观中对语言认识的同时，用隐晦、暗示取代了以往语言的鲜明与直接，使得语言真正作为艺术的一部分，摆脱了仅仅作为表达工具与手段的那种传统局限，真正拥有了自身的价值。在以下的文本论述中，笔者力图借用俄国形式主义率先运用的“诗性”一词，从其包含的意象性、情感性两个重要方面分析芥川文学“对语言的一种艺术认知”，肯定它是“一种语言的形象，是语言在艺术中的自我意识”。

（一）意象性语言的观照

在芥川文学中对现代主义文学特征语言的应用，是在其强调“形式、技巧”后的另一个突出点。在《文艺讲座“文艺一般论”》中，他曾明确指出“文艺就是把语言或文字作为手段的艺术”。而“内容是由语言的声音与语言的意思合二为一的‘整体’”。可见，在创作理念上芥川本人对语言的重视非同一般。读其作品更是如此，在感叹作家形式构思巧妙的同时，那种富含象征意味、充满诗性朦胧的语言也同样使读者对其赞叹不已。更有甚之，“语言”在芥川的文本中已经不仅仅局限于组织材料的手段，它如同西方现代派文学中提及的那样，成了展示文学艺术乃至时代风格的重要组成。

在芥川作品中，对语言的反传统现代主义文学特征首先表现在了意象性方面，意象性语言在作品中屡见不鲜，成了芥川审美现代主义文学特征的一个突出表现。由于对语言的独特运用，在作家笔下，其所临摹的事物已不再仅限于它的传统本来模样，而成了作者心目中对该物意象的勾勒，并因此具有了象征、幻象意味。

“火”是芥川作品中时常出现的意象。例如，在《罗生门》结尾“火光仍未熄灭，老妪在火光中爬至楼梯口……窥测着罗生门下一片黑洞洞的夜幕”；《袈裟与盛远》的结尾，在袈裟心理独白中“在我看来，这灯台的光，也显得晶光耀眼。”“袈裟吹灭了烛台的火。……与此同时，一线淡淡的月光泄了进来”；《信徒之死》的结尾为读者详细描述了那场主人公罗连卓为之“殉教”的大火，火光吞噬了一切；《地狱变》中为使画师良秀作画火烧毛车时的惊心动魄的场面等，无不体现着作者对于意象“火”所具有的关注。众所周知，“火”一词就辞源学解释可理解为“一种物质，火光旺盛而向上”，如将其意思引申更多的是与兴隆、希望、成功联系在一起，可在芥川的作品中对于在其文本中经常提及的“火”这个意象，作者却另辟蹊径，更多地将它与“死亡”这个本应对立的概念放在了一起。原本的意味在芥川的文学世界里已经被抛弃，给予此意象的是一个创新性的内涵。对于一个理性的作家，他能够深刻挖掘出人生尤其是现代人生中昏暗的东西，使他的作品自始至终无法摆脱一种抹之不去的阴影，二者发展到极致便是苦闷、空虚、寂寞后的一种“死亡”。“火光”通向“死亡”，这是作者在创作理念上的一大突破，又是极理智观察人生、敏感察觉人生后得出的无常与现实丑恶的直接结果。对“死亡”感觉的强烈，使作者所刻意安排的“火光”在整个现实社会中是那么不足以称道，它是短暂的、弱小的，而只有“死亡”才是永恒的，火光给人们带来希望的同时，最终结果更多的却是带来失望与灾难。这是作者的真实感受，同时也可以看作是对意象性词语“火光”的一种另类的悲观性阐释。

当然，在芥川的作品中除了对“火光”这个意象性词语的自我解释以外，在其他一些词语上作者也赋予了新的意蕴。例如，表示人与人之间隔阂的“门”；象征善恶间可以相互脆弱转换的“蜘蛛丝”；作为社会真实写照的“地狱”等，芥川用一种独特的写作视角，超理性的写作观念，将一些看似平常的词语加入了意象化的描述，意即象，象即意，形式与内容，主与客，物与我真正达到了水乳交融。

诚然，“意象”这个词庞德曾在其《回顾》一文中给予了明确的概念解释，他指出“意象是一种一刹那间表现出来的理性和情感的集合体”。所以，意象性的语言在大大加深了芥川文学表达深度成为其文学世界现代主义文学特征的体现手法之一的同时我们能很自然地将对意象性语言的关注转移到对其本身所包含的情感、诗性语言的理解中去，形成现代人对“情感性语言”的观照。正如柏格森在《精神能力》和《道德与宗教的两个来源》中反复论说的那样“要提取灵魂的本质—这是诗人和小说家的任务—就有发明一种新语言的必要。作家你须表明语言怎样才能摆脱他们的传统作用，重新与之于不同以往的意义，这就是达到‘动力情感’和‘创造性情感’的全部过程。”可以说，意象化语言是联系现实与作者情感的纽带；那么反过来，情感性语言的应用则可以看作是意象化语言形成的一个重要缘由。

（二）情感性语言的实践

继续游走于芥川的文学世界，一句句饱含情感的文学语言，给读者带来的是有别于深邃意象性语言的表现效果。它符合了整个时代由于心理意识的加强，文学向内转、重主观的总体特点。社会发展进入了现代，现实主义、自然主义文学中所讲求的客观描写外部现实的写作手法已经无法再有力地支撑充满变数的现代主义文坛，特别是现代非理性思潮因素的影响，使得作家更看重的是人的“感情的真实”。而在具体作品中这种情感性语言主要体现在了不同情感支配下不同语言的写作方式上。

首先，为了揭示人与人之间的冷漠关系，表现作者对现代社会人性丧失的感叹与悲哀，作者采用的就是一种冷漠、平实的语言，对故事的交代也完全站在一个旁观者的角度，一层层按照事物发展的逻辑顺序将看似荒诞不经的故事描写得平静而完满。例如，在代表作《罗生门》的开头，作者写道“某日黄昏，一个仆人至罗生门下避雨”，这是一个毫无修饰的纯客观写作，顺承这种语言风格，作者又先后交代了“京都的灾难”“罗生门的荒蔽”“男仆的心理”以及与老妪间的你死我亡的故事。无独有偶，在芥川的另一篇代表作《鼻子》中，开头更是如此：“说起禅智内供的鼻子，池尾一带无人不晓。他足有五六寸长，从嘴唇上方一直垂到下巴。那形状，上下一般粗，酷似一根细长的香肠从脸庞的正中间耷拉下来。”可见，在文章的写作中，作者刻意回避了自己的全知判断，放弃了个人情感的流露，却在这看似平静的语调中，将现代人之间的冷漠之情灌入了作者对人性遗失的深刻思索，冷淡的语气表现一种冷淡的社会关系，最终完美地完成作者情感性语言的深邃表达，体现一个理性作家的深刻思索。

其次，为了表现作者对“艺术至上”观点的崇尚，作品《戏作三昧》《地狱图》中，芥川一改客观冷静的语言写作方式，在文章中出现了大量气势澎湃、饱含激情的语句。作为作家自我写照的《戏作三昧》中主人公马琴，在最终达到“三昧”状态后，文中写道“思绪像脱缰的野马”，“把一切抛诸脑后，顺着那股洪流，纵笔挥洒，是同狂风暴雨。”“他那如帝国般威严的眼睛里，既不是利害得失，也非爱恨情仇，更看不到一丝一毫为毁誉所苦的心怀，而是充满不可思议的喜悦，或者说那是一种感激之情，悲壮的让人神往。”《地狱图》中的画家良秀更是如此，为了表达作者本人对艺术的无限崇拜之情，在全文中但凡对良秀描写的语句都是让人感到怪异的，同时让人震撼。非疯即狂的他为了地狱之景的真实再现，他无时无刻不表现出令人毛骨悚然的行为和表情，而这种怪异行为下作者选用的语言则更是尽表现主旨之能事。为了作画，良秀在看弟子挣扎时却表现得极为镇定；为了作画，目睹女儿被烧，他“那皱纹密布的脸上却浮现出令人费解的光辉，宛若恍惚之中的法佛光辉。他仿佛忘记了大公的存在，双手紧抱胸前伫立于廊下。那情景似乎令人感觉——美丽的光焰和烈焰中难受的女人身姿，令之产生了无限的喜悦”。这种语句的描写，作者将自己的情感直接穿插在了文本之中，对艺术的追求使作者笔下的人物“心灵真的卖给了魔鬼”而这却又是作者“艺术至上”写作意图的完美体现。

饱含着作者情感的语言，在芥川的文本中已然彻底摆脱了工具、手段式的传统作用，不同风格的情感式语言在此具有了不同的艺术价值，语言本身成了作者写作的一种表达。

是语言成就了芥川的文学世界，它在给读者带来表层荒诞、诧异之感的同时，突出作家写作的主旨，更为重要的是意象性语言、情感性语言克服了传统的纯客观写实的语言写作模式，而这又与西方现代派文学对语言的要求不期而遇，读者在阅读的过程中不自觉地有更长的时间沉浸于文本之中，从而带来了更多的审美愉悦。

综观芥川龙之介作品的艺术特色，他以一位理性作家独特、深邃的审美眼光组织、构思自己的作品。在荒诞、虚化空间的快速切换中用直觉主义所提倡的“心理时间”形成了自己诡异奇特的艺术风格；多层次的结构线索、省略式的叙述结尾在深刻体现现代文学反制度理性、反真理创作理念的同时，无时无刻不在向读者展示着日本一代“鬼才”独具匠心的艺术构思；当然，艺术语言是芥川在艺术上对审美现代主义文学特征的又一突破，隐晦暗示的语言在体现象征、意象、情感的同时，真正将读者长时间的“扣留”在文本之中，从而使之得到更多的审美愉悦。

总之，细观芥川文学的艺术表现，笔者找到了与西方现代主义派别艺术特征极为相似的一面，更让人惊讶的是芥川将这些手法运用得如此娴熟、精妙。新颖细致的叙事模式、怪诞异样的阴柔之美、高度深邃的哲理精神等，这些传统艺术审美逻辑很难将其体会与解读的东西，芥川却畅快淋漓地表现在了自己的作品中，从而完成了自己艺术世界里对现代主义文学特征的阐释。

第四节　“鬼才”芥川现代主义文学的深远影响

芥川龙之介，日本大正时期的一个“鬼才”式作家，37岁正值文学辉煌时期猝然长逝，但生命的短暂并未抹杀其文学的光辉。直到目前，无数的读者和评论者还在对其作品进行着品读与研究。据有关评论者调查显示：芥川在日本现阶段文坛的地位是极高的，“他在本国虽不像夏目漱石那样被看作是‘国民作家’，但是，直到近几年，从日本读书调查看，芥川的小说，一直排在前四五位，超过两位诺贝尔文学奖得主，更遥遥领先于当红作家村上春树之前。”在现代日本，更是出现了一大批像吉田精一一样芥川的专职研究学者，各种文集、评论层出不穷。同时，从中国对芥川文学的接受来看，自鲁迅1921年首次翻译芥川代表作品《鼻子》《罗生门》之后，中国学者对其的关注便没有停止。特别是进入80年代，审视角度的变化、理论应用的增加，“芥川热”再次在中国掀起。面对这种现状不禁会引发如下思索：为什么年轻的芥川会获得“鬼才”的称号？为什么“芥川热”会在日本一直持续？为什么对芥川的研究没有局限于日本，而是遍及中国等多个亚洲国家？为了弄清这些问题，对“鬼才”芥川现代主义文学的影响研究便显得尤为重要。

一、对日本“美善”文学传统的颠覆

在日本传统文学的理念中，“美与善”是众多古典作家在进行文学创作中所追寻的目标。研究显示对其最早的理论阐发始于明治时期以西周为代表的美学家，在他们的眼中日本传统的美学思想最

为重要的便是美与善的统一。他们将西方“美学”（aesthetics）一词直接翻译成日语的“善美学”，认为“善就是美”

具体分析开来，在日本传统文学范畴中长期以来便存在着对“优美”“壮美”的划分，它们分别体现着作家主观上对应该怜爱和珍重的弱小存在的同情心、对女性的美妙姿态的赞叹、对自然风景赏心悦目的赞美以及对优越事物的喜爱。对于善则又成为美之所以生成的不可忽视的原因。在日本古典文学传统中，要求人之美一定要有内心的善，即内心的纯净以及与万物相处的亲和感。而这“美与善”的结合也构成了日本民族更为重要的审美标准“和”，这是一种融合、亲和、物我统一，它要求把和谐之美运用于一切方面特别是文学创作之中。

反观芥川的文学作品，“美与善”的传统已被作者全然地抛弃。首先是“美”在芥川文本中的消逝。芥川放弃了这种日本传统文学中极为推崇的“美”，笔下的“丑恶怪诞”的文学世界则多是西方现代派影响的结果。在他的评论中，曾不止一次地提及对“丑”的关注。探究其文学创作中对“丑”的描写目的，我们更多地发现在“丑恶”表层下一个理性作者对社会现实的审视。芥川的文学世界里很少存在着与日本传统文学一样对美的艺术追求，他的创作也一改“为艺术而艺术”的理念，追求的是一种“为艺术的人生”，他将自己奉献给艺术，目的却是用艺术来表现自己的苦涩人生，引发读者的理性思索，这里面没有美，更没有耽溺于美，他时刻用一种冷峻客观的眼光观察着他所感受到的那个冰冷的世界。“丑”的描写更好地反映了现实，例如，《罗生门》黑夜下死尸遍野；《蜘蛛丝》中刀山剑树的地狱，这些都是客观现实在笔者文学世界的艺术创造，而作者的目的也正是用写“丑”的艺术技巧以及对“丑”的艺术刻画，理性地给我们营造一个真实的日本现状，这便是前文中不止一次提及的异化虚无下的“高度真实”。总之，西方现代派对“丑”的理解，在芥川的笔下得到了极好的发挥，这使得的他的作品有了自己独特的风格，而这也成为作家独树一帜的现代主义文学表现。日本传统文学中的“美”在芥川笔下受到了审“丑”理念的颠覆。

其次则表现为“善”在芥川文本中的隐身。对于出身于下层社会的芥川龙之介而言，在他的作品中却反映了与传统文学截然不同的问题，即对社会“恶”的真实揭露。在日本以真为美、以善为美的文学传统中，这可谓是独树一帜的审美视角。芥川出生于下层社会，从小便饱尝了人生的辛酸，长大后的经历更是加深了对现代社会“恶”的体验。对“恶”的思索在其评论中他不止一次地提及。作品中更是将人性恶的描绘发挥得淋漓尽致。《鼻子》中由于巨型鼻子引发的人与人之间自私行径的思索；《河童》中资本家对下层人们的真实压榨；《地狱图》里主人对仆人的残酷暴行；《桃太郎》中军国主义侵略丑态的揭露等，这些目的都在于想用故事反映现代社会的真相，即人性在现代社会大环境下的“丑恶”。一言以蔽之，比起同时代日本传统文学对现实的乐观理想主义追寻的善，芥川龙之介笔下的“恶”更适合了当时社会的真实现状，更加契合了西方现代派文学中对“善”舍弃对“恶”热衷的大趋势。进而言之，芥川文学世界中的“恶”又成了作家突破日本传统，反映现代主义文学特征的另一个方面。

总之，芥川龙之介用自己独有的“丑与恶”向读者展示了一个完全不同于日本传统“善美”的文学世界，使读者清晰地看到了与传统作家截然不同的东西。它们扎根于作家对当时日本现实的重新审视，却来源于作家对西方现代主义文学特征创作理念的借鉴与吸收。所以，谈及芥川在日本现代的重大影响的原因，这种独树一帜的现代主义文学，必然成了一个值得探讨的角度。

二、对后期日本公认现代派的影响

在叶渭渠主编的《日本文学史》中曾经不止一次地提到一个明

确的说法“旧本文坛最早出现的现代主义文学即是新感觉派”，而对于芥川龙之介的界定，本书的作者便把他称为“旧本近代主义的最后一个作家”。所以，谈及芥川对日本现代主义文坛的影响，一个首要的任务便是要弄清两者的关系，从两者的异同关系中去揭示芥川文学现代主义文学特征的深远意义。

追溯日本现代派产生的源流，首先是 1914 年第一次世界大战前后欧洲兴起的现代主义思潮。西方现代派艺术的大量引进，使得日本文坛接受了异于本身传统的风格，这为以后日本现代主义的诞生奠定了理论与文化的土壤。其次是当时日本的国内局势，政治、经济、文化局势的震荡，关东大地震、无产阶级文学的兴起等，从各个方面为一种新文学的诞生提供了实现的可能。而新感觉派的诞生最早用一个流派的形式使得这种可能成了一种现实。

新感觉派产生的最初目的是新思潮派作家菊池宽为对抗无产阶级文学、挽救资产阶级文学的衰微而有意为之，但是新培养出的这批青年作家却没有按照原有的目的进行写作。以横光利一、川端康成等青年作家为代表，开始表现出了对固有文化传统与文学样式的强烈不满，他们“对日本文学传统表示怀疑，对一切旧有文学形式提出否定，主张追求‘新的感觉、新的生活方式和对事物的新的感受方法，’探索‘表现形式上的革新’即文体革新和技巧革新”。在这种创作理念的指导下“新感觉派”应运而生。从作品内容上概括，他们主张主观是唯一的真实，否定现实世界的客观性，从而强调文艺要用“新的感觉”“表现自我”。在艺术上则提出形式决定论，认为形式即内容，内容即形式。总之，可以概括地说，新感觉派重视主观内蕴的表现，艺术的象征和形式的革新，它的出现意味着具有现代主义文学特征的日本新思潮的最终诞生。

要分析芥川与新感觉派的关系，我们需将视角定位于内容主题方面。在两者的文学创作实践中不可否认地都表现出了被扭曲时代与社会里人的生存基本关系以及人的生存价值的意义等相关问题。

芥川生活于一个处在社会转型期的日本，从大的方面讲，生产发展与经济危机、劳资矛盾并存于当时社会，这使得出身于下层的芥川更加真实地体会了资本主义制度在带来物质极大丰盈的同时带来的人们生活方式、思维方式和文化价值观念的根本改变，原本熟悉的世界在作者看来变得陌生无比，“异化”的主体在芥川的文本中屡次出现。作为一个理性的作家，芥川从一个冷静客观的视角审视着整个世界关系的变迁。人与社会、人与他者、人与自我的关系，在突破封建社会仅有的一丝血缘亲情后，剩下的全部依靠金钱利益来维系。然而结果却是：社会大发展后人却在此中变得无比物化；人与人之间的关系演变成了“他人是地狱”般的冷漠；最终使得人迷失了自我，“自己”是谁？想要什么？在现代社会中已经没有了明确的答案。在芥川的笔下，人生存价值的意义开始慢慢消逝，剩下的是茫然与无助。

芥川龙之介在这方面的开创被后期新感觉派很好地继承，首先从其产生的社会背景看，新感觉派是垄断资本主义的艺术，同时它又不可避免地成为关东大地震后日本陷入政治、经济、文化危机后的产物。人在这种极度绝望的现实下，对人本身原有的基本关系的探索必然会更加深刻。其次，就具体作家而言，首推便是横光利一，他是日本新感觉派的核心式人物，在他的一生中始终坚持着新感觉主义的立场，反对自然主义照相式的平板写实技法，在其作品中更是通过构建精细的描写，象征性地表现着人生价值意义的相关主题。例如，其代表作品《蝇》，作者新颖地用一个果蝇的视角反映出了人与人之间的冷漠关系。整个小说故事中力图通过是否开车这个细节，展现了人与人、人与动物马之间的尖锐矛盾，而最终人马俱亡的悲剧结局也正表现了作家心中各种矛盾关系无法解决的观点。还有作品《头与腹》，这是一篇更能深刻揭示人生存在和意义的小说。故事围绕着发生路障无法正常行驶的列车展开。无法行驶的处境使得整个列车顿时人头攒动，对于等待还是换票这种选择人们却迟迟没有做出取舍。文章的高潮出现在以大肚绅士的决定，这位在现代社会里象征财、权和真理的人物退票的举措引来了列车中更大的骚动，人们纷纷尾随效仿……整篇文章是对现代人生的一个缩影，在现代社会中虽有无数的“人头”，但实际上人的自主性依然完全丧失。作者横光利一用“头与腹”这两个能够引发主观感觉的触发物，其目的便是表现对整个现代社会和人生的无限感慨。

总之，在对人的基本关系以及人的生存价值意义的探索主题上，芥川龙之介首先反日本传统而为之，用一种冷峻客观的笔法揭示着现代社会中人生价值，人际关系的异化；而其后产生的以横光利一为代表的新感觉派则在此基础上深化了这个主题，人与社会、与他者、与自我的关系变得更加微妙，原有传统文学中宣扬的和平共处消失殆尽，芥川转型文学中体现出来的冷漠关系已然演变成了利益双方尖锐的冲突。

再者，除了上述所说的文章反映内容的发展演变，在艺术形式的探索过程中，芥川龙之介也对新感觉派有着深远的影响。对技巧、形式的重视，芥川文学作品中的“反常化”文本结构、诗性的文本语言等体现的现代主义文学，在其笔下得到了更为广泛的应用。新感觉派主张的是“没有新的表现，就没有新的文艺。没有新的表现，就没有新的内容，而没有新的感觉也就没有新的表现”。所以，可以概括地说，新感觉派是在以芥川为首的新思潮派发掘艺术技巧的基础上大胆的演变和线性的革新。

就新感觉派而言，由于受到现代科技革命和现代文化演变的影响，如果说芥川文学是在日本传统文学内容至上基础上开始重视艺术形式，那么在新感觉派看来则是在此基础上走出更远，它已经不再是一种初步的认识与演变，而成为一种形式上的真正革新，因为他们走到了另一个极端“形式决定论”。1928年11月，横光利一在《文艺春秋》上发表“文艺时评”时指出“形式只不过是与有节奏的意义相通的文字罗列。没有这种文字罗列的形式，就不可能有内容，因此形式先行于内容”。在此创作理念的支配下，新感觉派作家加强了人的主体认识作用，感觉的方式趋向细腻，更为明显的是表达方式彻底地转向暗示与象征，文学的形式、文体、语言出现了积极的变革，传统的文学技法被彻底革新。同时在创作实践上，奇诡的语汇成为表达特意感觉的手段，短小而集中的文体代替了日本传统写作中的长篇巨著。在新感觉派笔下一切都为表现感觉服务，内容的真实性、可靠性已不再是文章所要突出的重点，传统的一切被现代主义色彩彻底推翻。

总而言之，从日本第一个现代主义流派——新感觉派对芥川文学特色的继承角度，我们显而易见地看到了芥川作为日本转型时期作家的重要影响。他的文章中包含的现代主义文学对后期日本现代派别的兴起起到了重要的作用，后来的新感觉派，从内容到形式，都是在其基础上的深化与革新，不可否认的是，这种影响必然在日本现当代文学中继续下去。

三、树立独有的日本现代主义文学精神

（一）日本折中主义文学的形成

在前面的论述中，笔者有意地将西方现代主义文学特征理论作用于日本转型时代的作家，并以此为基点分析西方现代主义文学特征因素在日本作家身上的表现，得出的结论是必然的：日本近现代作家在文化、学术上大量引进了西方的东西，并将其展现于当时的日本文坛。但这就不可回避地面临众多问题的解答，即日本在“文明开化”政策引导下，是否真正走向了全盘吸收西方现代主义文学特征的道路？作为当时亚洲唯一兴盛的国家，日本是否在文化上已经全面地背弃了东方的传统特点？想要探索诸如此类的问题，对日本现代主义文学特征的研究便显得尤为重要。

分析日本现代主义文学特征形成的原因，首先，在吴潜涛著的《日本伦理思想与日本现代化》中有这样的论述："具有较好文化势能的先进民族，总要用自己先进的制度、技术、习俗、思想去同化、影响落后的民族，而落后的民族自然会被更高级的先进民族的文化所吸引，或者被同化为先进民族文化共同体中的成员，或者吸收融合先进文化因素，使主体文化发生变迁。"进入近代后，整个曾经灿烂一时的东方文化走向了低谷，与此相反，西方的文化却借助着生产的发展、国力的增强而呈现出一派欣欣向荣之势。正如有分析家指出"从 19 世纪起——无论愿意与否——向大体上已经物质化或工具化的启蒙运动精神敞开大门的时候，许多曾经饱受儒学熏陶的学者立即对西方的现代主义文学特征表现出极大的兴趣"。日本，众所周知，自 1868 年明治维新以后便成功地将西方的现代因素纳入了本国体系的各个方面，从而挤进了以西方为首的资本主义世界，而最终发展成为其中重要的一部分和帝国主义俱乐部的一员。正是由于政治、经济上对西方的依赖性，文化处于劣势的日本对西方的吸收便比其他的亚洲及东方国家走得更远。其次，日本现代主义文学特征形成的更为重要的原因来自日本民族所特有的文化"移植性"。这是日本文化势能较低的体现，作为一个临海岛国，文化欠发达的局面使之在漫长的历史变迁中，日本必然也必须地受到异源文化的冲撞，或者被先进的异源文化同化，或者不得不通过移植先进文化而自我更新。面对西方思潮对近现代日本的影响，这里就不难理解"日夏耿之介曾把日本近代文学试定为西欧文学的影响史；岛田谨二也断言，明治、大正、昭和时期的新文学，近似于西欧近代文学的连锁店，也是试图把西欧文学日本化的艰苦奋斗的记录"。

但是在后期吸收西方先进文化的过程中，近现代文学史处于文化劣势的日本得到的普遍认可的观点是："既没有采取否定一切的虚无主义，又不是盲目地全盘照搬，而是采取拿来主义的态度，对外来的东西进行了自主性的移植，显示了自己的独特优秀性。”仔细分析它的这种移植性特点，其实日本古已有之，并可以在日本古代对中国古典文化的吸收过程中窥见一斑。在古代，受灿烂中华古文明影响最深的当推日本，遣唐使的出现、大量僧侣的跨国交流，将中国的古代文明直接传送到了日本。但就其当时来说，社会构造和价值体系相对落后的日本，面对这种持续的中国影响，并没有照单全收，它采取了“再解释—再构成—再创造”的独立移植法则，从而可以解释在学习中国古代汉诗的基础上日本兴起了短小的俳句；中国的长篇小说在经过日本的吸收后拥有了体现日本文化风格的物语；更为惊奇的是中国汉字的引入，日本更是根据其偏旁部首发明了自己的文字体系。同样，明治初期，由于“文明开化”政策的提出，使得日本一度醉心于西洋文明。在思想文化领域出现了混乱骚动的局面，而西欧资本主义文化的传播也有彻底同化日本传统文学之势。但就是由于日本独特的移植性传统的存在，混乱与强势并没有使得日本文化走向全盘西化，西洋的文学理念又一次被移植在日本的国土后变成了含有日本传统文化因素的日本现代主义文学特征特色。来于西方的异源文化，不仅没有使得日本本土文化得到奴化，反而被主体文化吸收，摄取为自身的有机构成要素，形成了日本文化中独有的多元性，日本近现代文学的混合主义或折中主义由此呈现于日本文坛。所以笔者在此有理由概括地认为：现代日本文学的确受到了西方文学的影响，但由于在移植过程中本身固有的日本民族传统，起始于芥川龙之介的日本现代主义文学形成了与西方明显不同的现代主义特征。

（二）树立独有的日本现代主义文学精神

在对日本的文化现状以及其所独有的“移植性”进行分析以后，日本的现代主义文学特征特质便显现出了根本的特点，即用西方现代派的笔法书写日本传统的精神。西方现代派的艺术特色被日本接受后，“再解释—再构成—再创造”为日本文化所能利用与吸收的因素，形成了极富日本特色的现代主义文学特征内涵。

首先，日本的现代主义文学特征表现了一种物哀传统下的感伤基调。

自西方资本主义建立以来，由于物质的丰富使人们普遍产生了“人是万物灵长”般的心态，认为一切尽在自己的掌控之中。但日益繁盛的社会却渐渐使人变得渺小，丰富的物质同样加快了人的物化，随之而来人的生存状态、生活观念乃至信仰都在发生着巨大的改变，人的心中失落的感伤情绪油然而生。它最早出现于18世纪中叶，发展至西方现代派文学时期，这种情绪由原本直露的感伤变为了一种内秀的情愫。西方现代派作家开始用一种分析的眼光审视变化后的世界，在自己的作品中不约而同地表达一种无助的伤感情怀。他们对整个非理性的社会已丧失了浪漫主义文学时代的憧憬，也没有了现实主义文学时期的反抗，留下的仅有弱小人物面临强势时的无奈。文中的主人公在作者的笔下，只能默默地忍受着社会给予的一切，麻木、茫然甚至是虚无充斥着整个西方现代派的艺术世界，而对人、对物的感伤情愫也已经如影随形地包含于作品的字里行间，以至读者的心中。

对于日本现代主义而言，这个时期的作品同样让人感受到一种感伤的情调，这从前面论述的芥川龙之介作品中可以深刻感觉。与西方的感伤相比，它不再是一种对人、对物处境分析后的感性结论，而是存在于文本本身的阴郁、深沉的审美情趣。就其产生的背景以及存在的表现看，日本文学的感伤基调更多地来自其本身传统中所独有的物哀范畴。在现代派文学作品中表现出来的也正是“自然美概念中的生命感和季节感”。在作品中，“一切事物都无常，一切事物似乎都是倏忽即逝，短暂缥缈的存在。对自然生命的这种强烈的体验和感悟不禁令人感叹。”这是日本传统“物哀”的定义性描述，它极大地表达了人的主观感受，并将其作为审美的一种审视对象。在现代主义文学特征的表述中，日本“物哀”传统审美范畴仍旧发挥着重要的作用，它使得日本的文学作品超越了西方现代派中更多地把客观“物”当作描写对象，从而抒发感情的写作方式。而重视对作品感情本身的鉴赏，使得日本现代派文学创作中的主情色彩大大加重。读者会在文本中直接对流露于字里行间的感伤情绪产生深刻的体会，它不再以人与物作为铺垫，而是成为单独的审美客体自始至终贯穿文本。

其次，日本的现代主义文学特征还表现在一种独有的民族悲剧意识上。

文学发展至现代主义时期，西方传统的悲剧文学也在发生着极大的变化，原本在亚里士多德《诗学》中定义的“通过引发怜悯与恐惧使这些情感得到疏泄。”的目的已经基本消退。从整体文学现状看，作品中流露出更多的是社会物化作用下小人物的悲惨命运，与传统的悲剧相比，已然没有了声嘶力竭的抗争，更多力图表达的变成了人在社会面前的无助与迷茫。所以，用传统悲剧理论来印证现代作品，原本应有的悲剧色彩在西方现代文本中已悄然消退，剩下的只有作家以一种分析思索的态度，看似漠然地审视着这个非理性的世界。

比起西方现代主义悲剧色彩的减退，以芥川为开始的日本现代派文学中却极好地传承了传统悲剧的理念。分析原因，这首先应从日本岛国的地理环境入手。日本由众多的岛屿组成，四面临海且地处火山、地震多发地带，不稳定的生活状态，使得在远古日本居民的心中便产生了悲观的情绪。但值得肯定的是这种状态反之却又促使日本民族产生了在困境中勇于反抗的悲剧性格，历史上敢于面对苦难和毁灭而进行抗争、至死不悔的人物层出不穷，敢于直面惨淡的人生、面对淋漓鲜血的悲剧人物更是受到了民众的敬仰和赞美，这最终促使悲剧精神成了日本民族精神的重要组成部分。从最早《古事记》中出现的暴风雨神素盏鸣尊的至死不悔的抗争到平安时代松王丸献子故事的出现，可以明显地看出日本对悲剧精神的推崇与欣赏，其中武士道精神成了日本典型悲剧精神的表现。蔑视死亡、敢于赴死的决绝精神成了近现代日本民族精神生活的中流砥柱。抛开近现代日本的军国主义思想，仅从现代文坛入手，这种民族悲剧精神深深地体现在了日本作家身上与作品中。同样面临的是社会异化后的无助与彷徨，但与西方现代主义作家设计作品不同的是，在日本现代作家笔下，很少出现主人公委曲求全、了无生机的生活，反之，它更多表现了社会重压下惨烈的抗争，甚至是死亡。表现在作品文本之中，芥川龙之介笔下已然出现了《袈装与盛远》中坦然等待死亡的女主人公袈装；《信徒之死》结尾处为救婴儿奋力进入火海的悲剧人物罗连卓；发展至后期日本现代主义文学更是出现了川端康成笔下《雪国》最后有意安排的大火；渡边淳一《失乐园》中男女主人公最后的殉情。当然，这种“人当武士，花为樱花”的悲剧性格也直接地影响到了作家本身，从芥川龙之介到川端康成、三岛由纪夫等无不用自杀的方式结束了自己的生命，用自己的一生书写着与西方无奈、萎靡不同的民族悲剧意识。

总之，通过以上三部分内容，对于芥川龙之介文学深远影响的意义性探究已经较为全面。芥川因其自身文学创作的独特风格有力地反驳了日本“善、美”的文学传统，使其本身“鬼才”的身份变得理所应当。后又因对公认日本现代派——新感觉派的影响，深深地加大了其作为日本文学转型期作家的重要地位。日本作为近现代亚洲唯一一个独立走上资本主义发展道路的国家，由芥川龙之介开创的日本现代主义文学特征之风不可避免地受到西方现代派的影响，但是通过对其现代主义文学特征的分析，旧本现代主义作家正在沿用日本传统的独特“移植性”吸收方式，重新构建自己本国独有的现代主义文学特征特色。它学习于西方，却扎根于日本，是在用“西方现代的笔法书写着日本传统的精神”。也正因为此，日本文学拥有了它存在于世界文坛的可能性与必然性。

第三章

川端康成的现代主义文学特征

第一节　川端康成文学中的色彩世界

一、川端康成文学中的色彩世界

川端康成是日本第一位获得诺贝尔文学奖的作家，也是亚洲第二位获此殊荣的作家。川端康成是色彩驾驭的大师，同时也非常善于捕捉最隐秘细腻的人的情感世界。1968年诺贝尔文学奖评奖委员对川端获奖的授奖词这样描述，他以“敏锐的感受，高超的叙事技巧，表现了日本人的精神实质”。然而就是这样一位创作卓越的文学大师，却选择主动结束自己的生命。在1972年的一天，他口含煤气自杀，未留只言片语，将自己的生命永恒定格在这一刻，令世人扼腕叹息，也许这就是川端康成对艺术与生命的理解。他认为生命与死亡之间没有绝对的界限，死亡是生命的另一种延续，或许我们可以透过川端充满生命气息的文字，感受大师不灭的精神之美。

川端康成是西方现代表现手法的借鉴者，更是东方古典文学不遗余力的继承者与开拓者。他对日本传统美意识进行了不遗余力的发掘，并用他聪慧而敏锐的艺术家的直觉诉诸笔端。川端认为，色彩是展现自然美与日本传统美的重要方面。色彩不仅关乎其本身，而且还承载了丰富的社会审美文化意义。同时，色彩美也是川端文学传统审美意识的重要一环，色彩美与其他美的意识共同构成他对美的总体理解。在川端康成的笔下，大自然展现出五彩斑斓的美丽，呈现出充满魅力的动人瞬间，他用色彩纷呈的交错与组合坚定地表达自己对美的欣赏与理解，用色彩的语言阐释自己对日本古典文化的崇尚。

据说艺术家都具有十足的创作个性，同时也根植于自己所处的时代环境。因此，要探究川端文学中色彩与日本传统美意识之间的关联，就应该从其个性与时代两方面入手。川端康成的童年生活非常不幸，亲人相继离世，他孤零零一个人，独自面对世间的人情冷暖。这种早期亲情的极度缺乏让他形成了根深蒂固的“孤儿根性”，心理上受到很大的创伤，难以愈合。由于内心孤独，他只能在古典文学中寻求一丝慰藉。后来发生的东京大地震和长达15年的战争，让这个国家遭受重创，无论从物质上还是精神上，都面临百废待兴的局面。个性和时代的遭遇让川端康成的内心遭受双重创伤，他认为已参透人生，为此心灰意冷，唯有沉浸在古典文学的世界中，才能感受到精神的希望与内心的愉悦。一连串的遭遇更加坚定了川端康成的信念，即对传统美的不懈追求。川端康成用色彩化的语言表达对传统美的感悟与理解。

色彩既是一种美术学术语，也具有一种社会文化范畴的概念。色彩可以呈现五彩斑斓的自然风光，塑造栩栩如生、个性十足的人性形象，同时还可以点缀人们的想象空间，让生活诗意化，色彩是一种精妙绝伦的伟大语言艺术。色彩词是色彩美学中的重要研究对象，色彩词作为对色彩最直接的表现，与色彩审美关系密切，不可分割。作为语言表现力的催化剂，色彩词让语言富于动感与活力，具有强烈的艺术感染力。在日本文学作品中，色彩词作为色彩最基本的表现形式，大量出现在文学语言中，表达着日本社会自古以来对艺术的感知与表达。色彩与自然紧密融合，色彩表达自然，自然蕴含色彩，色彩与自然和谐相融，这符合日本人内在的自然观。日本人亲近自然，喜爱自然，他们追求的最高境界是人与自然合二为一，融为一体，这点类似中国的“天人合一”思想。川端康成的自然观正是如此，他对色彩具有敏锐感，色彩美成就了川端康成心中美丽的自然，自然与色彩的交织，点缀着川端内心深处浓郁的古典文学之梦。

现代派绘画大师毕加索认为，色彩是一幅画作中，最能有力表达画面情绪的元素。其实不仅仅是在绘画领域，色彩已经超越了自身，渗透到广泛的社会历史文化领域，承载了更多文化内涵。当今社会，色彩与人类审美文化之间的关系进一步加强，色彩处于更加重要的地位。色彩以各种可能的方式表达着人类的各种思想、情感和情绪，色彩成了一种文化符号的所指和载体，色彩与文化密不可分，并成为文化的一个重要组成部分。同时，色彩还具有心理暗示的作用，色彩在精神方面的价值不容忽视。色彩正通过人类的审美文化活动，深深影响着他们的情绪和情感。

二、川端康成线性研究综述

作为日本首位获得诺贝尔文学奖的作家，川端康成的名字已经声名远播，引起世界的广泛关注。日本国内是研究川端康成的主要阵地，而且起步较早。起初，研究者多将目光集中在《雪国》这部代表作品上，主要从美学角度简单分析，并没有扩展到其他视角。此时的川端文学研究呈现出评论视角单一化的特点，容易流于简单偏颇，但毕竟时代所限，难以有所突破。之后由于第二次世界大战爆发，战争深刻影响了日本国内社会，于是评论者将目光转移到社会学角度，批判川端文学传达出虚无与颓废的信号。总体来说，日本国内对《雪国》以主题学评论研究为主，大致可分为四个方面：第一，社会性主题。在这方面较有代表性的是日本川端文学研究专家长谷川泉以及中村光夫的观点。长谷川泉认为，男主人公岛村既引诱驹子，同时又极力逃避驹子爱的诉求，由于这种微妙关系，驹子徒劳的爱情反而变成了高尚的美。中村光夫指出，《雪国》是《伊豆的舞女》的姊妹篇，是川端奏响的另一首青春之歌。在《雪国》中，作者发现了真正的自我。第二，虚无的主题。小林秀雄的观点具有代表性，他认为，驹子同岛村邂逅，产生情感纠葛，但岛村的心是虚无的，因此驹子透过岛村虚无的心情，呈现出鲜明的人物形象，这可能与川端康成本人的生活息息相关。川端的心本身就已冰冷，他的生命只是存在于心灵的空旷之中，仅仅从这个意义上来看，川端仍然是活着的生命。第三，神话主题。日本学者上田渡认为，驹子这一人物形象是非同寻常的存在，她的出现同杉树精、蚕女、织女等神话传说中的人物有某种程度的关联，驹子并非现实中的普通人，而是一个具有神话性的人物。《雪国》是以驹子的神话性为核心的神人交欢的小说。第四，好色的主题。武田麟太郎指出，说《雪国》是好色小说有点过分的话，那把它当成一部恋爱小说也许非常恰当，因为它写实，又缠绵悱恻。

此后，随着川端康成创作的进一步丰富，学者和评论界对其研究也进一步深入，研究视角日渐广泛，从古典美的美学倾向方面对其展开评论。日本学者吉田精一认为，川端文学继承了王朝文学纤细、优雅的美学特质，还具有幽玄之美的独特意境。此外，三岛由纪夫是一个重要的川端文学评论家，他发表了很多有关川端文学的评论，见解准确、精辟，颇具代表性。在其曾经与川端康成往来频繁的书信中，三岛由纪夫对《雪国》《抒情歌》等作品的评价精准独到，令人信服。他写的《永恒的旅人》等也都与川端文学的精髓一脉相承，赛登斯卡特曾经将川端文学译介到国外，他也认为《永恒的旅人》是最让人难忘的川端论。随着川端康成在 1968 年获得诺贝尔文学奖，日本学者加大了对川端文学的研究范围与力度。四年之后，川端康成口含煤气自杀，震惊世界，日本文坛再度掀起了研究川端文学的一股热潮。此时出版了 10 卷本的川端文学研究丛书，收集了长谷川泉、小林芳仁、羽鸟彻哉等日本著名川端文学评论家的评论文章。之后新潮社 35 卷本的《川端康成全集》几乎包含了川端康成所有的作品。可以说，在这一阶段的研究过程中，日本国内对川端文学的研究领域越来越广泛，视角逐渐扩大，呈现多元化特点。川端康成文学创作的每个阶段都纳入了研究范围，并最终上升到对其死亡观的探讨。川端文学与死亡有着不解之缘，川端本人最终也没有绕开死亡这条道路。长谷川泉认为，川端文学体现了轮回转世、生死之间无界限的死亡观，因此，在川端康成看来，死亡并不意味着生命的终结，他并没有将死亡视为阴森恐怖的现象，反而成为一种美的存在。此外，日本风景画家东山魁夷也写了《回忆川端康成》《巨星陨落》等文章，从“无常”角度解释川端康成自杀的原因，也很有独到的见地。

到了 20 世纪 90 年代，我国对川端文学的译介工作取得了很大进展，在这一时期，几乎所有的川端文学作品都被译成了中文，为广大读者所熟悉。1993 年，日本著名学者川端康成研究权威人士长谷川泉的《川端康成论考》翻译出版，这本“百科全书式的著作”对于我国的川端研究起到了推动作用。这一时期，国内研究者已经突破了社会学批评的单一模式，开始从宗教等多种深刻因素来探讨川端文学。叶渭渠先生在川端文学翻译方面贡献巨大，他翻译了 10 卷本的《川端康成文集》，1996 年由中国社会科学出版社出版，是国内第一部全面翻译川端作品的文集。国内川端研究者对川端文学的研究更加全面和深入，中国学者立足于世界文学的大背景中，试图采用全新的跨学科研究方法，准备研究川端的每一部作品。在这一阶段，国内第一部研究川端康成的著作《东方现代探索者——川端康成评传》问世，预示了川端研究已经向新的阶段进行超越与迈进。此外，研究者越来越注意把握川端作品与日本古典传统美的关系。特别是对待死亡这一重大问题上，这是研究川端康成不可回避的课题。日本学者铃木大拙曾经说过，日本人没有什么特别的生命哲学，却有死亡的哲学。此外，研究者还注意到禅宗与传统文化的关系，认为日本传统文化中佛禅无常观念的秉承，是川端康成“虚无”思想生成的最根本最内在的原因。

进入 21 世纪，国内的川端康成研究进入了一个全新的阶段，研究范围更广，对川端康成的研究更加深刻，研究方式呈现更加多元化与开放性的特点。首先是对川端笔下的女性形象的关注程度进一步加大，研究者认为川端康成在战前主要描写的是处于社会底层的卑贱者，她们没有地位，没有尊严，只是活着而已。战后，川端康成则把描写重点放在社会中层的中小资产者，她们有一定的社会地位与尊严，她们有更高层次的生活追求。同时对于之前鲜有研究的男性形象，研究者也开始关注，他们认为这些男性形象性格迥异，类型不同，但都具有线索的作用，可以串联全篇，并且可以传达情感，阐述作者的死亡观念。其次，研究者在这一阶段继续加大对宗教尤其是禅宗的关注度，有很多文章涉及禅宗思想，评论更见力度和深度。再次，延续了上一阶段对“川端康成和中国文学”这一课题的研究，进入 21 世纪，有关这一课题的研究更加多样化，同时也更加深入。例如，周阅的《川端康成〈竹叶舟〉的中国文学渊源》一文认为，中国文学对川端文学的影响是显而易见的，中国文学对川端文学是一种“基础性浸润”。最后，我们还注意到川端研究新的开拓，有研究者从生态美学角度分析川端文学，角度新颖，见解独到。他们认为川端的散文创作具有一种超越性的“天人合一”生态审美意识，表现了自然人性之美和敬畏自然的思想。相信随着时间的深入，国内川端文学研究一定会不断开拓新的领域，呈现更加开放与多元的研究态势。

对于色彩方面的研究，仅仅有少数研究者涉及。例如，丁武君的《川端康成创作中色彩的表现模式及其象征性》，作者指出日本民族是一个具有浓郁审美情愫的民族，主要介绍了日本民族有关色彩的几种主要表现模式。徐曙的《画面、色彩、变化、意境——从〈古都〉看川端景物描写的特点》，雷华的《论川端康成散文的色彩美》，以及周阅的《色彩的世界——从川端的〈雪国〉到吉本芭娜娜的〈哀伤的预感〉》。

目前，对于川端文学的研究取得了不少成就，研究的领域和角度进一步扩大，但依然有可挖掘之处。例如，对于川端文学中色彩意义的研究，虽然也有少数研究者涉及，但仅仅是简单地分析川端文学中几种色彩的象征意义，较为分散，也不成体系，并没有进一步挖掘川端文学中色彩审美背后的文化特性，也没有注意到川端童年的遭遇、个性特征、后期战争的创伤等因素，这些因素的存在都与川端文学的色彩审美倾向有着微妙的关联。

三、色彩美

“感觉文化是一个民族的文化基础，它渗透到人们生活的各个领域。对色彩的感觉，则是感觉文化的重要组成部分。”日本民族非常注重色彩的表现力及象征性。当初他们在接受中国大陆文化时，也接受了朱雀、青龙、玄武、白虎这四种护卫兽之色，并将之作为日本民族色彩语言的四原色，赋予其日本式的审美情趣与道德内涵。

日本人自古崇尚白色，神道教认为凡是带色彩的都是不洁净的，唯有白色是一种神仪的象征，并以此作为人与神相联系的色彩。因此，在他们的传统观念中，白色是纯洁、清明的象征。黑和红则是与白相对立的色彩，日本民俗中素有“黑不净”“赤不净”的观念，二者均属于禁忌色，其中赤色又具有多层象征意义：其一，为神的象征。古代日本人认为红色具有避邪作用，它象征着神的法力和权威，所以神社前的牌坊总是红色的。其二，为血腥与罪恶的象征。当死亡与灾祸出现时，大多伴有流血的惨剧发生。《古事记》中就这样描述了那条专事吞噬少女的怪物——八岐大蛇，“它的眼睛像红灯笼果……它的肚子总是血淋淋的，像是糜烂了似的”。其三，红色还是性爱的象征。《古事记》中高傲、容姿美丽的势夜陀多良姬，被美和之大物主神看中。为了征服少女陀多良，大物主神趁她上厕所的时候变成了一支涂着朱红色的箭，并从冲走粪便的流水沟向上捅少女的阴部。陀多良大吃一惊，慌慌张张地跑出来，拿着那支箭，放在床头上。那支箭忽然变成了一个美男子，她遂委身大物主神。因此，在传统审美意识中，红色亦有情色之意。

川端康成具有浓厚的传统审美意识，因而色彩在他的作品中也具有复杂、多重的象征意义。他经常运用白、红、黑三种带有浓郁的人类情感的色彩，来表现不同的深层含义，并使之与人物的情感、命运紧密相连，这是川端以民族的色彩心理为基础而完成的精微的艺术创作。

（一）红与白的象征

白色具有神圣、纯洁、梦幻等象征意义，红色则具情色等复杂内涵。川端康成在小说创作中，充分根据民族的色彩心理，运用红与白来表达多种象征意义，大大增强了其作品的含蓄性和深刻性。

其一，在川端文学中，白色映衬下的红色有时是性爱之美的象征。

《春天的景色》是一篇新感觉派气息浓郁的作品，在小说中，川端对色彩进行了细腻的描绘，并赋予白、红以浓厚的象征意蕴。主人公“他”偶与妻姐同居一室，临睡前，解衣别卧的妻姐引起了“他”的注意，“脖子比千代子的更白皙。她一躺下，簪上的红色珊瑚珠活像晶莹的滴珠”。另外，他还注意到妻姐很爱穿红衣裳。妻姐珊瑚簪子的血红、衣服的鲜红与脖颈的洁白构成了明快的色彩对比。这使“他”心荡神驰，几难自持，还改变了对红色的厌恶之感。第二天送妻姐时，“他”注视着“汽车驶过下游模型般的白桥。川流不息的红色，仿佛把沿着街道一直伸向远方的开阔的山峡也吞噬了”。于是他情不自禁地对自己的妻子说：“我并不喜欢红色。不过远远望，有时候也是挺美的。”仅仅这一句话就将“他”潜意识中对妻姐的爱慕披露无疑。红色具有情色的象征意蕴，而白色又是圣洁的象征。在这里，川端将这两种对立的色彩放在一起加以表现，一方面表现了主人公对妻姐的性欲望，另一方面也表现了“他”

对妻姐出于审美的倾慕。主人公这种矛盾复杂的心理，小说通过红与白的对比将其含蓄地表现出来，这同时也体现了川端的审美观，性是肉体的，但只要出于精神，就会升华为美。

在《千只鹤》中，川端康成依然用白色映衬下的红色来表现太田夫人的官能之美。小说中多次写到了夫人的遗物，那只志野茶碗。在它的白釉上，残留着夫人口红的痕迹。

“正像今天早晨文子在电话里所说的那样，这只志野瓷陶的白釉里隐约透出微红。仔细观赏的时候，那红色仿佛从白釉里浮现出来似的。而且，茶碗口带点浅茶色。有一处，浅茶色显得更浓些。

那儿恐怕就是接触嘴唇的地方吧。看上去好像沾了茶锈。但也可能是嘴唇碰脏的。在观赏的过程中，那浅茶色依然呈现出红色来。正如今天早晨文子在电话里所说的那样，这难道真是文子母亲的口红渗透进去的痕迹吗？这么一想，他再看，釉面果然呈现茶、赤参半的色泽。那色泽宛如褪色的口红，又似枯萎的红玫瑰——并且，当菊治觉得它像沾在什么东西上的陈旧血渍的颜色时，心里就觉得难以置信。

他既感到令人作呕的龌龊，同时也感到使人迷迷糊糊的诱惑。”

这口红的痕迹在太田夫人自杀后还散发着她那妩媚的魅力，并在潜意识中影响着与她有关系的菊治的心理。“太田夫人是川端康成从日本社会中抽象出的女性官能美的象征”，她以自己的魅力俘获了菊治父子两代人的心。在这种背德之爱中，菊治被诱入另一个世界，感到“夫人仿佛非人世间的女子。甚至令人以为她是人类以前的或是人类最后的女子”。那只茶碗上残留着的口红痕迹，正是她那女性的官能通过转移留存在菊治心中的情结。于是，川端就从古茶碗渗透出的唇红中抽象出妖艳之美，从菊治的迷惑与嫌恶中体现出浓郁的色情审美，从而使人感受到红色的象征意蕴。此外，茶碗白釉的质地又令菊治联想起太田夫人温暖的肌肤，感到她柔润得如同梦幻中的女人。太田夫人虽具有妖艳的官能性，但她的心灵并不龌龊，却如同白釉般纯洁、温柔。在川端看来，夫人那超现实、超功利的爱之追求无疑是美的。因此，“志野瓷陶的白釉里隐约透出的微红”，在川端的笔下，也就成为太田夫人之官能美的象征。

《美丽与悲哀》是川端康成战后的一部重要作品。小说中有这样一个细节，大木离开书斋到小山上散步时，他的脑海中浮现出了庆子美丽的身体，特别是她那透明般的粉红色的乳头。日本人是黄色人种，但在大木眼中，庆子是比白色人种更为细腻光润、肤色洁白的女人，有着从里面映照出来一般白皙的皮肤。白皙的皮肤与粉红色的乳头具有极强的诱惑力，纯洁又性感。川端充分运用红与白的审美心理，来渲染庆子令人无法抵制的魔力。因此，不光大木在江之岛旅馆没能经受住庆子的引诱，他的儿子太一郎原是个本分的学者，极少与女性来往，却也同样无法克制庆子的诱惑。最终，太一郎成为庆子魅力的俘虏，葬身琵琶湖。

《蒲公英》是川端康成的最后一部小说。小说中有这样一个细节，稻子患了人体缺视症。有一次，当和自己的恋人久野在一起的时候，她看到了一道桃色的彩虹。

彩虹是由细小的气泡组成的，桃色的气泡泛着骇人的微光，缓缓地移动着。他们忘记开灯了。由气泡组成的桃色彩虹虽不鲜艳，但那层淡淡的微光使周围明亮起来。那柔和的光亮给稻子留下了鲜明的印象。

桃色的气泡与昏暗中柔和的光亮相互映衬，构成一幅美好的图画，冲淡了稻子的恐惧。在这里，桃色的气泡很显然是血，而由细小的桃色气泡组成的彩虹即是失去处女的贞操时出现的现象的象征。稻子对委身于久野、失去处女的贞操怀有一种恐惧，但是“那柔和的光亮”又让稻子看到了性爱的神圣和美丽。因此，微光映衬下的桃红便成为性爱之美的象征。

其二，在川端文学中，红色映衬下的白色有时是梦幻之美的象征。

《招魂节一景》是川端康成的处女作。在小说结尾部分，马戏团明星樱子站在马背上表演钻火圈，樱子“就像女神镶在火焰画出的椭圆画框里一样，从脚下到头顶罩上一个光圈，艳丽极了”。这时，意外的冲撞使她和手上的火焰圈一起落下马来。川端将红色的火焰圈与樱子白皙的形体加以对比，从而把樱子的落马抽象净化为一种美。这种将悲剧净化的描写方式与《雪国》中对叶子之死的描写有异曲同工之妙。《雪国》以白雪的世界为舞台，叶子是这个银白色的幻想世界中飘忽不定的美的精灵。小说结尾部分的“雪中火事”已不仅仅是夜间发生的一件事故，那如处子般洁白的雪地上燃烧着红莲般的火焰，形成一幅绝美的图画，叶子的躯体就在这幅美丽的图画中坠落。在这两部小说中，川端康成都用白色营造了一个梦幻般迷离闪烁的世界，意在试图通过心理距离的营造，使他所钟爱的少女在燃烧的凄惨中升华为一种清纯、永恒的美。

在《千只鹤》中，川端康成用红色来象征太田夫人的女性官能，与此相反，他多用白色来象征雪子的纯洁。雪子初次在茶室中出现时就给菊治留下了深刻的印象，“小姐的周边，仿佛有又白又小的千只鹤在翩翩起舞。”每当与太田夫人亲昵之后，菊治都为这种背德之爱深感罪恶。与此同时，雪子光洁的形象及其包袱皮上洁白的、翩翩起舞的千只鹤就会在他的脑海中弥散开来。雪子圣洁的美在映照着菊治的丑，他渴望通过雪子的纯洁来洗刷自身的罪恶，因此洁白的雪子成为菊治无法割舍的梦幻。在续集《波千鸟》中，菊治和雪子结了婚，靠近了自己的梦幻。但在圣洁的雪子面前，菊治更深刻地看到了自身的罪恶，无法用罪恶之躯靠近、玷污雪子的纯洁，破坏自己的梦幻，由此出现了极端化的处女妻。实际上，从初次相见，菊治就感到雪子是他这个尘世、罪恶之身根本无法靠近的梦幻，并禁不住感叹：“她永远是另一个世界的人啊！”梦幻是美的，人都在追求自己的梦幻，渴望实现自己的梦幻，但梦幻的美就在于它是梦幻而不是现实。因此，雪子与她那缀有洁白的、翩翩起舞的飞鹤的包袱皮，便成为菊治恒久的梦幻之美的象征。

小说《美丽与悲哀》中，音子与大木年雄的爱给她带来了巨大的伤害，但随着岁月的流逝，这悲伤之爱在音子的心中逐渐得到升华，并成为其生活的支撑。因此，当得知大木与庆子在江之岛过夜后，她异常嫉妒、悲伤。“音子和大木的年久的爱好像在音子心中燃起了奇异的火。但是，音子在那火中见到有一朵盛开的白莲花浮现出来。”那红色的火焰显然是音子嫉妒之心的象征，但音子进而看到了一朵盛开的白莲。这朵盛开的白莲是音子对大木之恋的进一步升华，是任何人不能够玷污，任何人都不能使之破灭的梦幻之花。

其三，在川端康成的小说中，红与白有时还是生与死的象征。更为微妙的是川端还进一步以它们的强弱对比来隐喻小说的主题，这突出表现在《睡美人》中。

《睡美人》中，年迈的老人力图以模拟的死证明生的真实，却证明了生的虚幻，小说以此为主题，在由生到死的过程中缓慢向前推进。川端康成除了用其他的手段表现这一主题外，还用江口老人在与睡美人相会的五个夜晚中，围绕他的主要色彩——红与白的消长变化隐喻了这一主题。

在作品开始时的第一夜，表现生命、刺激与燃烧欲望的红色占支配地位。屋内悬挂着玉堂的红叶尽染的山村风景画和深红色的天鹅绒窗帘，床上还睡着充满了温馨的姑娘，江口首先看到的也是姑娘身上的红色：

“温暖的血色从手背流向手指尖，血色越发浓重。……姑娘的耳垂色泽，与流向指尖越发浓重的温暖的血一样红。她映入了老人的眼帘。老人透过她的秀发缝隙窥视了她的耳朵。耳垂的红色与姑娘的娇嫩，刺激着老人的心胸。”

与浓郁的红色相对应，白色在第一夜的现实中没有地位，它只是以白蝴蝶和白帽子等形象出现在老人的梦幻中。第二夜，红色不像第一夜那样从姑娘的实体中渗透出来，而是浮于表面，它主要集中在姑娘的化妆上，“指甲染成桃红色。口红涂得很浓。”并且在老人眼里，姑娘的身体是白色的，“在红色天鹅绒帷幔的映衬下，脖颈显得格外洁白”。可见，现实中的红色被明显地弱化，白色则得到进一步加强；而梦中则由白色向椿寺的五彩山茶花移动。第三夜是一个转机，姑娘是一个孩子般的、近于透明的姑娘，她没经过任何化妆，现实的色彩降到了最低点，而梦境中却出现了金黄色、紫色。第四夜，江口老人来到这个俱乐部时已到初冬。雨中夹杂着白雪，红叶开始褪色、蜷缩、凋落，屋里的画也由红叶山庄换成了白雪皑皑的冬景，并且床上姑娘的洁白也被反复强调。在这里，现实中红与白的色彩发生了明显的逆转，白色占有了绝对的优势。与此相反，在梦幻中，色彩经由白色—五彩—金黄色、紫色的演变，终于出现了浓重的红色。在老人的梦幻中即使浮现出了白蝴蝶，翩飞的蝶群也与硕大的红叶交相辉映，红色占据了绝对的优势。更有甚者，作者还用血来表现这浓重的红色，“有一只大雕般的凶鸟叼着血淋淋的猎物，几乎贴着黑色波浪在盘旋。”第五夜，皮肤黝黑的姑娘死了。黑色是红色的极限，在色彩学中，红色的波长最长，最接近无限波长的黑色。因而，皮肤黝黑的姑娘的死，说明红色在极限处被现实抹杀了，只剩下另一个白色的姑娘“躺在那儿，闪烁着美丽的光辉”。与此相对，在梦幻中，江口又看到了母亲临终前吐血的情景，血从鼻子里咕嘟咕嘟地流出来，无法用枕边的纱布和布手巾揩拭干净。另外，江口还梦到了自己在新婚旅行之后回到了家，看见满园怒放着像红色西番莲那样的花，红色的花朵几乎把房子淹没了。因此，红色在第五夜的梦幻中笼罩了一切，而不像在第四夜的梦中那样还有白色的蝶群与之相映。

这样，《睡美人》通过使红与白在现实与梦幻中产生逆向运动，隐喻了作品的主题。代表欲望和生命力的红色在现实中逐渐走向了冷寂的白色，说明老人在证明生的真实的过程中生命力被不断地弱化。而梦幻由最初的白色走向最后的红色，则说明希望只是一个梦幻。两条对应的线索无疑表明：这个以模拟的死证明生的真实的希望越浓厚，真实的生命就越微弱，当希望达到顶点的时候，也就是生命走到死亡边缘的时候。《睡美人》以色彩的语言暗示了处于晚境的老人对生命的无限渴望以及他们对死亡的恐惧与无奈。

（二）黑与白的象征

除了红与白外，川端康成还喜欢运用黑与白的色彩内涵来增强小说的含蓄性和深刻性。黑色是与白色相对立的色彩，具有静寂、悲哀和绝望等情感属性，是罪恶、死亡等的象征。川端康成也经常用黑与白两种鲜明的色彩，来表现多种复杂的含义。

其一，在川端文学中，白色映衬下的黑色有时是死亡之美的象征。

长谷川泉认为，打开川端文学之门的钥匙是他的掌小说。这意味着掌小说虽然短小，但却几乎包含了川端文学的所有因子，色彩的运用亦如此。在掌小说《白马》中，由于儿子考大学落榜，加上自身生活凄凉、落寞，主人公野口陷入失眠状态。因此，他经常在恍惚之中感到自己仿佛又看到了那幅少年时的画，画中青梅竹马的恋人妙子身着桃红色的衣裙，骑着白马在天空中飞翔。多年来，他们彼此音讯全无，生死未卜。每当长夜难眠之时，野口就会想起那幅画，那匹白马，还有马上那身着红衣裙的恋人。可是今天，野口不是在卧床合眼之后，而是坐在椅子上醒着时，就看到了白马的幻影。但是这次“幻影中的黑衣的女子身后翻卷着像是长长的黑布似的东西，这也是头一遭。虽说翻卷，其实是厚实而沉重的黑色的东西”。野口不安地揣测这东西“究竟是什么呢”？黑衣女的出现，是不祥之兆，似乎预示了妙子的死亡，同时也是野口被死亡的阴影所纠缠的心理的外化。小说通过冷寂的黑衣人的出现，强调了野口对死亡的恐惧和不安，同时活跃的白马又使黑色的死亡得以美化。

“犹如死的使者，一群黑色的身影肃穆地伫立在昏暗的走廊里。缠满绷带的博士的胸膛，如一个白色的东西在粗暴地拍打着，是临死前的呼吸困难。”

这是川端康成在短篇《意大利之歌》中，对医学博士鸟居先生临终前的描写。“死神一般的黑影”指的是战时灯火管制下用黑布蒙住的电灯，以及由此造成的现实生活的黑暗。川端康成把绝望的黑暗与缠着白色绷带的一起一伏的胸脯加以对比，不仅形成了视觉上的鲜明对照，还表现了博士与死神艰难、凄惨、绝望而又庄严的抗争，使之具有一定的审美内涵。

在中、长篇中，川端康成也经常运用白色映衬下的黑色来表现死亡之美。《睡美人》中，在第五个夜晚，陪同江口老人睡眠的有两个姑娘，一个是粗野高大，皮肤“又黑又亮”，似乎还有点狐臭的姑娘；另一个是修长、细腻，“胸部简直白透了”的姑娘。黑色姑娘的出现似乎具有某种不祥的预兆，恰是在这个夜晚，江口的周围充满了死亡的阴影。皮肤黝黑的姑娘虽然散发出野性浓烈的气息，却没有传递给江口老人生命的魔力，而是“黑暗的虚无感在内心底里扩展着”，如同被卷入“黢黑大海的黑暗底层”。这弥散开来的黑色，在江口心中无疑成为死亡的象征。的确，皮肤黝黑的姑娘因安眠药过量，在凌晨四时死亡，只剩下冰凉的裸体。此外，在这一夜江口还不禁想起了福良老人的死和母亲的辞世，浓重的死亡笼罩了一切。这样，在川端的作品中，黑色再次成为死亡的象征，而白色又使之净化为美。在《千只鹤》中，川端除了充分运用红与白的象征外，还用黑、白隐喻了太田夫人生命的凋零之美。太田夫人在临死那天的清晨，冒雨来到菊治家。浑身被雨水濡湿的她，苍白的面颊衬托着浓重的黑眼圈。川端对她面部的细致描写，一方面暗示出太田夫人因陷入无法自拔的背德之爱而承受的内心煎熬，另一方面也象征了太田夫人生命的行将枯竭。果然，在当晚两点左右，菊治就接到了文子打来的太田夫人已经过世的电话。白色映衬下的黑色，再次成为死亡之美的象征。

其二，黑与白都是冷寂的色彩，川端康成还经常运用这两种凄清的色调，来凸显小说人物的悲哀和寂寞。

《温泉旅馆》是一篇描写下层妇女悲惨生活的作品。在这篇小说中，川端康成除了用其他的方式来表达澡堂女生活的悲哀外，还用黑与白来表现她们悲惨的命运。在小说的一开头就有这样一段描写：

她们像一群动物，赤裸地爬来爬去。

丰盈圆润而又朦胧的裸体，在昏暗的腾腾热气中，用膝盖爬行着，活像一群光滑而黏糊的动物。唯有肩上丰满的肌肉抽搐着，一派农忙时的景象。黑发的色泽又映出一幅人间的图景——简直是水灵灵的，高贵而又悲伤。这是多么艳丽的人间图景啊：

这是对半夜时分还在打扫温泉浴池的姑娘们的描写，她们那动物般趴着的、白皙的裸体与乌黑油亮的长发形成鲜明的对比。在这黑与白的冷寂中，封锁着一层深深的悲哀，给人以深刻的印象。此外，在小说的最后一章“冬至”中，川端还具体描写了澡堂女阿笑和阿清的悲惨命运。

“在月色之下，水车上的冰柱闪着寒光。马蹄踏在冰冻的板桥上，发出金属板的响声。重峦叠嶂的黑黢黢的轮廓，犹如一把利剑。”

在这样一个寒冷的冬夜，阿笑到郊外的树林中与一个陌生男人幽会，出卖自己的肉体。白色的寒光与黑魆魆的层峦叠嶂，渲染出一种浓重的悲凉气氛。阿笑是一个放荡却心地纯洁的女孩子，虽不是和自己的情人幽会，但她从不计较回报，并会拿出十分的诚心来对待向她寻欢的男人。然而心地如此纯净，以笑面对生活的阿笑，却也不能逃脱悲惨的命运。冰柱上闪烁的寒光、黑魆魆的层峦叠嶂，无疑是作者对阿笑悲惨命运的预示和象征。

紧接着上面这段描写，作者又写了年轻、善良的阿清孤零零地凋落、死亡的悲惨命运。阿清年方十六七岁，沦落到深山里后，在筑路工人的蹂躏下身染重病。她生前的唯一愿望就是村里的孩子们能够排成长长的行列，跟在灵柩的后面为她送终。然而，她所期盼着的所谓的葬礼，却是如此的凄清、悲凉：

名义上是送葬，其实只有两个男人抬着一口用漂白布覆盖的棺材。

此时此刻，孩子们都还在睡梦中。

黑夜中，盖着白布的棺材藏着阿清瘦弱的身躯，没有人送行。凄清的黑夜与白色覆盖下的棺材令人感到无尽悲哀、凄凉。虽然还是孩子的阿笑“还不能完全理解她（阿清）的死同筑路工人有什么关系”，但“可以说阿清是被阿笑杀害的吧。”作者的言语中，已明显暗示出阿笑将来不可避免的悲惨命运。这就是下层艺伎的生活，川端通过黑与白的渲染，充分表现了对她们的无限同情。

另外，在小说《美丽与悲哀》中，川端康成除了用红与白来象征音子的初恋之美外，还用黑与白来凸显音子无尽的悲哀。“圆月祭”一节中，音子和庆子在寺院的院落里赏月，月光下的院落是这样一幅凄凉的景象：

月光仅照到这长方形院子的一半。脚踏石在月光下和阴影中的颜色截然不同。在阴影里开放的白色的杜鹃花似乎在浮动。靠近走廊，五月仍呈红色的枫树嫩叶，在夜色中显得黑黢黢的。

白色的杜鹃花与黑色的枫树影给月光笼罩下的寺院更添一分悲凉，这也是音子悲凉心境的外化。这种悲凉的气氛又进一步使音子回忆起了那饱含着她无尽悲哀的宇治茶园：“畦垄的阴影又深又浓。那茶树圆形的群体看起来像是温顺的黑色羊群。”茶园的这番景象是音子还是一个女学生的时候看到的，那时，她和大木年雄的爱情破灭、孩子夭折。为了摆脱痛苦，母亲把她带往京都，在去京都的列车上音子看到了宇治的茶园，自此难忘。茶园本是绿色的，但在音子的心中却像是黑色的羊群。这黑色无疑是陷入极度痛苦中的音子所染上的感伤色彩，因此，黑色在此也就成为悲哀、寂寞的象征。

其三，在川端文学中，黑与白有时还是现实之丑与梦幻之美的象征。

黑与白的这种象征意义明显体现在《千只鹤》中。在小说中，栗本近子胸前长毛的黑痣与雪子包袱皮上洁白的飞鹤形成了鲜明的对比，充分体现了川端关于丑与美的观念。

菊治记得大概是八九岁的时候吧，父亲带他到了近子家，近子正在茶室里敞开胸脯，用小剪子剪去痣上的毛。痣长在左乳房上，占了半边面积，直扩展到心窝处，有掌心那么大。那黑紫色的痣上长着毛，近子用剪子把它剪掉了。

近子是菊治亡父的情人。还是八九岁的孩子时，菊治跟父亲去近子家，无意中看到她正坐在起居室里敞着胸脯，用小剪刀剪痣上的毛。那块长毛的黑痣给菊治留下了挥之不去的阴影，从此他就一直嫌恶近子，甚至生怕有个异母弟妹吃到那种长黑痣的奶。丑恶的黑痣正是性情乖戾、擅长阴谋的近子的象征，她在菊治的父亲死后还试图操纵菊治的家庭和生活。栗本的黑痣和雪子小姐的白鹤在小说中形成鲜明的对比，分别代表了菊治所厌恶的现实之丑和他所憧憬的梦幻之美。同时，这也反映了川端康成对美与丑的看法——现实即丑，虚幻即美。

此外，黑与白的这种象征意义还体现在小说《湖》中。作品中，银平那猿猴般又黑又硬的大脚与他追逐的洁白少女，形成丑与美的鲜明对比。银平脚的畸形实际上是其心理畸形的外化，而造成他心理畸形的恰是现实中父亲的早亡及战争给他带来的创伤。因此，银平那双黑硬的脚也就成为现实之丑的象征。在作品中，川端对此做了这样的论述：

“婴儿的脚，尚未踏上这个社会，还很柔软，很可爱，不是吗？西方宗教画的神，周围飞着的安琪儿的脚，就是那样的脚。踩上了这个人间的泥沼、荒岩和针山之后，自然就变成了银平这样一双脚。”

婴儿的脚之所以柔软、可爱，是因为未被现实所熏染。相反，为现实所浸染的银平也必然会有那样一双丑陋的大脚，因为在川端看来，现实本身就是丑恶的。现实的丑恶如同那双丑陋的大脚，在时刻追逐着银平。于是他渴望通过洁白的美丽少女来弥补自身的缺陷，即渴望通过对美的追求来摆脱心理的畸形。而值得我们注意的是，小说中银平所追逐的美丽少女宫子、久子等，都具有洁白的肌肤、美丽的心灵。与此相反，银平最后追逐到的丑陋的中年妓女——町枝却是另一番形象，“她那张晒黑了的脸，红黑里透紫。”通过小说的描述我们不难看出，町枝的丑陋如同银平脚的丑陋，它们都是源自现实的丑恶。因为町枝的丈夫在战争中阵亡，她不但要养活孩子，而且还居无定所。如果说银平在洁白的少女身上看到的是超现实的梦幻之美，那么他在町枝身上看到的就是现实中的自己。因此，在整部小说中，白色就成为梦幻之美的象征，而黑色则成为现实之丑的象征。银平那双畸形的大脚最后追逐到的不是美丽的少女而是丑陋的妓女。这从反面印证了美的虚幻，丑的必然。同时这也是川端康成所孜孜探索，然而却无以摆脱的人生困境。

以上是对川端文学中红与白、黑与白的解析。川端康成是一个对色彩、对美异常敏感的作家，他小说中的色彩之美当然也并非如此单一，而是多彩多姿的，如在《禽兽》中，他对戴菊莺的精彩描写：

它的上身是橄榄绿色，下身是黄色。头顶有一道粗大的黑线，还套着一道黄线，展开羽毛的时候，黄线就明显地呈露出来，宛如戴上了一圈黄菊花瓣。雄鸟的黄线带深橙色。

因此，本节只是对川端文学色彩之美一个侧面的分析。川端康成不仅能对色相中的基本色彩和惯用色彩进行细腻的描写，还能把色彩的美和小说中的人物心理与命运紧密地联系起来。传统的感性文化塑造了川端美的心灵，同时川端也以自己的笔墨塑造了一个色彩斑斓、含蓄隽永的世界，令人回味无穷。

第二节 川端康成对传统美的现代开拓

川端文学深深地扎根于日本的传统之中。但川端康成又是一战后遍布全世界的现代派艺术潮流中的弄潮儿。因此，长谷川泉认为，“对川端康成这样一个作家，如果不接触和尊重日本的文化传统，或无视和否定西方现代主义的影响，就无法谈论川端文学。”

青年时期，川端康成曾作为主要成员创办了《文艺时代》，发起了新感觉派运动，并成为该运动的旗手。此后，他又转向对新心理主义的探索，并买来乔伊斯的著作，与原文对照着详细阅读。当然，川端在这段时期的理论主张和创作实践有些偏激，带有向西方一边倒的倾向。但在东西方文化的对比中，川端充分认识到：一方面，要借鉴外来的文学艺术，来充实和丰富传统；另一方面，借鉴外来文学艺术，也绝不能脱离民族的文化传统。因此，西方现代派文学的因子在经过短暂、激烈的异体对抗之后，很快就以温和的方式融入了川端文学的血液之中，实现了“内化”。新感觉派落潮后，川端逐步将新感觉派的主观感受从浅层的感觉范畴推进到情感范畴，并使之与日本传统的自然美、人情美相结合。此外，他也没有止步于单纯模仿西方意识流，而是结合自身的禀赋，使意识流小说的心理时空观及其对无意识的挖掘，与他那传统的“空”“无”思想及其对“魔界”的探索达到了完美的融合。因此，从整体来看，川端康成在新感觉派及新心理主义时期的探索，不仅没有冲淡传统美在其文学中的主体地位，反而使传统美焕发出新的光彩。同时，也正是这种探索才使川端文学既富有现代性、世界性，又不失本民族的传统文化之精髓。因此，长谷川泉认为，正是“对于新鲜东西的探索从未失去”，才“支撑着如今的川端文学，使之不成为明日黄花”。

一、在新感觉派运动中的探索

日本新感觉派形成于“一战”后，是在西方现代文艺思潮的影响下兴起的一场文艺革新运动。此时，川端康成刚刚大学毕业，内心充满了对文学的探索热情。在当时独特、复杂的历史条件下，他与横光利一等文学青年于1924年7月创办了《文艺时代》，发起了新感觉派运动。在这场运动中，川端发表了一系列理论文章，并成为该运动的旗手。新感觉派时期的探索尽管有些偏激，但它不仅大大拓展了川端文学的艺术空间，还使川端初步探寻到了东西方相结合的文学创作道路，为传统之美增添了新的生命和活力。此外，这一时期的探索还直接促进了川端康成对意识流文学的借鉴和吸收。

（一）《文艺时代》的创刊

天灾人祸给人们的内心带来了极大的恐慌与不安，并引起了知识分子，尤其是作家们的关注。以新的书写形式描写人们内心的彷徨与绝望已成为一种必然要求，这进一步导致了作家们对旧有文学的怀疑和否定。20世纪初形成的自然主义文学一直占据日本文坛的主流，凡不是“私小说”就不属于纯文学，这种文学观念根深蒂固，其间虽然出现过“白桦派”“新思潮派”文学，但仍未能改变整个文坛沉寂、停滞的状态。在这种情况下，许多新进的作家尝试着探索一条新的文学创作道路。他们力图放弃自然主义纯客观地描写物质世界的传统，主张文学创作视点的“内转”，以期获得精神上的“充实”。横光利一认为，日本人即便心理各不相同面部神经也会采取统一表情，仅凭外部描写是无法把人的心理状况传达给读者的。因此，他激烈地指出：“所谓小说家，必须总是注视着人类无意识和意识底奥的人，如果做不到这一点，那么就算他是个作家，也将毫无作为，他仅仅是在写着而已。”由此可见，社会的动荡、地震的灾难从内在层面上促进了新感觉派文学运动的兴起。

此外，“一战”前后，西方现代主义文学运动的兴起对新感觉派的诞生也产生了重要的影响。千叶宣一先生认为：“在以川端为中心的新感觉派一代人的文学青春的形成中，作为外在条件而起决定性作用的是对欧洲近代小说的受容状况和日本胎动期的现代主义实态。”1909年，意大利的马里内蒂发表《未来派宣言》，这标志着现代主义的兴起。此后，现代主义各流派运动席卷了西方各国的艺术界和文学界，并波及了日本。弗洛伊德的精神分析学说在日本受到重视；堀口大学翻译的莫朗的《夜开门》《北欧之夜》早已在1922年11月的《明星》上连载，并被作为现代主义的文体而接受；佐藤春夫在《推荐〈夜开门〉》一书中，也从现代主义的同时性这一角度分析、赞扬了其文体的现代主义特点，并对后来的新感觉派文体带来了直接的影响。

在新感觉派运动的浪潮中，性情淡泊的川端成为该运动的旗手。乍看这似乎令人吃惊，但若稍加分析，便会得知这又是必然的。其一，从川端康成的个性、气质来说，内向的性格使他形成了轻现实、重心理的创作风格，“与事件本身比，我更注重心理感受”。川端的这种创作倾向与现代主义文学的核心主张—创作视点“内转”，是相一致的。其二，孤儿的遭遇使川端形成了对自然主义文学，特别是“私小说”创作模式的天然反叛。大正时期的私小说是以生活在家族中的“自我”为创作核心的，而孤儿的命运使川端很早就脱离了家族。于是“私小说”所过分关注的“自我”自然面临崩溃。因此，中村光夫说：“‘我’的崩溃和与其相关的新感觉的炼金术对川端来说是自然的、天生的，没有必要接受什么城市的刺激。”其三，从川端康成当时所处的生活氛围来说，他也具有接触西方现代主义文学的条件。在大正十二年一月一日的日记中，川端记下了这样一件事情：“去喜八的住处，谈表现派、达达派”，同时“和喜八的聊天，让我想到新的表现方式和新精神的创造。应该有一个转变去开拓新的境界”。北村喜八是川端的好友，对西方现代主义颇为关心，他还曾为《中央美术》二月号写过达达主义的介绍文章。另外，还有一个人对川端康成新感觉派意识的觉醒产生了重要影响，他就是川端一高时代的低年级同学村山知义。村山是构成派的旗手，在《文艺时代》创刊后负责设计装帧并撰稿。此外，在《现在的艺术与未来的艺术》中，村山知义还介绍了毕加索等人的现代派艺术，并批判了未来派及表现派的局限。

在内外条件都具备的情况下，新感觉派的诞生已成为指日可待之事。1924 年 7 月，菅忠雄、今东光、石滨金作三人发起创办一份新的杂志的号召，立即得到川端康成、横光利一、片冈铁兵的积极响应。同年 10 月，川端康成与中河与一、伊藤贵麻吕、加工贵一、佐佐木茂索、十一谷义三郎、铃木彦次郎等十四人，继无产阶级文学家创刊《文艺战线》之后，宣布新刊物《文艺时代》的诞生。刊物的名称是由川端康成起的，刊物《发刊词》也是出自他的手笔。之后，在 1924 年 11 月的《世纪》杂志上，文艺评论家千叶鬼雄发表了题为《新感觉派的诞生》的文章。在文章中，千叶指出该刊青年作家的创作倾向是重视技巧和感觉，因此他们的出现意味着“新感觉派”的诞生。《文艺时代》的同人便由此获得了“新感觉派”的称号。不过川端康成对这个称谓有他自己的看法：一方面，他在 1925 年 1 月的《文坛的文学论》中指出，“把片冈铁兵等作家作品中的共同特点概括为‘新感觉’，这体现着敏锐机智的见解，但‘新感觉派’这个名称不是光荣的称号。我为各位作家朋友着想，并不乐意接受这个名称。……没有体现本质性的东西，含带着往往误以为必是短命的某种倾向的文艺的味道。”另一方面，川端又采取既不断然拒绝，也不随声附和的态度，而是巧妙地把“新感觉”一词加以解释，使之具有确切的、符合实际的内涵，从而为我所用。这就是说，川端康成既要把自己以及同人的创作从暧昧的、狭窄的所谓“新感觉派”的框架中解放出来，又要利用这个称号牢牢地把握住新感觉派文学运动的方向，以在风云变幻的文坛上站住脚跟，川端的这种态度初步显示了他作为理论家的聪明和才智。

（二）新感觉派的理论家

进藤纯孝认为，新感觉派时期的川端康成“与其说是作家，不如说是批评家”。作为“新感觉派的双璧”，如果说横光利一是用作品宣示了他的存在，那么川端康成则是用理论奠定了他在这场运动中的地位。新感觉派曾被人批评为没有理论的文学运动，在某种意义上，这种观点是有一定道理的。作为新感觉派的主要阵地——《文艺时代》的确没有提出明确的理论，川端康成后来也说：“《文艺时代》的时候我也就新感觉派做过一些辩论，只是那些文章作为文学理论似乎并不足取，对当时的文学运动也无足轻重。”但是新感觉派成员也曾力图阐述自己的文学理论，建立自己的体系。当时发表的重要文章有横光利一的《感觉活动》（后改名为《新感觉论》），以及片冈铁兵的《告年轻读者》《新感觉派的主张》等。其中川端康成的《新进作家的新倾向解说》《新感觉派之辩》以及《文坛的文学论》等文章最为突出。因此，长谷川泉先生说：“处在新感觉派中枢位置的川端康成，拥有摆脱、改革旧文坛的敏锐眼力，以及兼有实行能力的刚强本事。从这个意义上说，他真是个先锋。”概括起来，川端康成的新感觉派理论主要有以下两方面内容：

其一，反对既有文坛，倡导新文艺。

《文艺时代》同人这批年轻作家结合在一起的首要动机就是不安于现有秩序和旧文化，希望以一种新的文艺冲破旧的束缚，打破文坛令人窒息的停滞状态。因此在《文艺时代》创办前后，川端康成和横光利一发表了一系列反对自然主义文学的文章和作品。在文章中，他们提出了自己的创作主张：反对只追求外在的真实，反对使用呆板的文体和烦琐的语言；倡导用感性直观地把握事物的表象，并且要使用新奇的文体，以寻求新的感觉和新的现实。在《期待明天的文艺》中，川端说，“在未来的文坛，不仅要求每个作家面目一新，我们的艺术意识也要求焕然一新”，并且由于自己“多少弄清楚了目标与既有文坛向来的目标不同，因而“对既有文坛的关心也逐渐淡漠了”。在《新感觉派之辩》中，川端则强调指出：“新感觉主义正是对自然主义最早而且是正当的反动，新感觉难道不正是从自然主义到今天之文学的过渡时期的东西吗？”

其实，早在1922年新感觉派诞生之前，川端康成就以批评家和理论家的身份登上文坛，并开始为新文艺的到来摇旗呐喊了。这年1月，川端应《时事新报》之邀为该报撰写《创作月评》，从此开始了他长达二十年之久的理论批评活动。同时这也是川端主张改革旧文坛、呼唤新文艺的开端。这一年，川端发表的重要文章有《本月的创作界》《论现代作家的文章》等。其中在《论现代作家的文章》的结尾，川端发出了呼吁：“我对向来的文字表现的精神和方法，都非常不满。……我认为应该有一次机会通过文字的自我怀疑，乃至自我否定的炼狱，来找出新的表现。这并不是鲁莽地一出口就狂言或豪语。我对今天的新进诸家没有志气而感到悲哀。我想对诸位说的是，新精神需要新的表现，新的内容需要新的文章。”1923年，川端康成在文学理论与批评方面表现出更加活跃的姿态，发表了《新春创作评》《三月文坛创作评》《七月的小说》《最近的批评与创作》《余烬文艺的作品》《新文章论》《遗产与魔鬼》等多篇理论文章。在这些文章中，川端强调了其改革旧文坛，创造新文艺的主张。例如，在《余烬文艺的作品》中，川端指出：“地震前的文艺已达到了一个烂熟的顶峰。……即使没有地震，也应该有新的文艺取而代之了。……我们不能梦想有了这次地震，文艺立刻就更新了，只是说，地震的确是既成文艺的终点。地震前派和地震后派这种说法也许会具有活生生的意义。我们想以此为契机更加大胆地直言不讳地向既成文艺提出我们的不满，提倡以具体的形式要求新文艺的诞生。”在《新文章论》中，川端也表露了同样的态度：“今日的创作界必须转向新的方向。我力求对新进作家比对既有文坛的作家更感兴趣。”在《遗产与魔鬼》中，川端的言辞更为激烈：“新一代作家不是戴着老花眼镜看月亮的消极性视力者，必须是望远镜的发明家。望远镜发明家看见月亮时的惊喜就具有招致魔鬼的巨大力量。这魔鬼可以促进艺术创造作用”，新一代作家的作品“必须是年轻姑娘的舞蹈。而且，魔鬼喜欢处女，却不喜欢老处女”，。作为衡量文艺新鲜性的尺度，川端康成的这种看法似乎终生未变。

或许正是由于他“不满足于继承文艺世界的遗产”，拥有“赤手空拳在荒野上彷徨开拓的进取锐气”，才使他的作品独树一帜，并充满生机。

1924年10月，川端康成以更加丰富的评论迎来了《文艺时代》的创刊。1~9月，他连续发表了十余篇文章，如《新文坛的收获》《冒险的未来》《不是敌人—我们怎样看既成文坛》等。10月，在《文艺时代》创刊号上发表的《创刊辞—新生活与新文艺》中，川端集中、鲜明地表达了其革新文艺的决心。《文艺时代》的名字是由川端命名的，对此，他做了这样的解释：“确定《文艺时代》这个名称既是偶然的，又不完全偶然。从‘宗教时代’走向‘文艺时代’这句话，朝夕萦绕在我的脑海里。旧时宗教在人生和民众中所占据的位置，到未来的新时代将由文艺所取代……然而，只有我们才能创作新的文艺，同时创造新的人生。”关于《文艺时代》诞生的目的，川端认为：“是新作家对老作家的挑战，可以说它是一场破坏既有文坛的运动。”针对这一目的，川端还进一步对新作家提出了要求：“新文艺的创造即新生活的创造，新生活的创造即新文艺的创造；若不是这样的话，那么每一项工作对我们来说将近乎无意义”，“我们的责任是必须从根本上更新文坛上的文艺，进而更新人生的文艺或艺术观念”。最后，川端表达了自己的希望和信心：“本杂志就是载着我们奔向明日之彼岸的诺亚方舟上的一根船桨”，“何为新生活？何为新文艺？从现在开始我们将做出回答”。通过上述评论活动可以察知，在当时的新感觉派成员中，川端康成显得最具激情，也最充满朝气与活力。

总之，在《文艺时代》创刊前后的几年中，川端康成以理论家和批评家的文笔刺激了旧文坛，促进了新文学的诞生。他以充满朝气和锐气的文章，颇引人注目，甚至被人嘲笑为“破坏现有文坛的勇士。”

其二，阐述新感觉派的创作方法和理论依据。

1925年1月，川端康成发表了《新进作家的新倾向解说》一文，副标题是“新感觉艺术表现的理论根据”。在一定程度上，这篇具有启蒙性、支柱性的论文规定了新感觉派作家的创作方法和运动方向。文章就有关表现主义的认识论、达达主义的思想表达方法等问题展开了详细的论述，并把这两者作为新感觉派的理论依据。该文依然贯彻了川端康成有关新感觉派理论文章的核心精神——“反对既有文坛，倡导新文艺”，除此之外，还有以下两个主要论点，即倡导“新的感觉”和“新的表现”。因为，在川端看来，“没有新的表现就没有新的文艺。没有新的表现就没有新的内容。而没有新的感觉则没有新的表现。”

1. 强调主观的力量，主张用主观渗透客观，进而使描写对象获得生命，即寻求“新的感觉”

在该篇文章中，川端康成写道：

天地万物因我而存在。天地万物存在于自我的主观之中。以这种心境观察事物者，强调主观的力量，并崇信主观的绝对性。由此生出新的喜悦。而自我的主观又包含于天地万物之中，以此心境看待事物者，扩大了主观的涵盖，并任主观自由自在地流动。沿此观念发展下去，便抵达他我如一、万物如一的境地。此时，天地万物境界全无，皆与精神融为一体，构成一个一元化世界。再者，当主观流入万物之中，万物便有了精灵。换句话说便形成多元的万物有灵论。这里尚有一条新路。即前述二说，可归之于东方古老的主观主义或客观主义。不，是主客如一主义。以此感觉表现事物，就是如今新进作家的表现态度。

这也就是说，要用“新感觉”表现事物，关键是要将人的主观感觉、主观印象跃入客体之中，使视觉、听觉、触觉乃至嗅觉等对象化、客体化，并令对象跃动，获得新的生命。这也就是川端康成所激赏的横光利一的创作境界：“假设横光描写一朵白色的百合，白百合在横光的主观中开放，横光的主观则在白百合中开放”。此外，川端还以“糖”为例对上述这段话做出了进一步的解释，“糖是甜的。以往的文艺在表现‘甜’这一概念时，先由舌到脑，再由大脑呈现为‘甜’的字样。而现在的‘甜’字用舌头写。过去把眼睛与蔷薇分离为两个事物，写作‘我的眼睛看见了红蔷薇’；而新进作家则把眼睛与蔷薇合二为一，写作‘我的眼睛是红蔷薇’”。这种描写方式不直接说明客体糖的味道和红蔷薇的颜色，而是通过主观的感受反衬出糖的“甜”和蔷薇的“红”。这一方面表现出主观感觉中的客观现实，另一方面又将客观现实延伸到主观世界里去。因此，这种描写方式能带给人一种感官的刺激，进而具有增强主观感觉的效果。

2. 主张文体改革，倡导达达主义自由联想式的“构想方式”，即寻求“新的表现”

约定俗成之物往往会以一种异化的力量逼人就范，艺术形式亦如此。在《新进作家的新倾向解说》一文中，川端康成正是从语言的契约性对艺术造成的束缚出发，提出了寻求“新的表现”的主张。川端认为，文章的文法是借语言了解彼此思想感情的规约，而规约是非主观的，没有个性的。然而“我们头脑中的思绪，却并不以规约而浮现。它更为直观、杂陈、无序且丰饶。”因此，这种直觉的主观复杂性与文法的客观性的冲突，必然使以语言为表现媒介的文艺具有“契约艺术的悲哀”。于是，川端认为达达主义正是从精神分析的自由联想中，觅出了新的“构想方式”，他们将人的头脑中浮现的漫无边际的思绪、物象以及没有联系的心像直接诉诸文字，以此“来反抗传统的表现”。因此，川端说：“达达主义诗歌常常接近单词的无意义的连续，不过是心像碎片的罗列。这是诗人头脑中自由联想的外观，他人难以理解。不妨说，它最为主观、直观同时是感觉的。”在川端看来，达达主义这种突破语法规范、顺从自由联想的表达方式正是新感觉派“从陈腐、褪色而冷漠的构想方式中解放自己”的途径。对此，川端作了具体的说明：

“我认为，文艺史上的一切新文艺运动以及新的表现样式的出现，单方面看来都是人类精神欲从语言的不自由束缚中获取解放的愿望的爆发。精神希求语言找到完全的、自由的表达，似可解释为一种浪漫运动。作如是想，我感觉到一种探究新表现的热情。我将诸位新进作家欲图摆脱陈旧构想方式的表现，假称为‘达达主义式构想法’。这便是我的理论。”

甚至在1930年的《走马灯的文章论》中，川端康成也阐述了类似的观点：

“无论怎样新奇的文体都高兴地接受。比如，像表现派、达达主义、超现实主义，且不说其理论如何，仅从文章构思法角度看，就有很多我学习的地方。把这些新的运动解释为从旧的构思方法中的解放，毫无不妥之处。”

其实，超脱已有的语言规范、寻找新的表现的可能性，这是标志着日本现代主义文学开端的新感觉派的内在、必然的要求。尼采曾说，语言本是人的“自我传达”和彼此通报生命冲动的媒介，它是生命力自我生成的标志。然而在现代“语言到处都生病了”，它被理性强行从生命本能处抽引出来，与自身的生命根基发生了疏离，并变得颓废了。于是“语言到处成为一种自为的暴力，它好像伸开鬼臂搂住人们，把他们推向他们原本不想去的地方”。结果语言再也不能指向生命本身了，相反，它使人们成为语言的奴隶，成为强制的约定俗成的受害者。林少阳在《“文”与日本的现代性》一书中也指出：“从某种意义上说，东亚语境的现代主义，无非也是一种与语言的近代化中深藏的古今二元对立思维格斗的产物。因而文体的问题深深地反映了文学家与‘现代’的微妙关系。”其实，在新感觉派作家中，不只川端康成提出了通过语体改革实现“新表现”的要求。堂·吉诃德式的人物横光利一与国语血战的姿态更为激烈、鲜明，在1928年11月的《文艺时评》中，横光阐述了自己的看法：

新感觉派的诗学不是口语体的诗学，而是文章体的诗学，也可以说是新文语体的诗学。因此新感觉派的诗学是为了将物象的运动与文字的运动的融合作用更进一步地简洁化。它是一知性的诗学，是一从文字的节制出发的诗学。

文学史家吉田精一认为：“这（新感觉派）是在思想上没有建设性，而只是在形式和手法上企图打破旧习惯的破坏性运动。”新感觉派诞生伊始因其被斥为“技巧派”，也在文坛上展开了围绕“内容与形式”问题的激烈论争。但是，“艺术上最重要的首先是形式，其次是感想，最后是思想。”从本质意义上来说，形式不等于技巧，它高于技巧。因此，新感觉派的川端康成和横光利一等新进作家要求打破旧的文体形式、采用“新的表现”的主张，并不单是文学形式本身的改变，更为重要的是整体文学观念的转变。因此，正是由于新感觉派，日本文学才第一次获得了与世界文学同步的机会，初步实现了文学由传统向现代的转变。可以说，这也正是新感觉派出现在日本文学史上的价值和意义。

（三）新感觉派的结晶：《浅草红团》等

新感觉派时期，以理论家著称的川端康成也创作了多篇体现其主张的小说。主要有：处女掌篇集《感情装饰》（1926年）、短篇小说《梅花的雄蕊》（1927年），后来与《柳绿花红》合成《春天的景色》、中篇小说《浅草红团》（1929-1930）以及新感觉派时代唯一的电影剧本《疯狂的一页》（1926年）等。掌篇小说集《感情装饰》被横光评为“用剃刀的刀刃制成的一朵鲜花”。林房雄在1929年8月《川端康成的美》中，也叙述了一段有关这部小说集的回忆：他在狱中尚未判决时，中野重治送来了该书。他将此书读了十几遍，感到自己“学到了很多东西，但最大的收获是学会了写文章”。在川端文学中，掌小说也许容易被忽视，但实际上它们却充分体现了新感觉派的艺术特征。川端康成在《关于掌篇小说》一文（1926年）中认为，掌小说在使传统小说走向现代的过程中具有重要意义。川端指出，“近代文艺最发达的形式，就是短篇小说”，而“既是短篇小说的精髓、又是短篇小说的巅峰的掌篇小说，具有最近代的因素”，因为“现代生活，使人们的感觉心理越发尖锐、纤细和片段。掌篇小说便是它们的火花”。在掌小说《谢谢》（1925年）中，川端写了一个根本不成其为故事的故事，或曰片段。小说情节、人物、主题的失落，充分体现了现代主义小说的艺术特色。此外，在《滑岩》（1925年）中，“一只白色的蛙，趴在滑岩上……黄澄澄的温泉水哈哈地大笑了”，这种夸张、拟人化的描写，也是新感觉派典型的艺术手法。因此，在川端康成的新感觉派探索中，掌小说具有不容忽视的地位和作用。

此外，短篇小说《春天的景色》也体现了川端康成有关新感觉派的理论主张。在小说中，川端充分运用新感觉派的创作技巧，透过主观感情和自我感受，表现了在社会激变中人的反常心理、颓废精神以及基本的生存关系。

首先，小说充分体现了新感觉派的语言风格。小说中有这样一段描写：“川流不息的红色，仿佛把沿着街道一直伸向远方的开阔的山峡也吞噬了。”在这里，川端没有直接说明物体是红颜色，而是通过主观的感受表现物体的红色。这种描写方式是把客观现实延伸到主观世界里去，即通过主观感觉把握客观事实，然后把主观与客观统一起来。除此之外，小说还运用拟人化的手法，将主观思想和内心情感跃入对象之中，进而使客观对象生命化、性格化。例如在小说的开头部分，川端对阳光下的竹林做了这样的拟人化描写：“竹叶在冬日的阳光下跳着古典式的婀娜多姿的舞蹈……泼洒在竹叶上的阳光，像透明的游鱼，哗啦啦地流泻在他的身上。”

其次，小说还运用新感觉派的手法描写了现代人的颓废情感。在小说中有这样一段描写：

“枝上绽开了六朵梅花……他用手指尖不停地转动着。一停止转动，梅花的雄蕊不禁使他愕然。这是他有生以来第一次看到梅花的雄蕊。一根根雄蕊，宛如白金制的弓，曲着身子，将小小的花粉向雌蕊扬去。

他拿着梅花，手搭凉棚，眺望着蔚蓝的天空。弓形的雄蕊，宛如一轮新月，冲着蓝天把箭放射出去似的。”

在这里，川端将白弓、新月、蓝天三者组合在一起，对梅花的雄蕊进行了夸张的拟人化描写，而这种描写的背后无疑是主人公的性幻想。这样，川端在将主人公的主观感情注入客观之中的同时，也坦率地将“他”内心真实的颓废情调直接倾吐了出来。

最后，小说还反映了现代生活中淡漠的人际关系。小说的主人公看到一只猴子洋洋得意地盘腿坐在大象的背上，二者和睦相处。这一情景使他联想到，“这么一来，连释迦牟尼也可以放心到极乐世界去啰”，进而引申出，“据说释迦牟尼曾讲过：鸟和枭共栖一树，亲如骨肉时，我才圆寂。蛇、鼠和狼都同住一穴，情如手足时，我才涅槃……如今，象和猴是那样地融洽呀。”这一联想无疑反映了主人公内心的苦恼—人世间的关系还不如动物间和睦！同时也曲折地暗示了“他”和千代子终不能成为眷属是由于人们不理解他们的爱情。主人公的叹惋也是川端康成对现代社会中人情冷漠的感慨。

在某种程度上，诸多掌小说以及《春天的景色》等都体现了川端康成的新感觉派主张。此外，他于1929年发表的《浅草红团》更是集中、丰富地体现了新感觉派的艺术特色。长谷川泉认为这是一部“吸收了丰富的新感觉派的营养之后写成的作品”。小说发表后，在社会上引起了极大反响，带来了浅草的“轻歌舞剧时代”，并成为浅草娱乐业全盛的起因。川端的名字也因此而留在演艺场文艺部工作人员的花名册上，名噪一时。小说之所以能够具有如此强烈的轰动效应，与它的新感觉派艺术手法有密切的关系，概括起来大致有以下几个原因：

其一，小说新颖的内容。

在昭和二十六年的《关于浅草红团》中，川端总结道：“我的初期之作，受到特别注目的，大概是《浅草红团》，但它不是我的最早的作品。这篇小说，我写了稀有的题材，似乎正是这点引起了人们的注目。”《浅草红团》于1929年12月12日开始在《朝日新闻》晚刊上连载，而这一年“被认为是不景气的极点。裁军权也由美国转向了伦敦。可是，地震后的重建工作仍在进行。浅草一带也有了地铁、言问桥、隅田公园……现代主义文学也已经萌芽，这些都是12月份的事。”在这种背景之下，《浅草红团》一改传统小说的风格，不再以贯穿首尾的人物为核心，而是以最能代表时代风俗的浅草为主要写作对象，使人物群像成为浅草的一部分。通过这种方式，小说充分描绘了震灾后日本特有的，纷繁复杂的风土与人情。

1. 小说以人物群像为对象，不仅打破了以贯穿首尾的特定人物为核心的传统叙事方式，而且展现了特定时代中人的困惑与悲哀

弓子是小说中着墨相对较多的人物，逼真而又楚楚动人。为了能在浅草这块地方生活下去，弓子就像所有浅草红团的少女一样，蓄着短发，装扮成男孩，以避免男人的骚扰。但事实上，她还是遭到了不计其数的男人的凌辱。“口含亚砷酸接吻”一节极富戏剧性地展现了她强烈而又困惑的内心情感。弓子的姐姐千代被赤木所欺骗，失去女人的一切而发疯了。于是弓子把赤木引诱到船上，口含剧毒亚砷酸与赤木这个色情狂接吻，为姐姐复了仇。弓子终于含着

眼泪笑了，那双充满活力的眼睛闪烁着晶莹的泪光。通过这一戏剧性的场面，川端将弓子背负的不可解的、困惑复杂的心态栩栩如生地和盘托出。当然，挣扎在浅草下层的人物不只有弓子和她的姐姐，还有阿春、船员时公、短发阿信、达尼列夫斯基姐妹、左撇子阿彦、安娜·卢鲍乌斯基、阿金、阿胜、阿玉、阿幸、阿久、阿清、阿夏等很多人。在小说中，这些犹如万花筒中的人物与弓子共同演绎了那个时代的困惑和悲哀。

2. 小说以浅草像霓虹灯般明灭闪烁、瞬息即逝的众多景物为主要内容，展现了震后浅草的历史和风俗

“如下面这段对东、西、北三面的浅草及附近风貌的描绘：

东面的窗户——从那儿看过去，眼前便是神谷酒吧。其左下边的东武铁道浅草站建设所，是用板子围起来的空地。大川，吾妻桥——假桥和钱高公司的架桥工程，东武铁道铁桥工程。隅田公园——浅草河岸正在施工中。那岸边有石头加工工厂和云集的小船、言问桥。对岸——札幌啤酒公司，锦丝堀车站，大道瓦斯槽，押上车站，隅田公园、小学、工厂地带，三围神社，大仓别墅，荒川水路，筑波山被冬日的云霭笼罩着。”

此外，小说还对透过西面的窗户、北面的窗户所看到的景象进行了详细的描绘，在此不再赘述。可以说，小说中这种纷繁复杂的景物描写俯拾即是，这就是处在时代转换中的、地震后的浅草。浅草的人物、浅草的景物，化作一段文字，就是《浅草红团》“水族馆”一章中的开头总结：

“浅草是东京的心脏。”

“浅草是人间的市场。”

“浅草乃是万众的浅草。在浅草，一切的一切都展现着它原始的状态。人类的各种欲望赤裸地跳着舞。所有的阶级和人种，混捏在一起成为一股巨大的潮流。从早到晚，它无边无际地、深不见底地涌流着。浅草活着——民众一步一步前进。大众的浅草是熔化一

切事物的旧形态，并使之成为一种新形态的大熔炉。”

其二，小说前卫的叙事方式。

小说以富有节奏的、快速的蒙太奇手法，描绘了震后浅草的历史和风俗。川端康成曾说：“我既不是生活在浅草的人，也没有熟悉浅草的适当的朋友。而且我毕竟不能从内里来观察浅草。我终究只不过是爱逛浅草的人罢了。”长谷川泉也认为，“《浅草红团》的人物和生活的描写都不是经过充分准备深刻挖掘的作品。川端是以一种擦过皮肤的感觉来写浅草的。”因此，在小说中，川端不是从社会学角度去描绘、分析浅草，而是以近似电影蒙太奇的手法来传播新感觉派的印象。作品中，“我”的眼睛就像一台电影摄像机，它不仅摄下了坐在公园长椅上的人、背街小巷的行人，以及住在停靠河边船上的人等。它还对准了从小路到琴房，又从地下铁食堂到船上，从木马馆一楼到二楼的场景。简言之，这种描写方式即为多个短镜头同时进行、交叉摄入，然后采用近似蒙太奇的手法加以艺术的剪辑。如下面这段同时性、多角度的场面描写即是如此：

“捡破烂的车子从本所开往浅草；载着穿桔梗色短外褂的女人的出租车从本所驶向浅草；卖中国面的从浅草走回本所；青年棒球队从本所奔向浅草；马拉松运动员从浅草跑往本所；又有捡破烂的从本所开往浅草……”

这种独特的叙事手法不仅准确地传达了作者对浅草的感觉和印象，还打破了传统小说的叙事结构和时间顺序，使小说呈现出“万花筒般的效果”。

其三，小说新奇的文体。

在作品中，川端康成善于从人物的内心情感、幻想出发组织文字。乍看，这种文体显得有点生硬、随意，会削弱作品的完美性，但这种文体却摆脱了固有的叙事模式，赋予文章以新的自由文体。此外，这种文体还以直接感觉的形式，将人物内心活动的节奏落实到语言文字上。如下面这段描写：

“对了。就是这样。你抱女人的方式，总是一样的。我有想要让你回忆起来的事呢。记得吗？刚造好的飞艇，在东京的天空连飞了二十四小时的那天晚上。红色的和蓝色的，两个圆圆的小灯在飞艇上亮着。——从地上看，就像两颗小豆子。快要下雨的黑黑的天。飞艇飞过河上的时候，那盏蓝色的灯就像星星落下来似的不见了——啊，就在我吃惊的时候，红色的灯也被雨云遮住了呀。只要是东京人，就一定会记得那两盏灯的。——那天晚上，在钢筋水泥的大楼顶上，那时还是观览台的屋顶上，你不也是这样抱着一个女人的吗？”

在这段文字中，语言随着人物内心的情感而流淌，景物因人物内心的情感而着色。因此，这种表达方式不仅能给人以感官的享受，而且还充分体现了川端康成倡导的达达主义自由联想式的“构想方式”，体现了他改革文体、寻求“新的表现”的理论主张。

（四）新感觉派的影响

新感觉派在1925—1926年达到巅峰，其后便告分化。《文艺时代》也在“同人不写了、泄了气”的状况下，只好于1927年5月停刊。但是川端康成并没有因运动的结束而彻底放弃新感觉派。甚至可以说，在川端文学中，新感觉派并非是仅在此段时期内的孤立、偶然的存在，而是以此为据点向前不断延伸、向后不断发展，从整体上对川端文学产生了重要影响。《十六岁的日记》和《招魂节一景》就是创作于新感觉派诞生之前，但与其精髓相通的作品。“夜壶底响起了小溪似的流水声”，这是《十六岁的日记》中一个令人难忘的细节描写。孤儿的川端在黑夜中给病重的祖父接尿，那种期待之中的静寂与清脆的响声形成鲜明的对比。因此，这个细节描写不仅充分反映了祖孙生活的悲惨，而且初步显示出川端未经雕琢的新感觉派的描写天赋。发表于1921年的《招魂节一景》，其表达方式则更接近于新感觉派的艺术特色。首先，小说的时间在过去与现在之间自由地跳跃，打破了传统创作的时空秩序。其次，在嘈杂的靖国神社院内，在人头攒动的氛围里，小说对眼前的景象的描写逐渐变为快节奏的、色彩纷呈感觉丰富的诸多立体画面。因此，这篇小说已初步展现出《浅草红团》之“万花筒”式的叙事方式。《文艺时代》停刊之后，川端康成开始探索将新感觉派的艺术手法与日本的传统之美相结合的创作道路，“那种新鲜锐利的前卫性，逐渐变质，逐渐柔和下来，形成滋润着浓重的日本式的抒情的东西。”总之，新感觉派不仅逐步使川端文学所体现的传统之美得到了深化，而且还直接促进了川端康成对新心理主义文学的进一步探索。

川端康成曾在《番外波动调》（1925 年）中说，新感觉派“虽然，少女时代穿洋装，成人后仍否还穿洋装，那将是今后的问题”。后来，川端以自身的努力对此做出了明确的否定回答。在新感觉派运动退潮后，川端就开始探索如何将新感觉派的主观感受从浅层的感觉范畴推进到情感范畴，并使之与日本传统文学的一大特色—“内向性”相契合。正是在传统与现代相结合的基点上，川端迎来了其巅峰之作《雪国》的问世。长谷川泉对川端的这一探索做出了中肯的评价，“艺术的近代派的中坚是新感觉派。即使在新感觉派衰落之后，只有川端康成一直到晚年仍使它栩栩如生，对其本质给予了最鲜活的生命力，使之巧妙地延续下来的。”

《雪国》动笔于 1937 年，定稿于 1947 年，这部十年心血的结晶充分体现了川端文学的艺术精髓。无可否认，《雪国》展现了日本民族传统的自然美和精神美，在前几章中，对此已从多角度做过论述，在此不再赘述。但对传统的继承与展现只是《雪国》艺术特色的一个层面。与此同时，川端康成还将现代主义手法，如新感觉派融入其中，从而赋予传统之美以新的色彩。比如，小说对严寒的雪景的描写会使人感到“整个冰封雪冻的地壳深处响起冰裂声”；对深夜的天空的描绘会使人感到星星“以虚幻的速度慢慢坠落下来”；而对边境上茫茫夜色中的群山的描绘则会使人感到那压下来的重重叠叠的黑影，“沉重地垂在星空的边际”。在这里有音响的感觉，有冷暖的感觉，有明暗的感觉，有重量的感觉。因此，张德林先生说：“写感觉写得如此出色，我还没有看到第二作家能够超过他。”更为可贵的是，川端在写人、写景、写事时，都采用内视角的叙述方式。可以说，《雪国》整部小说都是从岛村的具体感觉和情绪出发，因而使自然美、人情美与感觉美融为一体，达到了传统与现代水乳交融的艺术效果，给人以美的享受。在小说的结尾部分，川端对岛村视野中的银河的描写就典型地具有这种自然美、人情美与感觉美相融合的艺术特色：

“啊！银河！岛村也仰头叹了一声，仿佛自己的身体悠然飘上了银河当中。银河的亮光显得很近，像是要把岛村托起来似的。当年漫游各地的芭蕉，在波涛汹涌的海上所看见的银河，也许就像这样一条明亮的大河吧。茫茫的银河悬在眼前，仿佛要以它那赤裸裸的身体拥抱夜色苍茫的大地。真是美得令人惊叹不已。岛村觉得自己那小小的身影，反而从地面上映入了银河。缀满银河的星辰，耀光点点，清晰可见，连一朵朵光亮的云彩，看起来也像粒粒银砂子，明澈极了。而且，银河那无底的深邃，把岛村的视线吸引过去了。”

川端这种对夜空中的银河的描绘方式，与我们通常所见的自然描写有着明显的区别，这种区别主要表现在：①这里的每一笔都从岛村的主观情绪、主观感觉出发。川端的目的不在于对自然景色作客观摹写，而在于表现岛村在大自然怀抱中的主观感觉及其对东方“天人合一”境界的顿悟。②美丽的景色刺激了岛村，引起了岛村的主观情绪、主观感觉。反过来，岛村又把这种强烈的主观情绪、主观感觉投射给自然景色。因此，这种主观与客观的统一就使情绪、感觉和景色之间呈现出相互回流的状态，进而展现出自然美、人情美与感觉美相融合的境界。在《雪国》中，类似这样的生花妙笔还有好多处，如对车窗镜中映现出的叶子的描绘，以及对雪雾清晨镜中的驹子的描绘等，也都有这样的特点。在描写时，川端多是从岛村的主观感受入手，从而给人留下冷艳的感觉和美的享受，并含蓄地表达出岛村“徒劳”的心境及叶子、驹子悲美的命运。

《雪国》是川端康成长期探索的结晶，在传统与现代相结合的基点上，他终于寻求到了自身独特的文学创作之路。可以说，在此后的创作生涯中，川端基本上延续了《雪国》的创作路线。即使在战后集中展现传统美的作品中，川端也没有忘却使“新的感觉”在传统的氛围中发出耀眼的光辉。例如，在《千只鹤》（1949 年）中，菊治感到雪子的手“恍若朵朵绽开的红花”。这种新奇的感觉充分凸显了菊治视野中的雪子的纯洁；《一只胳膊》（1961 年）中，川端又用“整个春季都隐藏不露的润泽，夏季凋零前的蓓蕾的光泽”来表现姑娘洁白的胳膊所给予男主人公的心理感觉，并以此彰显处女的纯洁。因此，在一定程度上，新感觉派的探索不仅大大拓展了川端文学的艺术空间，而且还使其所展现的传统之美得到了深化，给它增添了新的生命和活力。

另外，新感觉派还直接促进了川端康成对新心理主义文学的进一步探索。川端曾说过：在艺术手法上，“新感觉派与以后出现的现代主义、新心理主义都有所关联”。在最具新感觉派风格的《浅草红团》中，川端对目不暇接、色彩斑斓的浅草风物作描写时，不是按照一定的秩序对其做一个详细的解说，而是在即物的连接和罗列中给予准确的传达。请看下面这段对地摊的描绘：

“地图、气枕、敲鼠、字帖、香水、烟斗、袜子、扫把、黏土面具、挂在腰上的十二生肖、衬领、活的，乌龟、两样东西是五分钱的小玩意儿、儿童服装、新鲜葫芦干、盆石……帽子、梧桐木小盒子、树苗、吊带、木最、钱包——这是七月的某天早晨，我在仲见世的地摊上看见的东西。”

在对上述引文做解释之前，为了更为准确、鲜明地阐述问题，我们再来看川端在新心理主义的实验之作《针、玻璃和雾》中的一段描写：

“弟弟带着那个女人到外国去，可悲的燕子啊！大海，海燕衔着彩色纸带渡过海洋。被海水浸湿了的香纸带。我要是生病的话，我丈夫也许会把那个女人带到家里来吧！那个女的跟弟弟谈恋爱，燕子衔着留声机的针头飞过海洋，故乡里的燕子窝，小燕子的叫声，白木莲，马车，站在电线上的小燕子，电话，汽笛声，阳光照耀下的水，少女在院子里洒水……”

比较这两段不同时期的创作，自然会发现其不同之处。前一段虽然是对实物的描写，但它不像传统小说那样或是根据实物存放的方位，或是根据实物的种类，有秩序、有层次地进行描写。相反，它是根据凌乱的地摊诉诸人的视觉印象，进行毫无组织的描摹。因此，这种描写方式完全打破了传统小说的时空顺序。后一段是根据自由联想的顺序，对主人公的幻想、心理进行的直接描绘，这自然也打破了传统小说的物理时空秩序。因此，从打破物理时空秩序这一点来看，二者又有相通之处。对新心理主义来说，最重要的就是小说的时空观念。可见，在川端主张自由联想式的“构想方式”、倡导文体改革时，这种打破物理时空的创作手法已见端倪。因此，伊藤整说：“如果将新感觉派的感觉描写的含于内而显于外的心理描写向前推进一步，将人从其全部生活意识中割裂，作为一种心理存在、生理存在并在其解体、分裂之中，——细致地进行追求时，就产生了基于‘意识流’‘内心独白’等方法的新心理主义。”由此可见，川端康成对新感觉派的探索又直接促进了他对新心理主义文学的进一步探索。

最后就用川端康成在《新感觉派》（1968 年）的一段话，对本节做一个注脚吧：“《文艺时代》期间，我确实努力使自己做新感觉派。但是，我又不断地怀疑自己是否有新感觉派的才智，是否有像横光利一、中河与一那样的，或者稻垣足穗那样的新感觉派才智。而 45 年后的今天，我写作时早已忘记了什么新感觉派，但有时想起来，我现在仍根据自己的感觉而创作。横光利一已去世 30 年了，想起来，在过去的新感觉派作家中，我还是最执拗地持久地继续做新感觉派。在发表处女作时代，作为朋友而结识了新感觉派各位，可以说是我的命运吧。……新感觉派、《文艺时代》都产生于应该产生的年代，并起到了唤起下一代的作用。这一点，当时我还很年轻，这样说虽有些不好意思，但是应该承认的事实，作为文学运动也许当时还肤浅幼稚，但总而言之，曾经出现过新感觉派。”

二、对意识流小说的借鉴和吸收

意识流小说是在第一次世界大战前夕，由法国作家普鲁斯特、英国作家伍尔夫和爱尔兰作家乔伊斯不约而同创作的一种新的文学形式。这种文学观念在 20 世纪 20 年代末影响至日本，被称为新心理主义文学。1931 年，上户久夫发表《新心理主义构成》一文，首次采用新心理主义的名称。1932 年 3 月，伊藤整发表《新心理主义文学》一文，并于同年 4 月出版同名评论集，使新心理主义的名称得到推广。在创作实践上，横光利一于 1930 年发表了《机械》，之后，川端康成发表了《针・玻璃和雾》和《水晶幻想》两篇典型的意识流小说模仿之作，其中《水晶幻想》较为引人注目。1933 年，新心理主义小说退潮之后，这种小说创作理念并没有就此在川端文学中消失，相反，它以温和的方式融汇在了其传统精神之中。可以说，意识流小说的心理时空观及其对无意识的挖掘，与川端的“空”“无”思想及其对“魔界”的探索达到了完美的融合。因此，意识流小说不仅大大拓展了川端文学的创作空间，而且加深了川端对人情、人性的分析，进而使传统之美得到了新的发展。

（一）意识流小说的内涵

“意识流”（streamofconsciousness）最初是一个心理学术语，

这一概念是由美国心理学家威廉·詹姆斯（1842—1910）在《心理学原理》（1890年）一书中提出的。他认为："意识在它自己看来并非是许多截成一段一段的碎片。乍看起来，似乎可以用'链条'或'系列'之类字眼来描述它，其实，这是不恰当的。意识并不是一节一节地拼起来的。用'河'或者'流'这样的比喻来描述它才说得上是恰如其分。此后在谈到它的时候，我们就称它为思维流、意识流或主观生活之流吧。"把意识比作连绵的流水，这一观念对作家和批评家的启发非常大，甚至可以说，它对文学界的影响远远超过了心理学界。

1918年，当"意识流"这个术语被引入文学评论之后，评论界对此众说纷纭，因而也就很难对其下一个确切的定义。美国著名文学理论家汉弗莱在《现代小说中的意识流》一书中指出："让我们把意识比作大海中的冰山——是整座冰山而不是仅仅露出海面的相对来讲比较小的一部分。按照这个比喻，海平面以下的庞大部分才是意识流小说的主旨所在。""从这样一种意识概念出发，我们可以给意识流小说下这样的定义：意识流小说是侧重于探索意识的未形成语言层次的一类小说，其目的是为了揭示人物的精神存在。"汉弗莱的定义表明，意识流小说重在表现不能以理性语言明晰表达的意识层次。从意识流小说的历史实践看，乔伊斯、伍尔夫、福克纳等意识流小说家，也的确都对人的潜意识和无意识表现出了更大的兴趣，并对此做了深入的探讨。

在一定程度上，意识流小说对人的前意识与无意识的深入挖掘是受到了心理学，特别是弗洛伊德精神分析学说的影响，而弗氏的学说也因此成为意识流小说的心理学基础。弗洛伊德将人的整个精神领域比作一块巨大的浮冰。露出水面的那部分是我们感觉得到的、并能主宰我们行为的意识；沿着水面漂浮晃动的那部分是此起彼伏、时隐时现的前意识，而位于水下看不见的一大块浮冰则是不自觉的，不受我们控制的广阔的无意识。在此基础上，弗洛伊德又将人的性格结构分成“伊德”（id）、“自我”（ego）和“超我”（superego）三个部分。依据弗洛伊德的解释：“伊德”是一种混沌状态或一锅沸腾的激情，它精力充沛，既没有组织，也没有统一的意志，只有一种本能需求依照快乐原则寻求满足的原始冲动；“自我”则承担调节与保护“伊德”的任务，使其符合“超我”（即伦理、道德和理性）的要求。弗洛伊德还进一步指出，如果“伊德”盲目地释放能量，一意孤行，奋力满足自己的本能，全然不顾社会理论与道德的约束，就会产生破坏作用，最终难免毁灭。相反，要是“超我”对“伊德”的压抑超过了极限，致使“自我”不堪外在的压力，进而失去调节和保护能力，就会导致人的精神分裂。意识流小说所关注的，大多正是这种由于不堪外在的压力而丧失“自我”调节和保护能力的精神异常的人。此外，弗洛伊德的关于梦的学说对意识流小说也产生了重要影响。在弗洛伊德看来，人的无意识冲动是真正的致梦因素，梦是人的无意识的反映。因为人在夜间的心理活动与现实生活脱节，从而有可能倒退到原始的机制中去。弗洛伊德还认为，做梦者平时的心理需要往往以幻觉和梦境的形式得到体现，其欲望也由此得到满足。因此，梦幻中的意象不但使人的精神世界图像化和戏剧化，而且具有深刻的象征意。毋庸置疑，在探索人的意识和无意识的过程中，意识流作家从弗洛伊德有关梦的学说中得到了深刻的启示。

另外，意识流小说还受到了当时形形色色的非理性生命哲学的影响。其中，柏格森的直觉主义，特别是他的心理时间学说，对意识流小说的产生起到了直接催化的作用。柏格森认为，由过去、现在和将来一条直线表示的钟表时间是一种刻板、机械和人为的时间观念，只有心理时间才是真实和自然的。在他看来，真正的时间应该是意识与心理过程上的时间。柏格森曾对心理时间做出这样的解释：“如果我们将绵延视作融为一体的许多时刻，就像被线穿在一起似的，那么，不管这个被选定的绵延有多短，那些时刻的数量是无限的……”柏格森对绵延的解释体现了一种全新的时间观念，他认为时间并不是许多单独、孤立的分秒单位的机械组合，而是一种立体的、多层次的，并与意识融为一体的“具体过程”。尽管柏格森的心理时间学说具有明显的唯心主义色彩，但它为意识流小说家在作品的时间安排与结构布局上的大胆革新提供了一条新的思路。

（二）转向新心理主义的原因

对于川端康成来说，从20年代初期倡导新感觉派运动到20年代末30年代初声援新心理主义乃是一个重要的变化。川端的创作之所以在短时期内发生如此明显的转变，除了在上一节中分析到的新感觉派与新心理主义的相通之处外，主要还有以下两方面的原因:

首先，从客观方面来说，川端康成无疑是受到了当时文坛的影响。其一，1927年《文艺时代》停刊后，川端于1929年4月参加了《近代生活》，同年10月又参加了《文学》杂志，这些活动都对他的创作道路产生了直接影响。《近代生活》大力吸收西方现代主义文学，后来成为新兴艺术派的机关刊物。《文学》的性质与《近代生活》相近，从创刊号起就连载意识流小说代表作品，如法国普鲁斯特的《斯万之家—追忆逝水年华》以及法国象征主义诗人兰波的长诗《在地狱中的一季》等，充分显示了其崇尚西方现代主义文学的倾向。其二，1929年3月，伊藤整等人还创办了同人杂志《文艺评论》，该刊以发表新心理主义的小说和评论为核心，其中《感情细胞的断面》还受到了川端康成的推崇。其三，1931—1934年间，伊藤整等人还共同翻译出版了意识流小说的代表之作——乔伊斯的《尤利西斯》。这些翻译介绍工作给当时那些不断探索新方法的作家以强烈的刺激和巨大的影响，川端康成也不例外。他“把乔伊斯等人的原著买来，同原文对照着读，有些地方也像是模仿”，正是在这个时期。

其次，从主观方面来说，川端康成的诗人禀赋也为其借鉴、吸收意识流奠定了基础。孤儿的遭遇不仅使川端走上了文学创作之路，并且还赋予了他诗人的才情。叶舒宪先生在《文学与治疗》一书中认为，文学具有治愈精神疾患的重要作用。法国的罗兰·巴特也认为，写作是一种语言活动的乌托邦，它“表现出一种新亚当世界的完美”，而作家可以借助这种美好的想象摆脱现实的痛苦。精神的自我救赎是川端康成终生致力于文学的根本驱动力，因而文学的这种精神治疗作用在他的身上可以得到充分的体现。在祖父二人孤单的生活中，康成很早就投入到文学的世界中，并致力于文学创作。后来在大学毕业时，藤村佐教授看到川端的经济状况异常困窘，出于好意给他找了一份教师的工作。然而，川端并没有接受藤村佐教授的好意，而是依然坚持自己的文学理想。因为他深刻地感受到，自己那孤独、脆弱、敏感的心灵已使他根本无法和文学分开。只有在文学的幻想世界中，他才能寄托美丽的憧憬，才能忘却现实的痛苦和悲哀，文学已成为他的生命。因此，评论家中村光夫说：“川端文学是将康成自己从少年时期所陷入的不幸当中解救出来，并使其重新掌握作为人的自觉与自豪的手段和过程。”孤儿的遭遇使川端走上了文学之路，反过来，这种源于心灵拯救的创作动因又使其文学富有浓郁的诗情。因为“诗是人在精神上独处时感情的自白。它是一些象征符号——最逼真地表现诗人心理的确切感情形态的符号”，只有诗才能充分抒发川端那复杂、纤细的内心感受。因此，川端文学也就必然具有了重感受而不重情节、重情感而不重逻辑的诗性本质。

从川端康成的创作实践中，我们也可以感受到他那浓郁的诗情。1916年3月，作为中学生的川端最早发表了他的作品。它们是陆续发表在《京阪新闻》上的《给H中尉》的书信体随笔和《薄雪之夜》《紫色茶碗》《夜来香开放之夜》《致少女》等四五首短歌。之后，川端康成以掌小说正式登上文坛，掌小说集《感情装饰》就是他发表的第一部小说集。如果说和歌、俳句是日本人完成的最短的诗的形式，那么掌小说就是他们所完成的最短的小说形式，二者一脉相承，都是敏锐、纤细的感觉瞬间绽放出的绚丽的火花。川端康成共创作了一百二十八篇掌小说，长谷川泉说“整个文章都像散文诗一样”。后来，不用说那诸多优美的散文、随笔，就是在中篇、长篇小说中，川端也一直没有丢弃他那浓郁的诗情。因为他在创作这些作品时“并不是一开始就带着长篇小说的构想来写作的，而是由类似短篇的各部分组合起来”，“像连歌一样以续写的形式发展至长篇的形态”。因此，我们很难在川端的作品中看到一以贯之的故事情节，整部作品多是以包蕴着人物复杂、微妙心理的诗意氛围融合在一起，且语言含蓄而凝练。川端的代表作《雪国》就有这样的特点。这部小说的重心并不在于故事情节的描述，而是在于以暗示、象征等手段含蓄地传达人物内心的情感，充分展现岛村的徒劳心境以及驹子、叶子的美丽与悲哀，小说因而具有浓郁的诗意氛围。此外，小说中人物之间的对话也简约而丰厚，只有细细体味才能深谙其中三昧，如下面这段对话就是如此：

“不行，不行呀！你不是说只交个朋友吗？”

这句话她不知道重复了多少遍。

“我没有什么可惋惜的。绝没有什么可惋惜的啊。不过，我不是那种女人，不是那种女人啊！你自己不是说过一定不能持久吗？”

她醉得几乎麻木不仁了。

“不能怪我不好呀。是你不好嘛。你输了。是你懦弱，不是我。”

“你在笑呐。在笑我是不是？”

“我没笑啊。”

“在偷笑我吧。现在就是不笑，以后也一定会笑的。”

这是驹子第一次在岛村的房间里过夜。二人之间的这段对话简约、平素，甚至有些凌乱，但川端却充分运用对话之间的空白和张力，恰当地暗示出驹子当时复杂、矛盾的悲哀心理。驹子既想留下来委身于岛村，又担心岛村会因此把她视为轻浮的女子；她既想把自己全部的感情托付于岛村，又担心作为艺伎的自己与岛村之间的恋情不可把握。在《雪国》或是其他小说中，类似这样含蓄、内敛的对话随处可见。因此，中村光夫说："川端在写小说的时候，他的腹稿在本质上是诗意，不是散文。""川端恐怕是相信小说也可以表达自己的诗情的时代的最后一个人了。"唐纳德·金也认为，川端的作品在结构上不够严谨，不过"及至读完全篇后，却往往得出与诗风相近的印象"。

川端康成这种重感受而不重逻辑、重心理而不重情节、重抒情而不重叙述的诗性风格，为他借鉴和吸收意识流小说的创作观念奠定了基础。纵观英美意识流小说的发展，三位意识流大师乔伊斯、伍尔夫和福克纳在创作初期都曾涉足诗坛，并且在诗歌创作方面具有很高的造诣。早在1907年，乔伊斯便出版了他的诗集《室内乐》；伍尔夫早年对英国古典诗歌和莎士比亚的诗剧颇有研究。她在写意识流小说之前曾发表过不少风格典雅、文笔优美的散文诗；而福克纳最初则以为自己将成为一名诗人，他于1924年发表的第一部作品便是他的诗集《石面人像》。三位意识流大师凭借自己丰富的创作经验，将诗歌的表现手法巧妙地运用于意识流小说之中。可以说，在他们的作品中，内心独白与感官印象等意识流技巧之所以能取得如此强烈的艺术效果，其重要原因之一便是依赖了诗的力量。他们小说中的一段段生动的内心独白就像一首首自由无韵的诗，不但其内容包蕴了诗的意蕴，而且其艺术形式与效果也均与诗歌相仿。川端康成的实验小说《水晶幻想》中的内心独白亦有这样的特色：

"结婚旅行。婚礼——华烛之夜；婚曲——洞房之诗；婚床——新枕；结婚飞行——求婚飞翔；仙女羽衣；天使的纯洁；……"

显然，川端康成采用了诗歌语言的节奏和美丽的幻想来渲染夫人的意识活动，这使夫人的内心独白不但富有诗意，而且还具有诗的品质。其实，意识流小说与诗歌的联系非但不令人感到意外，而且完全符合文学创作的发展规律。因此，意识流小说研究家弗里德曼说："随着意识流的出现，诗与小说结合起来了。"通常，诗歌包含着诗人真实的情感和丰富的想象力，并以精练、含蓄的语言来概括地表达诗人最深刻的内心感受。与此同时，内心独白的主要新奇之处就在于，它企图依照意识形成的顺序来记录人物思想意识的实际变化和内心的幻想。因此，意识流小说中的内心独白看上去往往更接近于诗，而不是散文。川端康成或许正是在意识流小说中，寻求到了与自身的诗性禀赋相契合的存在，所以才走进了意识流文学、创作意识流文学，并且进一步有选择地将其融入在自身的血液之中。

（三）实验之作：《针·玻璃和雾》与《水晶幻想》

川端康成创作的《针·玻璃和雾》（1930 年 11 月）与《水晶幻想》（1931 年 1 月）是两篇公认的模仿意识流小说的试验之作。它们分别发表于《尤利西斯》出版后的两个月和四个月，明显受到了意识流小说，特别是乔伊斯的影响。两篇作品都未写完，作为试验之作也缺乏一定的分量，但是川端在创作手法和题材上的大胆创新却令人耳目一新。

1.《针·玻璃和雾》与《水晶幻想》都充分运用了内心独白这种典型的意识流手法

在小说中，人物的内心活动用括号加以表示，并在作品中占相当大的分量。内心独白与传统的心理描写有很大的区别。通过比较下面这两段心理描写，我们可以清晰地看到川端康成在创作手法上的大胆创新及其对自身的大胆突破。

（1）不到一小时的工夫，传来了巡回演出艺人整装出发的声响。我再也坐不住了。不过，只是内心纷乱如麻，却没有勇气站起来。我心想：虽说她们长期旅行走惯了路，但毕竟还是女人，就是让她们先走一二公里，我跑步也能赶上。我身在炉旁，心却是焦灼万分。尽管如此，她们不在身旁，我反而获得了解放，开始胡思乱想。老太太把她们送走后，我问她：

“今天晚上那些艺人住在什么地方呢？”（《伊豆的舞女》）

（2）女人，女人，天香百合的香味，妈妈的乳房，乳色的海，在玻璃上滚动着的水银珠。女人是恶魔，那张照片上的女人的美丽的肌肤，父亲的风度。作为女人是幸福的。与丈夫的结婚仪式。在弟弟身旁站着的新娘子。那张照片上的女人就是自己。暴风雪，雪天乡间的夜景。父亲捧住3岁的自己的两条腿，往积满雪的院子里让自己撒尿。雾中海上的船。同弟弟去旅行吧！孩子假若还活着，儿科医院的诊室，房间里光亮的器具和明亮的玻璃。从窗户流进来的雾。（《针·玻璃和雾》）

第一段是川端康成的早期作品《伊豆的舞女》中的一段心理描写，第二段是意识流试验之作《针·玻璃和雾》中的一段内心独白。这两段描写都展现了主人公复杂、微妙的心理变化，但风格却截然不同。

首先，上述两段的区别在于人物意识的流动性。在第一段中，川端对主人公“我”的思维流作了精心的编排和整理，使其按照一定的秩序和步骤进行流动。这是一种顺流，一种单向、直线而又清晰的思想流。而在第二段中，女主人公朝子的意识流交错重叠、杂乱无章，其中有明流、暗流，也有倒流。因而，在这段意识流中，各种印象、感觉和回忆融为一体，犹如小河，奔腾不息。

其次，上述两段的区别在于人物思维的逻辑性。在第一段中，小说主人公“我”的心理活动充分体现了它的条理性与规律性。“我”的思路在一个特定的时间和明确的空间内进展自如、井然有序；各种思绪、浮想和疑虑之间的关系密切，构成一幅完整、和谐而又合乎逻辑和理性的心理画面。然而，在第二段中，朝子的意识却离奇复杂、跳跃频繁。其中不仅有琐碎的意识片段，而且还有朦胧的感觉和飘忽的印象，甚至还有在时空错乱情况下产生的混乱意识。若不仔细分析，读者似乎很难从中找到一条完整与合理的思路。

另外，上述两段的区别还在行文风格的规范性。虽然上述两段均出自川端的手笔，也都是对人物心理的描写，但在句子构造和行文风格上却显示出迥然不同的艺术特征。第一段采用的是典型的传统小说语言，句子完整、语法规范、语义清晰，而且句子衔尾相随、丝丝入扣。这种语言具有准确、洗练和鲜明的特点，将主人公追赶舞女时的微妙心理生动、有序地展示在读者面前。而在第二段中，川端采用了他首次尝试的意识流语体来描述女主人公朝子在“雾”的掩饰下朦胧模糊的意识。因而，这段描写行文随意，句子不完整，显得有些凌乱不堪。但是这种语体形象地表现了人物原始的混沌意识，甚至包括那些已经不属于意识范畴而接近生理本能的无意识反应。

在《水晶幻想》中，像《针·玻璃和雾》中那样的内心独白更是不胜枚举，并且川端还常常将人物瞬间的意识活动表现为大容量的块状结构。比如，在小说中，丈夫在夫人谈论完有关生孩子的问题后离开了房间，夫人独自一人对着三面镜展开了纷繁复杂的幻想，夫人的这段内心独白就有大容量的块状特点。通览全篇可以发现，只这一段内心独白就大约占去了小说七分之一的内容。

“说得老师喜眉笑眼的少年真是一个可爱的孩子。她的妇科大夫的父亲的诊疗室。手术台涂抹着的白色油漆。把肚子翻到上面的很大很大的青蛙。诊疗室的门。门把手上涂抹的白色油漆。在门上带有白釉把手的房间里，隐藏着秘密。至今我还这么感觉。白搪瓷脸盆。她正要用手触摸白色油漆把手，分布各处的几扇房门使她突然犹豫起来。白色的窗帘，我在女中上学时，修学旅行的那天早晨，看见同班同学用白搪瓷脸盆洗脸，突然想像男人一样爱上她。理发匠。年幼的她躺在椅子上一边刮脸一边一动不动地看着他白色的衣服。瓷砖。老师从来没有从我们游泳的河边走过。一定是什么书上写着的那种事。东京也出彩虹吗？镜子里也出彩虹吗？幼小的她站在彩虹下的小河边。河水里有银针般的小鱼……”

以上只是这一大段内心独白的一小部分。在这段大容量的意识活动中，每个单词、词组或句子都是这一块状意识结构中的重要部件，相互渗透、彼此交融。它们代表着一个个独立却并不完全分散的思想单位，像一个个杂乱的“原子”或“光圈”，持续不断地向四周闪烁和折射，犹如群像闪耀、相映成趣，构成一幅幅内容丰富、纷繁复杂的意识画面。

2. 从题材上来说，在《针·玻璃和雾》与《水晶幻想》中，川端康成也一改往日对孤儿情感的抒怀

受弗洛伊德精神分析学的影响，他以受压抑的“性”作为小说的主要内容，而这正是经典意识流小说所钟爱的题材。

在《针·玻璃和雾》中，女主人公朝子在给丈夫整理衣柜时发现了年轻女子的照片，此后便心生嫉妒，并逐渐精神错乱。但这只是朝子精神错乱的一个导火索，真正导致朝子精神紊乱的是弗洛伊德所提出的“恋父情结”。小说中多次提到了朝子对父亲的怀念和爱慕。从小朝子就喜欢父亲而不喜欢母亲，为了掩饰对父亲的爱，朝子曾故意责怪自己喜欢的父亲而拥抱母亲。在父亲去世后，朝子把对父亲的恋情转移到很像父亲的弟弟身上，并把弟弟留在自己的家中。她害怕弟弟会看上别的女人，同别的女人结婚。但是在现实生活中，朝子的这种感情是不能说出口的，它是背伦的。因而，它就像“针·玻璃”一样，时时刻刻在刺痛着朝子的内心。在朦胧之“雾”的笼罩、保护下，意识模糊的朝子终于向弟弟道出了内心的情感：

“那是……一点也不爱我丈夫。”

“还有？”

“还有什么想说的？”

“还有喜欢父亲。”

这种本能爱欲与现实伦理的冲突，最终使朝子丧失了“自我”调节和保护能力，进而陷入精神分裂中。

与《针·玻璃和雾》相比，《水晶幻想》则更明显地表现了性。主要人物是女主人公（一个不怀孕的夫人）、她的丈夫（一个从事

生育学研究的学者）、来访的客人（一个小姐和一个犬商），此外还有两只狗。主要内容是夫人和她的丈夫围绕生育问题的谈话。谈话中插入了另外一家的小姐为了给自己的母狗配种，由犬商陪同前来夫人家拜访的情节。受母狗配种行为的刺激，夫人产生了一系列的性幻想。

在新心理主义时期，川端康成主要创作了《针•玻璃和雾》《水晶幻想》两篇典型的意识流小说。此后，他便没有再创作这种极端化的意识流实验之作。但是川端并没有完全放弃这种创作手法，而是有选择地将意识流小说的创作观念融入自己的创作之中，使其实现了“内化”。

（四）意识流的“内化”

在新心理主义退潮后，川端康成又开始否定西方文学，而倾倒于日本的传统主义。在《抒情歌》《慰灵歌》《致父母的信》等作品中，川端的这种倾向达到了高潮。但从创作实践上来看，川端康成对传统的认同并不意味着他对西方现代主义的完全否定和抛弃。就意识流小说而言，他不再拘泥于这种典型的意识流技法，而是将其与自身的灵性和悟性——佛教禅宗的人生观相结合。可以说，意识流小说的创作观念从时间安排和心理分析两方面，都大大拓展了川端文学的艺术空间，并使传统之美得到了新的发展。

首先，在作品的时间安排上，意识流小说大大拓展了川端康成的创作观念，并使传统与现代实现了完美的结合。川端文学的时间特色是以现在为中心，在过去、未来之间自由驰骋，因而现实往往不知何时被一些回想的时间所拉回。正是在这种往复、错落的时间中，作品的情节跳跃前行。因此，长谷川泉认为“对于川端文学中的时间的分析，是打开通向川端文学大门的钥匙”。《抒情歌》《慰灵歌》以及《致父母的信》等，都是川端康成在认定传统之后创作的、极端倾倒民族传统文化的作品。特别是《抒情歌》，充分体现了川端“轮回转生”的世界观。但就是在这类极端化地表现传统精神的作品中，我们依然能从中体会到意识流小说的心理时间观。《抒情歌》并不以现实的物理时间为基准，而是生者龙枝与她死去的恋人跨越生死的界限，侃侃而谈。因而小说的时间在过去、现在与未来之间自由地往复运动。《抒情歌》所体现的这种心理时空观无疑受到了意识流小说的影响，但是我们却看不出任何斧凿之痕。因而，在《抒情歌》中，传统的“轮回转生”观与意识流小说的“心理时空”观达到了完美的结合。

在《禽兽》（1933 年）中，这种将意识流小说的心理时空与传统精神相结合的创作手法得到了更为鲜明的体现。唐纳德·金先生认为，在这部小说中，“倘若说川端学习了什么，那也是 1933 年的现代主义作家当然期待着的‘意识流’，只是川端并没有拘泥于这种手法”。这篇小说共十七个段落，以回忆的手法描写了一位中年男子“他”与动物为伴的奇特生活，其间穿插了“他”与情人千花子的交往片段。整篇小说的情节都是依靠主人公的各种联想联结起来。通览全篇，小说的时间结构有两层：一是现实时间，即主人公去看花千子的舞蹈的路上经过的时间；二是心理时间，即主人公的联想向过去延伸的回想时间，而这个过去的回想时间又分为两部分：①是主人公过去沉迷于玩养鸟兽的生活；②是与千花子的生活记忆。小说的现在时间在缓慢前行的同时，过去的时间也随着联想的飞跃平行往返运动。此外，小说还以现在时空的断层表现了主人公对曾经妖艳的肉体之美和纯粹的艺术之美的最后憧憬。

《禽兽》以“白日梦”而始，又以“白日梦”而终，这无疑暗示了其小说时间与日常生活时间的不同。要探究该小说的特殊时空，我们必须注意其开头的“出租车”。“出租车”是作者特意设定的过去时空的象征，通过下面的分析我们可以清晰地看出这一寓意。在小说中写到了这样一个细节，主人公问他身边的女佣现在几点了，出租车司机替女佣做了回答，并强调车内表的时间“约莫慢六七分钟”。主人公“他”自己故意不看表，实际上意味着“他”主动脱离了自身所处的日常时间，也就是小说的现在时间，而开始跻身于“出租车”内的另外一个时空。而车内的表“约莫慢六七分钟”，则意味着车内的时间并非车外“初夏傍晚”的现在时间，而是车外的时间的过去。因此，代表过去时间的“出租车”挤进处在现在时空中的出殡队伍中，这意味着现在向前发展的时间包容着过去时间的运动。随后，“出租车”“开始加速，超过了送殡的行列”，这意味着从这时起小说的时间发生了重要变化，过去的时间超过了平行向前发展的现在时间。从小说的时间结构来看，也正是从这一刻起，现在的时间开始停滞而只有过去的时间在向前发展。只要“出租车”没有回到出殡队伍中，那么它无论驶向任何地方，都只能是过去时空隧道中的一点。小说的结尾又提到“白日梦”，这似乎预示着小说的时间即将重新回到现实时空中去，然而小说戛然而止。于是，小说的时间就停留在回想的时空中，并没有重回现在。这也就是说，小说是在现在时空停止的状态下结束的。这种结尾似乎意味着小说没有写完，川端康成也曾在《文学自传》中说《禽兽》是未完成的作品。但是如果我们从小说的内在寓意出发对其进行剖析，则会发现这是最好的结尾，甚至是川端有意为之，而不是未完。

小说的主人公“他”人到中年却仍旧独身。“他”认为与其和人接触，不如和动物在一起更为理想，因为在动物身上可以发现一种自然、野性的纯粹之美。“他”的情人千花子也曾是具有纯粹美感的女性。约莫十年前，“他”曾打算和千花子双双殉情。面对死亡，千花子“茫然地任人摆布”，“只见她天真地合上眼睛，微伸脖颈，然后双手合十。这种虚无的价值，闪电般地打动了他”。千花子的“茫然”正是“虚无”美的极致。因此，千花子是纯粹的“肉体之美”的象征，也是“他”所追求虚无美的象征。但是禽兽的世界又并非是一个温情脉脉的世界，那些禽兽爱护者拼命追逐良种，为此而虐待动物，使之符合人的要求。千花子也如同禽兽一样根本无法超越现实生活的羁绊。不只她的艺术不得不按照他人的需要去发展，而且她自己也想结婚生子，希望过普通女人的生活。这些无疑都在扼杀着千花子的艺术生命。因而，当她的行动中一旦体现出自我的意志时，她身上的野性光芒便骤然熄灭了，她的舞蹈魅力和美感也随之消失殆尽。最终，“残存的野性力量，已经成为一种庸俗的媚态。舞蹈的基础形式，连同她的肉体美，都荡然无存了。”千花子丧失了纯粹，因而丧失了美，而美的消逝则暗示着千花子肉体生命的死亡。小说结尾处，“他”在后台偷看化妆师为千花子化妆的场景具有深刻的寓意。过去千花子的虚无神态打动过“他”，而此时正在化妆的她却已变为一个没有生命的玩偶，这种变化清晰地意味着千花子生命的消亡。我们甚至可以大胆地推断，在现在时空中正在前行的出殡队伍也许就是千花子的葬礼，而“他”正是在出席千花子葬礼时乘上了回想时空的“出租车”。因此，小说没有从回想时间回到现实时空就落下帷幕，造成现在时空的断裂，这实际上是对千花子之死的故意隐没。同时，这也体现了“他”对千花子所曾代表的纯粹之美、“虚无”之美所保留的最后的憧憬。这样，在《禽兽》中，川端从意识流小说学到的心理时空观与东方的“虚无”精神就完美地融为一体，因而成为“川端康成经过盲目追求意识流失败之后，在借鉴意识流手法和继承传统手法结合上所做的一次成功的尝试”。而《禽兽》的“成功尝试”无疑为川端文学开辟了新的艺术天地。

在《禽兽》之后，川端康成的创作日趋成熟，而在小说的时空秩序上，“回忆”始终占据了重要位置，《雪国》《千只鹤》如此，《山音》《湖》《睡美人》更是如此。川端康成之所以如此钟爱“回忆”这种意识流小说的时间构成方式，无疑是因为他在这种超时空的创作中，找到了与自身禀赋相契合的东西。这种契合即为“回忆”的救赎功能与川端自我救赎的创作动因的契合。作为一种诗学，“回忆”中包含着两个“我”：一个是往事中的“我”，另一个是现在的当下的“我”。回忆正是两个“我”所进行的回环往复的对话，是当下的“我”对过去的“我”的询问。因此，“回忆既是向过去的沉溺，找回过去的自己，更是对现在的‘我’的确证和救赎，是建构‘此在’的方式,从而使回忆在根本上关涉的并不是过去之‘我’，而恰恰是此在之‘我’。”这样，通过“回忆”，过去的“我”与现在的“我”就实现了不断对话，并逐渐使现在的“自我”获得醒悟与拯救。就川端康成来说，拯救孤儿的性情是其创作的根本动因。这种拯救正需要在“回忆”的时空中，感受那个哀伤的“自我”、正视那个不幸的“自我”，进而寻求到新的“自我”。因此，意识流小说的心理时空观无疑为川端康成回忆过去、超越自我提供了很好的帮助。

孤儿的生命体验使川端文学充满了探求人生的意志，《雪国》《千只鹤》《山音》等莫不如此。同时，值得关注的是，这部“灵魂净化的物语”的主人公都是在“回忆”中的“我”与现在的“我”的不断对话中，逐渐得到了心灵的升华，实现了自我拯救。与《禽兽》相似，这几部作品都采用了以某一人物作为固定视角的叙述方式。小说随着视角人物的自我救赎过程而展开，小说的叙述时间则随着人物心理的起伏不定，而在过去、现在与未来之间不断地跳跃，完全打破了传统小说的外在时空秩序。例如，《雪国》就是以岛村作为固定的视角，叙述了他三次前往雪国会见驹子的经过。但是小说并没有按第一、第二、第三次这样的顺序来写，而是从第二次起笔。小说在现在时间缓慢向前发展的同时，以回忆的方式展现了岛村与驹子第一次交往的经过和心理感受。正是在“过去”与“现在”的不断对话中，岛村不断否定、摆脱过去的“自我”，进而追求新的“自我”，并最终在“空”“无”之境中寻求到了真正的“自我”，实现了拯救。与《雪国》中的岛村相似，《千只鹤》中的菊治也处在小说的核心位置。因而，展现菊治内心的净化过程也就成为这部小说的主要内容。一方面，菊治在现实中不断地同形象各异的四位女性交往；另一方面，在菊治的内心世界中，女性的不同形象又不断在他的回忆中闪现。恰是在“回忆”中的“我”与现在的“我”的不断对话中，菊治逐渐斩断了现实的纷扰，获得了精神的解救，并在禅宗境界中，完成了心灵的净化。因此，这种心理时空观，不但体现了川端文学的现代性，而且更为深刻地体现了川端对意识流小说的“内化”。

另外，意识流小说对人的意识，特别是无意识的挖掘，对川端康成的创作也产生了重要影响。川端曾说：“与事件本身比，我更注重心理感受。”意识流小说的创作经验使他进一步将笔触深入人物的潜意识深处，并运用梦的隐喻等方式将其显现。弗洛伊德认为，“夜间心理活动与现实脱节，从而有可能倒退到原始的机制中去，使梦者所渴望的本能满足以幻觉的形式得到体验，而梦者又以为真的发生了这种事情。”因此，梦是愿望的满足，它可以使一直受到压抑和潜藏在心灵深处的无意识失去现实的控制，从而得到宣泄和外化的机会，进而使陷入困境的、过度紧张的心理得到缓解。川端康成的后期作品《湖》《睡美人》等，特别是《山音》，都充分运用了梦境使人物内心的原始欲望得以显现。

长谷川泉认为，《山音》的两点重要因素就是梦和死。从整体结构来看，这部小说是围绕着主人公信吾对死亡的恐惧，以及他想通过乱伦达到“回春”的无意识欲望展开的。老人所面对的是生命的断绝，而性所展开的是生命的无限延伸。老人如果以老人为对象追求性的拯救，生命的相续则难以实现。然而，如果老人向年轻的生命寻求性的拯救，则可能使老人衰老的生命在年轻的生命中绽放出余晖，从而通往生命的永恒。因此，张石先生认为，《山音》中信吾的八个梦从正面隐喻了他希望从儿媳菊子身上实现“枯木逢春”的潜在愿望。

第一、二个梦出现在“蝉翼”一章中，这是信吾在同一夜晚连续做的两个梦。在第一个梦中，信吾梦见了三四年前死去的辰巳屋大叔，他用敷着竹箅子的方屉盛着荞面条端给信吾吃。同时，梦中又掺杂着信吾和“辰巳屋”家的六个女儿中的一个模模糊糊地交往，但他并没有记清对方的姿影。在第二个梦中，信吾梦见了去年年末死去的相田，他拎着一升装的酒壶来到新屋信吾的家。如果依照弗洛伊德的有关梦的学说来分析，梦中所有长形的物体都是男性生殖器的象征，而小筐、箱、容器类则是女性生殖器的象征。因此，可以认为信吾梦中盛荞面条的方屉是女性性器的象征，而容器中的荞面条则是男性性器的象征。在第二个梦中，相田拎着的酒壶也可以看作是男性性器的象征。在这连续的两个梦中，荞面条细长、柔软而卷曲，酒壶被人拎着而下垂，这可以看作是男子“阳痿”的象征。在梦中，信吾和“辰巳屋”家的六个女儿中的一个模模糊糊地交往，但信吾记得的“只是模糊的感觉。身体不适，没有反应”。这可以说是性交失败的象征。总之，第一、二个梦所象征的是信吾追求“枯木逢春”的愿望，以及这一愿望的失败过程。

第三个梦出现在“海岛的梦”中，场所是在松岛。在树荫下的草地上，信吾变成了二十几岁的小伙子，他拥抱着一个年轻的女子，“就像年轻人那样做了”。这个梦在松树的背景下展开，但现实中信吾并没有去过松岛。他在梦中见到的松树是他上班时在往返的电车上看到的形象，“这两棵松树上半截相互倾向对方，像是要拥抱似的。”此外，现实中的信吾在看到这两棵松树相互拥抱的姿影时，内心总禁不住闪现出菊子的影子。实际上，他早已把这两株相互拥抱的松树看作是自己和菊子的象征。另外，在这个梦中，信吾实现的并不是“回春”，也不是过去的事情，事情仿佛就发生在现在。这说明，信吾那被现实的伦理道德所压抑的欲望已开始指向现实中的儿媳菊子。

第四个梦是十四五岁的少女打胎的梦，这个梦亦与性相关。第五个梦出现在“伤后”中。菊子打胎后到娘家休养，回到婆家时送给信吾一个美国制电动剃须刀，于是信吾做了一个有关胡子的梦。剃刀是和修整容貌相关联的，而修整容貌又与社会的伦理道德联系在一起。在现实中，信吾和菊子的关系是公公和儿媳的关系，绝不能涉及性的关系，但在第三个梦中，信吾那试图通过性实现“回春”的欲望就已经指向了菊子。因此，在信吾的心中，剃刀无疑成为现实伦理关系的象征，成为他内心背负着的伦理、道德的苛责的象征。与现实中的“剃刀”相对的是梦中的“胡子”。信吾梦见一个集美国各州、各民族的胡子于一身的男子。这个男子的下巴上长着各种颜色的胡子，美国政府将此指定为天然纪念品，于是这个男子就不能再自己随意刮胡子了。胡子是雄性的象征，梦中可以无限伸展下去的胡子无疑是对现实中“剃刀”的抗议。因此，这个梦无疑说明，在潜意识中信吾正在力图超越他和菊子的公公和儿媳的关系，进而为他们的性关系寻找到合乎常理的依据。

紧接着胡子的梦，信吾又做了第六个梦。在这个梦中，信吾指向菊子的性欲望取得了进一步的发展。在梦中，信吾梦见自己抚摸女子的乳房。梦醒后，信吾分析了自己的梦，并觉察到了自己隐藏在潜意识中的欲望：

“啊！”信吾恍如触电似的。

梦中的姑娘不就是菊子的化身吗？就是在梦中，道德也的的确确在起作用，难道不是借助了修一的朋友的妹妹作为菊子的替身吗？而且为了隐瞒乱伦关系，也为了掩饰良心的谴责，不是又把替身的妹妹，变成比这姑娘更低下的毫无风趣的女人吗？

第七个梦是信吾砍杀蚊群之梦，这个梦是信吾以菊子为对象的“回春”欲望的进一步发展。根据弗洛伊德的学说，梦中所有的武器和工具都有象征阴茎的意味。因此，信吾梦见自己手执军刀，腰里还别着三支手枪，这体现了他无意识中克服阳痿的强烈愿望。信吾并没有当过兵，服过兵役的是他的儿子修一。梦中的信吾是陆军军官，这无疑是修一的化身，体现了他在潜意识中把自己和真正与菊子有性关系的修一同一化的愿望。因此，砍杀蚊群之梦充分暗示了信吾全面占有菊子的欲望。

最后的梦出现在“蛇卵”一章中。在沙滩上并排着两只卵，一只是鸵鸟卵，一只是蛇卵。信吾梦见蛇卵的外壳上有些裂缝，可爱的幼蛇探出头来，左顾右盼。这个梦可以说是信吾“枯木逢春”之无意识欲望的最后总结。在这个梦中，无意识中和死亡阴影纠缠在一起的“阳痿”得到了彻底的转换，阳物终于升华至生命的诞生。这样在经过了六个梦之后，“蛇”终于脱却了闭锁它的僵死的外壳，欣然跃动，从而托出了湿漉漉的鲜活的生命。随着蛇卵中新生命的诞生，在潜意识中，信吾终于和菊子合为一体，实现了“枯木逢春”的欲望。于是，他那将要腐朽的生命也正在向新的生命延伸。

在《山音》中，川端康成通过梦境使信吾的潜意识欲望得以外泄。但川端并非为了展示人的原始欲望而抒写欲望，其核心精神依然是他对人性的执着探寻，对人生终极的热切关怀。进入晚境之后，川端在多部作品中都描写了老年男子试图从年轻女子身上寻求安慰的情节。《睡美人》自不待言，《湖》中年近七旬的相原老人亦如此，他只有枕在少女宫子的胳膊上时才能获得恬静的睡眠。逃离死亡是人的本性使然，于是老人便希冀在年轻女子身上获得生命的永恒。川端康成吸取意识流小说的经验，深入挖掘老年人的潜意识，并通过梦境使无意识为意识所照亮。这为老人找到生活中真实的自己，参悟死亡，进而从根本上克服死亡奠定了心理基础。《山音》中的信吾正是通过梦的宣泄消除了“自我”的压抑，进而实现了从对死亡的极度恐惧与强烈反抗到平静接受的转变。与此同时，信吾也逐渐摆脱了“我执”的烦恼，进而与自然融为一体，与世界万物融为一体，进入了涅槃境界。这是信吾对自身的解脱与超越，也是川端对生命的理解和体悟，他那无言、安详的死就是最好的明证。

写实与反写实、传统与现代的对立是20世纪日本文学的明显特征之一。川端康成在“新感觉派”时代就开始了反传统的努力，在“新心理主义”时期达到了顶点。新心理主义时期，川端康成将“新感觉派”通过修辞学进行的文体革命扩大到了叙事结构的领域，这大大拓展了小说创作的思维空间和表现空间。可贵的是，川端康成并没有止步于单纯模仿西方意识流，而是带着从新潮中汲取的养分结合自身的禀赋悄然返归并融合传统。通过创作探索与实践，川端逐步实现了传统与现代、东方与西方的融合。正是东西方的融合使川端文学既富现代性、世界性，又不失本民族的传统文化之精髓。

第四章

村上春树的后现代主义文化特征

第一节　村上春树与村上文化研究

一、问题的缘起

在众多日本当代作家中，村上春树（1949—）是最为中国读者所熟悉的一位。自 1979 年登上日本文坛，村上春树先后创作了 11 部长篇小说，出版短篇小说集 10 册，除此之外，还发表了大量的随笔和游记。在中国大陆，自 1989 年漓江出版社出版林少华翻译的《挪威的森林》（1987 年）以来，截至 2009 年 1 月，已翻译出版各类村上作品共计 34 种。村上文学一方面使读者对日本当代文学产生兴趣，同时也在社会上引发了所谓“村上春树现象”。从世界范围来看，目前已有 36 个国家和地区翻译出版了村上春树的作品。2006 年 3 月和 9 月，村上春树先后获得了捷克的卡夫卡奖和爱尔兰的短篇小说奖。2009 年 2 月，年满 60 岁的村上又获得了旨在表彰作品涉及人类自由、人与社会和政治间关系的耶路撒冷奖。应该说正如日本评论家沼野充义指出的那样：“现在，与其说村上春树是日本作家，不如称其为世界作家更为妥当。”

在宏大叙事缺失、文学的意义受到质疑的后现代语境中，出现这种全球范围热读村上文学的现象是非常耐人寻味的。对此，有研究者认为村上文学中的无国籍性特点起了决定性作用。的确，在村上春树的作品中，读者很难找到传统的代表日本的符号。小说中的主人公喝威士忌不喝清酒，听爵士乐不听演歌，读菲茨杰拉德（1896—1940）的《了不起的盖茨比》（1925 年）不读私小说。而世界各国的读者在阅读村上文学时也与阅读川端康成、大江健三郎等日本作家的目的有所不同，他们当中多数人并不是要通过村上春树的作品去了解日本特有的文化。不过，正如孙军悦在《日本文学翻译和研究到底能做什么》一文中所指出的那样：这种无国籍的“普遍性”背后，各国在接受村上文学时，反映出了本国的“特殊性”。因此，所谓无国籍性的特点，其实只是村上文学呈现出的表层现象，并不能成为其在世界范围被广泛阅读的最根本原因。

在我国，村上文学的热销被看作经济发展、城市化进程加速后人们对都市文学的渴求。研究界也多认为村上春树的作品反映了当今社会青年人孤独的心境以及失落的精神状态。村上文学在中国的流行不能否认其营销策略以及中国国内发展等外部要素所起的作用。不过，就文学自身的规律而言，外部因素往往不能起到决定性作用。而那种单纯地将村上文学概括为“反映时代特征”“流行元素为主”等做法，无疑会使文学研究简单化和程式化。问题的关键恐怕在于：在情报信息泛滥，文学作品已经由一种教养或起着教化作用的读物贬值为一般商品的后现代语境中，人们为什么还能因阅读村上文学而引起内心的共鸣？如果说村上文学中的确存在着某种特质，那么这种不同于传统文学的特质究竟表现在哪里？与此同时，村上文学的出现以及村上文学被广泛接受是否意味着它带给文学以某种新的可能性？

二、村上文学的研究历史与现状

日本对于村上文学的研究由来已久。自20世纪80年代，日本文学研究界就开始关注村上春树和他的作品，其研究大致可分为三个阶段。第一阶段以文艺评论家川本三郎和被称为“全共斗一代”的批评家为代表。这一时期的研究虽然是一种全景式、粗线条的概括，但同时也奠定了村上文学研究的基调。

川本三郎是最早对村上文学进行研究的评论者之一。他在《都市〉中的作家们——以村上春树和村上龙为中心》（1981年）一文中称村上春树的作品为“都市文学”。川本认为村上春树早期的作品如《且听风吟》（1979年），《1973年的弹子球》（1980年）等都表现出一种“都市的感受性”。在这些小说中，生活的现实感以及生活中的复杂情感均已消失殆尽，主人公无不享受着一种都市所带来的“令人愉悦”的消费生活。小说中出现的大量商品名称并非是作者要向人们描绘一种新的景观，而只是在叙述当今这个被“记号”所包围的都市。与沉重而复杂的生活相比，都市所提供的这些商品符号让生活在现代都市中的人们更有一种亲近感。川本认为村上春树正是热衷于表现这种现代都市特点的作家之一。

20世纪80年代末，日本对村上文学的研究进入第二阶段。这一时期的研究在前一阶段粗线条、全景式概括的基础上向着纵深发展。研究的深入首先体现在论文、专著以及杂志专刊的数量上。20世纪90年代，仅日本文学研究的权威杂志《国文学》就曾两次出版特集，介绍村上春树的主要作品，刊登相关的研究论文。其他文艺杂志如《*Eureka*》《文学界》也曾出版过研究村上文学的杂志专刊。除文艺杂志的专刊外，这一时期出版的村上文学研究专著也将近40种。在研究内容上，这一阶段的研究从全景式研究向作品内部细微结构的研究发展。其中栗坪良树和拓植光彦编辑的《学习村上春树》1~5卷（若草书房，1999）汇集了较有代表性的作品分析论文。加藤典洋的《黄页村上春树》（荒地出版社，1996，和吉田春生的《转向的村上春树》（彩流社，1997）则是较为优秀的个案分析专著。这两部研究专著不但详细分析了村上春树的主要作品，同时也为其后的个案分析研究提供了解读的方向。这一阶段的第三个特点还体现在研究者运用不同理论分析村上文学上。例如铃村和成的《村上春树编年史1983–1995》（洋泉社，1994）就是以德里达的解构主义理论对村上文学进行解读的专著；小林正明的《村上春树·在塔和海的彼岸》（森话社，1998）则运用了弗洛伊德的精神分析理论。

这些研究成果极大地丰富了村上春树研究。但同时，由于研究者更多地以诸多周边学科作为研究手段，因此或多或少地偏离了文学研究的核心内容，对村上文学的文学价值判断也稍显不足。

进入 21 世纪后，日本的村上文学研究迎来第三阶段。这一时期的研究产生了几点引人瞩目的变化。首先，这种变化体现在研究者的年龄上，一批年轻学者成为村上研究的中坚。他们多为日本各大学文学专业毕业的学者，普遍经过专业的文学研究训练，对村上春树的研究也基本是以文学的内部研究，即文本分析、价值判断等为研究的重点。其中专修大学石仓美智子的博士论文《论村上春树——从“第一次”三部曲到“第二次”三部曲》（2001 年）是日本国内第一篇以村上春树作为研究对象的博士论文。这不仅打破了日本文学研究的传统，同时也极大地促进了对村上文学的研究。

到目前为止，包括石仓的博士论文在内，日本国内共有 4 篇研究村上春树的博士论文。分别为：专修大学林正的《村上春树论：关于交流行为》（2001 年）、广岛大学桥本牧子的《村上春树论：80・90 年代的轨迹》（2003 年）以及广岛大学山根由美惠的《村上春树研究：故事缺失时代的“故事”》（2003）。这些研究成果的出现为村上春树研究注入了新的活力。

其次，随着村上春树的作品逐渐被其他国家的读者所接受，跨国研究也成为一种新的研究形式。2006 年 3 月，在东京举行的“世界如何阅读村上文学”研讨会即是跨国研究的一例。在这一研讨会上，来自 17 个国家的 23 名村上作品的翻译者、出版社代表以及相关作家齐聚一堂，共同探讨村上文学在各国的阅读与接受情况，同时就翻译方面的诸多问题展开讨论。由世界各国翻译者参加，围绕一名日本作家的创作、接受和翻译而进行的研讨会在日本尚属首次。而记录这次研讨会的专著《世界是如何阅读村上春树的》（文艺春秋，2006）则为读者勾勒出一幅世界范围的村上文学接受图。此外，以日本学者藤井省三为核心，组织中国、新加坡、韩国以及美国的相关研究人员所开展的“东亚与村上春树”的国际共同研究也有着自己的鲜明特色。这个共同研究是将村上文学置于东亚这一大背景下，以村上文学作为参照系，反观20世纪东亚的文学史和文学思潮。跨国研究的形式体现出村上文学正在由一国走向世界的特点，而青年学者的加入则从一个侧面反映出村上文学所具有的超时代性特征。

另外，这一阶段出现的新变化还表现在研究成果的快速传播上。相对于前两个阶段的慢热式辐射，进入21世纪后，日本有关村上文学的研究成果几乎以同步的速度为东亚各国所接受。比较典型的一例便是小森阳一的研究。小森在2006年推出新作《村上春树论　精读〈海边的卡夫卡〉》（平凡社），转年中韩两国便出现翻译本。翻译速度之快为研究类图书中所罕有。这其中小森阳一本人的声望固然是重要原因，但同时也可以看出东亚各国对村上研究的重视以及由此而引发的研究成果快速传播的特点。

第二节 后现代语境中的村上春树创作

在研究村上春树的作品时，日本的后现代语境是一个不可或缺的文化背景。村上文学不但折射出后现代主义文化的整体氛围，而且具备后现代主义文学作品的本质性特点。日本后现代语境的形成以及发展具有后现代主义文化形成的一般特点和自身的特殊性。村上春树的青少年时代正处于日本后现代语境的形成期，而在其开始进行小说创作的时候，日本则进入了由后工业发展所带来的后现代文化成熟期。因此，梳理村上春树的青少年经历以及整体创作可以看出这一文化背景与村上春树创作之间的相互关系。同时，本章还将考察村上春树的翻译活动，从而探讨文化越境带给村上春树创作上的影响。

1979 年 6 月，村上春树以《且听风吟》获得由文艺杂志《群像》主办的“群像新人文学奖”。作家村上春树从此走入人们的视线。提起为什么开始写小说，村上讲：“开始写这部小说的契机其实十分简单。就是突然想写点什么，仅此而已。”虽然村上对自己创作生涯的开始轻描淡写，但时至今日，作家春树的文学创作已经进入了第 30 个年头。这期间，村上共创作长篇小说 11 部，出版短篇小说集 10 册，与人合作或单独创作的随笔、对谈集 21 本，其他类型的文学作品共计 16 种。作为一名作家，村上春树的创作形式十分多样。然而遗憾的是，有些文章由于各种原因没能得到完整的保留，这多少为研究村上文学增加了一些困难。不过，1990 年和 2002 年，村上春树曾出版两次自选的《全作品集》，这在一定程度上为研究村上文学提供了有利条件。两次《全作品集》所收录的作品分别创作于第一个十年，即 1979 年至 1989 年，以及第二个十年——1990~2000 年。而这两个十年中的作品恰好体现出村上文学前后两种不同的创作风格。

村上春树的第一次《全作品集》收录了 1979~1989 年间发表的作品。这一时期村上文学的整体风格可以用洗练的“都市文学”加以概括。如果将这十年间的创作加以分类的话，可以有以下几大类：

一、长篇小说

村上春树曾自认为是一个“长篇小说作家”。在走上文坛的第一个十年里，村上总共创作了六部长篇小说。分别是《且听风吟》《1973 年的弹子球》《寻羊冒险记》《世界尽头与冷酷仙境》《挪威的森林》以及《舞！舞！舞！》。这 6 部长篇小说在今天看来哪一部都堪称村上文学中的精致之作，也是国内外探讨村上文学时所重点研究的对象。其中，处女作《且听风吟》不但获得第 22 届“群像新人奖”，而且和《1973 年的弹子球》一起被提名为日本最具权威的纯文学奖项“芥川奖”的候补作品。《寻羊冒险记》是村上卖掉酒吧成为专业作家后所创作的第一部作品。小说不但获得了为鼓励新人作家而设立的“野间文艺新人奖”，而且成为村上第一部被译为英语的小说。出版于 1985 年的《世界尽头与冷酷仙境》获得了同年度的“谷崎润一郎奖”，两年后的《挪威的森林》则在整个东亚地区掀起一股“村上旋风”。1988 年的《舞！舞！舞！》也由于“村上春树现象”的出现而成为读者关注的焦点。

考察这一阶段村上春树的长篇小说就会发现，这些作品的确带有川本三郎所指出的“都市文学”色彩。首先，小说的舞台无一不是都市。20 世纪 60 年代末 70 年代初正是日本经济高速发展，城市化进程加速的时期。而到了 20 世纪 80 年代，整个日本则进入所谓“高度发达的资本主义”阶段。村上小说中的都市描写，无疑再现了这一过程中城市的方方面面。小说中出现频率极高的是酒吧、超市，这些能够表现现代都市特点的场所。而大量出现的商品名称、食物名称、唱片名称以及进口酒、饮料、香烟的名称则让人仿佛被这些消费符号所包围。在城市这一舞台中，小说的主人公也无一不是生活在城市中的青年。如果认为作品反映了日本当今社会都市青年的生活以及精神状态其实没有错。小说中的主人公就生活在由商品构建起的世界里，以一种消费的心态享受着城市以及商品所带来的一切。而村上春树也似乎有意通过这种城市生活的细致描写展现个体的微观世界。在《舞！舞！舞！》中，他借主人公之口讲："其近乎病态的详细而客观的叙述，对研究人员想必有所帮助——城里一个三十四岁独身男性的生活光景在其眼前历历浮现出来。虽说没有代表性，但毕竟是时代的产儿。"尽管"文学反映时代"这一批评范式显得过于程式化和简单化，然而不能否认，通过村上文学，读者的确可以感受到日本的后工业文明以及都市青年的生活、精神状态等。

不过，村上春树对将自己的文学定位为"都市文学"颇不以为然。他认为自己实际上是被推到了都市化、轻快表达的最前沿，但自己"绝不是追求那样的东西"。都市生活的描写在村上文学中是一种结果而非创作本身的目的。村上之所以如此细致入微地描写外部生存环境，是因为在他看来，正是在与周遭发生联系时个体才认识了自己。小说中所有对于外部环境的细节性描写，以及无关紧要的琐事是如何成立的过程描述，恰好是个体与世界怎样发生联系的纽带。不过，应该承认的是，不论都市在村上小说中占有怎样一种地位，都市以及生活在都市中的个体正是村上文学第一个十年创作的核心内容。

这一时期村上文学中的长篇小说还体现出另一个特点，那就是语言的"洗练"。其实这不仅仅是长篇小说的特点，"洗练"的语言也表现在短篇小说以及其他形式的文学创作中。"洗练"的特点是村上所自觉追求的。在与川本的对谈时，提到自己所追求的小说境界，村上用“更加洗练、更加复杂、更具有小说力量、更能打动人”加以概括。“洗练”与“复杂”看来自相矛盾，但在村上文学中这二者却做到了矛盾的统一。林少华曾用“洗尽铅华，玲珑剔透”来形容村上的文体特点。这一概括的确抓住了村上文学中的精髓。村上的绝大部分小说没有传统日本文学中的拖泥带水和纠缠不清。他形容自己是“洗掉了本来附着在语言周围的那些附属物”，“洗掉后又直截了当地抛出来”。也正因为此，村上的语言风格极为洗练而简洁。不过，洗练并不意味着简单。毋宁说村上式的洗练结果恰好是不简单。在洗练的语言背后，语意的丰富性得到最大限度的发挥，由此村上文学中“洗练”与“复杂”获得了高度的统一。

二、短篇小说

我国当代作家邱华栋认为，存在着一个一流的村上和一个二流的村上。意思是创作长篇小说的村上春树只能算是个二流作家，但在短篇小说的创作方面，他绝对可以媲美世界级大师。如果将个人的好恶抛开，应该说认为创作长篇的村上春树属于二流作家的观点多少受到传统文学价值观的影响。但不可否认的是，村上春树的短篇小说的确如邱华栋所言，是可以媲美世界级大师的上乘之作。其实，村上正是通过短篇小说的创作不断磨砺自己的写作技巧，而他的长篇小说也多是在短篇的基础上发展而来。

在第一个十年里，村上春树共有 5 部短篇小说集出版。分别是《去中国的小船》（1983 年），《袋鼠佳口》（1983 年），《萤、烧仓房和其他短篇》（1984 年），《旋转木马鏖战记》（1985 年），《羊男的圣诞节》（1985 年）以及《再袭面包店》（1986 年）。这几个短篇小说集基本囊括了 1979~1986 年间村上发表在各类杂志上的短篇小说。这些作品中虽有一小部分是作家春树为维持生计的卖文之作，但绝大部分具有相当高的水准。这一时期村上短篇的整体风格依然与长篇小说一样，可以用“洗练”和“都市文学”予以概括。不过就短篇小说自身而言却有长篇小说所不具备的显著特点，即创作短篇小说的目的在于锤炼写作技巧。

此外，村上春树的短篇小说与长篇小说之间还有一种更为有趣的紧密联系：那就是若干个长篇小说正是从短篇小说发展而来。短篇《萤》（1983 年）就是《挪威的森林》的雏形；《小镇与不确切的墙》（1980 年）基本上构成了《世界尽头与冷酷仙境》中“世界尽头”的部分；《奇鸟行状录》也是在短篇《拧发条鸟和星期二的女郎们》（1986 年）的基础上延伸而成。而耐人寻味的是，这些短篇尽管发展成了后来的长篇小说，但村上春树依然将它们视为相对独立的作品。其实，如果仔细比对长篇与短篇，还是会发现二者之间的很多差异。这不但体现出作家春树的思想变化，也在一定程度上丰富了文本解读的可能性。

三、随笔及其他

1979~1989 年的十年间，除长篇小说和短篇小说的创作外，村上春树出版的随笔集也多达 9 本。这其中的大部分随笔集都配上了画家安西水丸（1942 年—）的画，只有《波画波语》（1984 年）是和摄影师稻月功一（1941 年—）合作完成的。与画家或摄影师合作，出版随笔集使村上文学多了些轻松的色彩。也许正因为此，在随笔集中村上尽情展现了语言的幽默与诙谐。而从几个以“村上朝日堂……”。命名的随笔集中，读者也可以窥见青少年春树的不同侧面。

村上春树其他形式的作品主要是对谈集。包括与作家村上龙（1952 年—）的对谈《走路，不跑》（1981 年）、与广告撰稿人系井重里（1948 年—）的对谈《梦里相会》（1981 年）以及与文艺评论家川本三郎（1944年—）的对谈《电影冒险记》（1985年）。其中，与作家村上龙的对谈《走路，不跑》无疑是最重要的一本。与《梦里相会》中近乎语言游戏式的谈话，以及《电影冒险记》中对文学以外问题的关注相比，《走路，不跑》收录的是两位作家之间的谈话。对谈话题从个人生活到文学经历，更多的则涉及创作态度和对对方作品的评价。在日本，村上龙是与村上春树同时代的作家。有人曾形容当今“是村上龙和村上春树的时代”。早期的村上春树研究也曾将其与村上龙对比，认为二者都在各自的文学中表现出“都市的感受性”。不过两位村上虽然在文学上有某些共通之处，但彼此还是清楚地意识到与对方的差异性。

第三节　村上春树小说的后现代特征与艺术突破

在全面梳理了村上春树的生平、整体创作以及所受的外来影响后，本节将把研究的重点放到村上文学中的小说部分。从思想内容上看，村上春树的小说具有后现代主义文学的本质性特征；而在创作形式上，相对于日本传统的文学创作，村上春树实现了艺术上的突破。

一、村上小说的后现代特征

关于村上春树小说是否属于后现代主义文学的问题，国内外研究界的看法不尽相同。日本的理论批评界一般认为柄谷行人的出现代表了日本后现代主义批评的开始。不过在文学创作方面，评论家们却始终没有用“后现代”这一称谓对村上春树的小说进行评论。与此相反，我国外国文学研究界在论及村上春树的小说时，普遍认为村上小说不但是后现代主义文学作品，而且是“后现代主义文学的典型文本”。诞生于日本后现代语境中的村上小说的确具有后现代主义文学的特点，但究竟什么才是后现代主义文学的本质特征还需作进一步的探讨。笔者认为，村上春树的小说虽然没有采用后现代主义文学创作的一些典型手法，但却具有后现代主义文学的本质性特征。同时如果以“后现代诗学”的相关理论来考察村上春树的小说就会发现：在历史指涉和自我的主题表现上，村上春树的小说既有后现代文学的一般特点又有自己的独特之处。

美国学者詹明信认为：“后现代主义的出现和晚期的、消费的或跨国的资本主义这个新动向息息相关。作为一种不同于以往的文化形态，后现代主义是与社会经济生活的转型联系在一起的。在日本，1955~1973 年是一个经济处于高速发展的时期。到 20 世纪 70 年代的上半期，第三产业人数已经超过全国人口的一半。在经过第一次石油危机之后，日本经济进入稳定的发展时期。到 1985 年，通过产业结构的调整等措施，日本经济稳步发展，不仅成为仅次于美国的第二经济大国，而且全面进入大众消费社会。村上春树在小说《舞！舞！舞！》中将背景时间设定为 1983 年，并称那时的日本为“高度发达的资本主义社会”。同时借主人公之口讲：“所谓浪费，在高度发达的资本主义社会里是最大的美德。”应该说日本的后现代主义文化正是由这种大众消费社会孕育而生，与日本经济生活的转型有着紧密的联系。村上春树的小说中充斥着大量时尚的商品名、电影名、唱片名，而这些无一不是一种消费符号。这些消费符号以及生活在其中的个体可以说直观地将日本消费社会呈现在我们面前。作为文学作品，村上小说既是日本后现代社会的产物，同时也折射出日本社会的后现代主义文化氛围。在这个意义上，村上小说的确表现出后现代主义的文化特点。

不过，就文本策略而言，村上春树的小说却与一般后现代主义文学作品不同。后现代主义文学的文本特点表现在：文学作品不再是原创，而是许多其他文本的混合；读者可以在文本的众声喧哗中选择一些声音而抛弃一些声音，从而实现读者的解放；文学不再是给自然提供镜子，而是给其他文本和自己的文本提供镜子等。村上春树在创作中很少使用戏仿、拼贴等后现代作品所惯用的表现手法。那么，如果说村上春树的小说的确是后现代主义文学作品的话，其后现代特征究竟体现在何处就成为一个值得深入探讨的问题。

事实上，后现代主义理论并不是一个统一的、相对固定的理论体系，后现代文学也很难以某种特定的流派特点加以界定。不过在探讨后现代的诸多问题时，很多都要与现代以及现代性联系在一起思考。简言之，现代性可以说是欧洲启蒙学者有关未来社会的一套抽象哲理设计。它既为人类历史带来变革的力量，同时也在发展过程中带来种种焦虑和危机。与此相对，后现代强调“现代之后”。尽管目前人们仍无法为后现代做一个准确的定义，然而各种批判、修正、超越现代性的努力都可以理解为“后现代”。在《西方文论讲稿从胡塞尔到德里达》一书中，赵一凡用了两个颇为形象的比喻来说明现代性与后现代：现代性是马克思在《印度起义》中描述的印度神车，它负载毗湿奴大神，象征着世界之主的意志，所到之处圣徒纷纷以血肉之躯的粉碎换取灵魂的超度；后现代则像一款概念新车，狂奔突兀，反复改装且一再转向。现代性犹如泰坦尼克号这一超级巨轮；后现代则像福柯在《疯癫与文明》中描述的愚人船。车与船都是交通工具，也兼具渡人于苦海的象征意义。将现代性与后现代分别用船作比显得更为精妙。“泰坦尼克”的命名意在比喻希腊神话中的泰坦巨人。这艘巨轮是人类凭借现代化而打造的工业成果，承载了凭借科技力量而实现的现代文明之梦想，在建成之后曾号称不可能沉没。然而在初次航行中，这一庞然大物竟遭遇海难而一沉到底，成了现代文明的噩梦。另外，《疯癫与文明》中描画的愚人船虽然远没有巨人船规模庞大，但搭载的却是一些癫狂哲人。这些癫狂者的疯言乱语在现代化的理性过程中曾被放逐，然而泰坦尼克号的沉没为这条曾被放逐的愚人船归来创造了条件。换言之，现代文明的确在理性的光辉下创造了一个又一个奇迹，现代化进程也使人们对人类自身充满信心。然而随着时代的变迁，现代化所造成的危机逐渐显现，人们开始对理性进行思索，由此便带来了后现代的转向。在这个意义上，应该说后现代主义文学的本质性特征在于对现代性的反思与批判。而村上小说恰好在这一点上体现了后现代文学的本质性特征。因此，尽管村上春树的小说中极少出现典型的后现代主义文学创作手法，但村上的小说依然是具有后现代主义特征的文学作品。

夏目漱石的“自我本位”思想究其实质是西方人本主义思想。不过，这种“自我本位”并不是绝对化了的、封闭于内部世界的自我。在确立现代自我观的过程中，漱石时刻关注着日本现代化过程中东西方之间文化的冲突，以及由此带来的个体精神世界的变化。村上春树的自我主题实际上正是继承了夏目漱石的这种动态自我观。表面看来，村上小说中的主人公封闭在自我的个人世界中。但深入挖掘作品的结构后就会发现，村上小说中的自我主题从来没有脱离开外部世界。尤其是小说中经常出现的对于历史的关注，其作用正是在于通过勾连历史与现实实现动态的自我关照。

村上春树更多地继承以夏目漱石为代表的自我创作传统并不是一个偶然的现象。它既表明了日本现代与后现代文学之间在主题上的承继关系，更显示出日本作为东方国家在现代化与后现代化道路上的特殊性。

如果梳理夏目漱石与村上春树两人的生平就会发现，两位作家所生活的时代都曾发生过“民主运动”，其后亦都以政治季节的终结而告终。柄谷行人在《关于终结》一书中认为：日本的昭和时代是明治时代的一种“再现”。明治时代以明治天皇的去世和乃木希典的殉死而宣告结束；昭和则在 1970 年伴随着三岛由纪夫的自杀而在时代意义上迎来了终结。其实日本的明治时代还与昭和时代有另一个意义上的相似之处：那就是明治时代是日本打开国门，不断寻求现代化的时期；而昭和四五十年代（20 世纪 60~70 年代）恰好是日本社会由现代向后现代的转型期。夏目漱石与村上春树两人的青春时代正好经历了时代的转型。二者不约而同地将文学创作中的自我主题与时代变化、语境转换相联系也就有了更为内在的关联性。

如何利用小说的创作表达出这种自我与外部世界之间的关系可以说是村上春树与夏目漱石的共通之处。而从这种共通之处我们一方面可以看出日本后现代文学承继现代文学主题的特点，同时也可以发现日本后现代主义文学的某些特殊之处。这种特殊之处就在于：

作为一个东方国家，日本不论在现代化还是在后现代化的进程中，都必须面对西方化的问题。东西方之间的文化冲突以及由此带来的个体困惑等诸多问题始终是日本以及亚洲国家必须直面的问题。夏目漱石与村上春树虽然处于截然不同的时代，然而两人几乎面对同样的问题这也许正是两人在自我的主题方面具有传承关系的原因。

其实在村上春树的小说创作中，很多时候正是以夏目漱石的文学作为自己的参照。只是村上春树虽然继承了以夏目漱石为代表的日本现代文学的自我主题传统，却在叙事手法上做了自己的变革。这种叙事手法的变革既是村上小说的艺术突破，也成为村上小说独特的艺术魅力。

二、村上小说对日本现代文学的叙事变革

村上春树是一位非常重视叙事手法创新的作家。在中日两国的村上文学研究中，大家一般都注意到了村上小说的文体特点。但事实上，村上春树的艺术突破并不仅仅体现在文体方面。以叙事学理论中“故事”“话语”的二分法来研究村上春树的小说就会发现：不论是在“故事”上还是在“话语”上，村上小说都对日本现代文学的叙事传统进行了变革。

村上所讲的“语言的使用方法、组合方式”等其实不是单纯的语言表达问题。《且听风吟》以及其后的几部作品中语言的前卫性实际上是前面所论述的叙述话语相对独立的特点。搁置语言的前卫化实际上就是削弱《且听风吟》《1973 年的弹子球》以及一些短篇中所表现出来的话语独立性倾向，同时加强故事的独立性以及趣味性。在村上春树看来，话语的独立性以及语言表达的前卫性并非不重要。实际上作为一种文体特点，在村上春树整体的小说创作中，我们都可以看到不同于传统的口语表达。但同时村上也意识到单纯依靠话语的革新势必走向极端，在某种程度上后现代语境中的文学

会重蹈现代文学精英化的覆辙，从而失去构建后现代语境中文学力量的可能性。在后现代语境下，村上春树的小说创作实际上力求在大众的可读性与文本的深入性上取得一种平衡。这就要求小说创作不但要适度放弃叙述话语的独立性，同时在加强故事本身的独立性之外还要寻求故事的趣味性。

村上小说对故事可读性、趣味性的追求，是从第三部长篇小说《寻羊冒险记》的创作开始的。这部小说的故事模式明显受到美国作家雷蒙德·钱德勒侦探小说的影响，而这种“失去—寻找—失去”的故事形式也似乎为村上春树本人所钟爱。村上春树在美国演讲时就曾承认这部小说的结构深受雷蒙德·钱德勒的影响，并对美国读者将《寻羊冒险记》与钱德勒的《大睡》相比感到荣幸。在《寻羊冒险记》中，“故事”独立性得到加强显而易见，但与此同时，可读性、趣味性也为大家所瞩目。小说与大众文学中探险、神秘故事为主的创作有相类似的地方，主人公的经历在某种意义上确实可以称为历险和传奇。

应该说村上春树注重故事的独立性同时加强趣味性、可读性的创作方式既是对日本传统纯文学的一种挑战，也反映出后现代主义文学消解大众文学与纯文学之间界限的一个特点。日本文坛一直有纯文学和大众文学之分。对纯文学，每个时代都有不同的定义和理解，也出现了代表不同时代的纯文学作品。从整体来讲，注重艺术性而非娱乐性、商业性成为纯文学共同的特点。纯文学作品往往并不能在图书市场上形成热销之势。著名作家、诺贝尔文学奖获得者大江健三郎就曾慨叹自己的作品与村上春树的小说在同一年出版却只卖了五万册。与此相反，村上春树的小说不但在日本本土热销，20 世纪 90 年代开始更是在东亚乃至世界范围拥有广泛的阅读群体。这一现象多少与传统纯文学相左，而村上小说中出现的趣味性因素也引来了抱有传统价值观研究者的批评。甚至有美国的日本文学研究者也认为：时下的日本作家是为了迎合年轻读者的时髦要求而写作；言外之意，就是认为以村上春树为代表的当今日本文坛已经鲜有严肃的文学创作了。客观来看，追求小说的趣味性和可读性的背后的确有村上春树的某种“服务意识”。村上曾经营爵士乐酒吧，“服务意识”其实是源于他成为专业作家之前的这段经历。事实上，不论是作为作家的村上春树还是作为翻译家的村上春树，读者从他的作品中都可以感受到他自己就是站在读者的角度而非作家、翻译家的角度进行创作和翻译的。这种创作态度难免不被人诟病为迎合大众口味。不过，村上本人对自己趣味性、可读性的故事却有着比较清醒的把握：我采用了神秘小说的结构，塞进去的却是截然不同的成分。换句话说，那种结构对我来说就是一辆车子。

这是村上春树在承认《寻羊冒险记》受侦探小说结构影响后所做的补充。可见，对村上来讲，采用何种故事结构，是否追求故事的趣味性和可读性是由创作本身的需要决定的，并非只是为了满足读者的口味。

村上春树在故事方面的另一个突破是在故事中巧妙地将现实性与非现实性相融合。日本现代文学的叙事特点之一就是故事的现实性。究其原因，恐怕在于日本现代文学一开始就是以俄国文学为学习对象，发端于写实主义的创作，而在其后的相当长时间里私小说又占据了日本文坛的主流。私小说以描写日常琐事、刻画主人公内心感受为原则，故事的现实性特点不言而喻。战后尽管日本出现了学习西方文学、在故事方面打破客观现实与主观感受的作家，但整体来看并没有改变日本现代文学在故事方面以现实性为主的叙事传统。

村上春树的小说除个别作品外，故事中的非现实性要素占据了主导地位。例如，《1973年的弹子球》中就出现了“我”在仓库中与弹子球对话的情景。《寻羊冒险记》中的“我”则在寻找一只背部有星斑、可以进入人的身体并主宰人思想的羊。《世界尽头与冷酷仙境》勾勒出两个不同的世界，不论是“世界尽头”部分还是“冷酷仙境”部分，故事中都有打破客观现实与主观感受之间界限的描写。最新的短篇小说集《东京奇谈集》（2005年）中，村上春树“依然在不动声色地拆解着现实与非现实或此岸世界与彼岸世界之间的篱笆”，巧妙地将非现实性要素融入各个故事之中。可以说除了《挪威的森林》，村上春树绝大部分长篇小说都是非现实性要素占重要地位的作品，而在短篇小说中也不乏含有高度抽象意味的非现实性故事。

不过，与那些将现实世界彻底异化的现代派小说家有所不同，村上春树小说中的非现实性要素总是与现实性要素巧妙地结合在一起，甚至达到了融为一体、令人信以为真的程度。日本学者铃村和成也在评论《世界尽头与冷酷仙境》时认为：村上春树的虚构故事有一种“既视感”。这也说明村上小说虽然非现实要素占据主导地位，但与那种将现实世界完全异化的创作相比，还是存在着明显区别。

其实现实性与非现实性相结合的创作手法并不是村上春树的独创。在后现代文学作品中，虚构的现实性与现实的虚构性是一个普遍的特点。但村上小说有两点是值得关注的：其一是上面已经论及的现实性与非现实性高度融合的特点；其二则在于小说打破现实与非现实之间的藩篱并非一种戏仿。换言之，村上春树模糊现实与非现实之间的界限，目的不在于拆解意义本身。恰恰相反，在多数情况下拆解现实与非现实之间界限的最终目的是确立某种意义或主题。

《大象的失踪》（1985年）可以说是短篇小说中比较能突出反映这一特点的作品。小说中的故事大体分为两个部分：在第一部分里主要叙述的是公园里一头老象和它的饲养员在某一天突然失踪的故事。小说煞有介事地描写这头老象如何到了小镇的公园，当初象舍落成典礼时的情景以及大象失踪之后人们的种种猜测、媒体的相关报道等。而当人们逐渐淡忘了那头大象的时候，小说的故事转入第二部分。主人公和一位女编辑在一个宣传酒会上相识。两人聊各种话题，最后涉及了大象的失踪。至此，小说前后两部分的故事中除大象失踪这一蹊跷怪事外，都是充满日常生活细节的描写，不存在任何非现实性要素。但在最后，主人公讲：他自己恐怕是最后一个看到大象和饲养员的人。透过鲜为人知的通风口向下观察，他觉得大象和饲养员之间的某种平衡已然发生了改变。由此，他想大象和饲养员只不过在稀薄的空气中失踪了。很明显，这里主人公所讲述的情景很难与现实生活经验发生联系，所描写的故事也打破了客观现实和主观感受之间的界限。由此，《大象的失踪》便成为一部含有高度非现实性要素的作品。多数研究者在肯定大象具有一定的象征意义的同时，认为大象失踪的故事又在表现一个找寻的主题。尽管里面夹杂了对现实的讽刺，最后找寻的对象还是不了了之。小说中文学的意义似乎被消解，小说所展现的似乎只是后现代社会中人对周围异化所产生的麻木、无奈之感。但实际上，小说中大象的意义以及小说中出现的非现实性要素具有深刻的寓意。大象实际上代表的是事物所呈现出的影像，大象的失踪以及在失踪之前主人公所观察到的变形正代表了在高度发达的信息社会中，人们所认识的事物影像已经出现失衡。这使得作为个体存在的人也不免感觉“内部的某种平衡分崩离析”。这里，认识论中主客体之间的相互关系成为小说中非现实性要素所要表现的主题。而《大象的失踪》这一短篇小说与其说是一个找寻的故事，不如说它更像一部进行哲学思考的小说。

注重故事本身的趣味性、可读性以及现实要素与非现实要素巧妙的有机融合是村上春树在“故事”上的叙事变革。正是依靠带有趣味性的、虚实相生的故事，村上春树在小说创作中确立起明确的主题和深刻的意义。

本节就村上春树小说在思想内容上的后现代主义文学特征以及创作形式上的突破进行了探讨。在日本后现代语境中，村上春树的小说具有后现代文学的本质性特点。同时在追问自我以及把握自我与他者之间关系的主题上又与日本现代文学存在着明显的承继关系。从叙事方法来看，村上春树明显突破了传统的叙事模式，在“话语”和“故事”两方面实现了变革。

正如内容与形式密不可分一样，村上小说在思想内容上的特点正是通过独特的叙事手法得以实现的。因此，在以宏观视角对村上春树小说的思想内容、艺术突破进行分析后，我们有必要通过个案研究的方式更为详细地探讨村上春树的小说创作。

第四节 村上春树的新现实主义观

在村上春树的小说中，存在着大量非现实的内容，他的几乎所有长篇小说中都或隐或显地存在着两个对立的世界：一个是日常的现实世界；另一个是非现实的奇异世界。两个对立世界的出现是如此频繁，不从小说观的层面考虑，就难以做出合理解释。村上春树本人对此有明确的认识，他曾在采访中表示，“我的小说，除《挪威的森林》外，都不是所谓的现实主义小说”。

“新现实主义”作为文学理论术语，主要是指 20 世纪七八十年代以来（以美国文学为例），经历了富于实验性和创造性的现代主义、后现代主义文学浪潮之后，作家们重新回归写实，既注重现实主义传统，又从当时的实验性手法中获取营养，从而形成的一种独特风格。“新现实主义”之“新”，既表现在创作手法上对多种实验性文学技巧的借鉴，也表现在内容上对于“现实”的新认识。借由“新现实主义”一词，村上春树强调了他独特的“现实”观。

不同于传统现实主义，村上春树认为，“现实是凑合性的而不是绝对性的”，也就是说，村上春树认为现实与非现实总是纠缠在一起的，并没有绝对的现实。他表示：“现实的是非现实的，非现实的同时又是现实的—我想构筑这样的世界。”显然，村上春树认为“这样的世界”相比传统现实主义所反映的世界更为真实，也更符合当代社会状况。

正是认清了当代社会中现实与非现实相互纠结的状况，为了反映出这种状况，村上春树采用属于现代主义、后现代主义的多种实验性文学技法，在作品中加入大量非现实内容，甚至创造性地使非现实世界与现实世界在作品中既对立又交织起来，由此形成独具特色的“新现实主义”风格。

从村上春树的多部长篇小说来看，“新现实主义”观强调“现实的凑合性”，使作品中既包含现实内容，又包含非现实内容，并通过两种内容的交织，呈现出现实的非现实性和非现实的现实性。

一、村上春树新现实主义观在小说中的呈现

（一）村上春树小说中的非现实性

《挪威的森林》在村上春树的长篇小说作品中多少是个特异的存在，作者曾不止一次地声明，这是他刻意运用现实主义的手法创作的一部小说，目的在于掌握写实性的写法。即便刻意求“实”，村上春树也不得不承认，《挪威的森林》虽风格上是现实主义的，总体上并不现实。究其原因，是村上春树在小说中描述了一个非现实的世界：疗养院“阿美寮”。女主角之一的直子因心理障碍被送入深山老林之中的“阿美寮”，这是一个过着自给自足生活、几乎与世隔绝的疗养院，其中医生与患者和睦相处，甚至分不清谁是医生谁是患者，静谧而奇异的氛围、直子最终在其中自杀的茂密森林，都使得“阿美寮”带有浓厚的非现实色彩。村上春树曾在访谈中透露：“我笔下的小说世界一般包含两个世界，这边的世界和那边的世界。总之，《挪》（笔者注：即《挪威的森林》）也是这样。比如，直子所在的京都那个疗养院就是那边的世界；而绿子所在的东京则是这边的世界……”

村上春树所谓“那边的世界”，也就是与现实世界相对的、具有非现实性的世界。建构这样的世界并非始自《挪威的森林》，而是可以追溯到村上春树从事小说创作的最初。事实上，在处女作《且听风吟》中，那个缺少一根手指的女孩突然失踪就预示着一个与现实世界不同的非现实世界的存在；到了《1973 年的弹子球》中，村

上春树创造了一个弥漫着死亡气味的弹子球公墓——个具有浓厚非现实色彩的地下仓库；在与以上两部作品密切相关的《寻羊冒险记》中，位于北海道山中的那栋别墅，黑暗中能够联结起生者与死者的意识；在《世界尽头与冷酷仙境》中，村上春树的两个世界的相互对立表现得更为明显，如果说，“冷酷仙境”的世界是现实与非现实参半的，那么，“世界尽头”那座中世纪风格的、圈养独角兽、生存于期间的人不得拥有影子的世界，单独来看纯然是非现实的；《舞！舞！舞！》中，羊男栖身于海豚宾馆似乎并不存在的一层之中，昏暗幽深；《国境以南，太阳以西》中，岛本在与“我”一夕欢愉之后不知所踪，似消失于另一世界；《奇鸟行状录》中，冈田亨能经由一口井进入一间昏暗中的神秘房间；《斯普特尼克恋人》中，被困于摩天轮中的女子敏赫然发现有另外一个自己在旅馆房间与人进行激烈的性爱，此后少女堇也在希腊一座岛上消失不见，隐藏在现实世界之下，似乎有一个难以分辨的非现实世界；《海边的卡夫卡》临近结尾处，少年卡夫卡跟随两个鬼影般的“二战”士兵，穿越茂密森林进入一座似乎在时间中停滞的村庄；《天黑以后》中，姐姐浅井爱丽昏睡不醒的房间显然并不真实；《1Q84》中，主人公从应急消防梯下来，进入了与原来世界有着微妙差异的另一世界，在这一世界里有两个月亮，有编织空气蛹的小小人等不可思议的非现实景况……可见，村上春树自始至终都将非现实世界的营构作为其作品不可或缺的重要内容，正因为此，在创作了现实主义风格的《挪威的森林》之后，虽获得空前畅销，村上春树却并未继续写作现实主义的小说，认为现实主义的作品“没有震撼自己内心的感觉”。

除了非现实世界的营构，村上春树小说的非现实性还表现在作品中存在着大量非现实的情节和人物形象。就情节来看，《奇鸟行状录》中“穿墙而过”的故事可谓相当典型。小说中，主人公冈田亨为了找回被囚禁的妻子，下至一口枯井的井底，在黑暗中穿越井壁，进入妻子所在的幽暗场所。与之相类似的是《海边的卡夫卡》

中，中田老人杀死“琼尼·沃克”，死去的却是卡夫卡少年的父亲，父亲死在东京，远在四国的少年卡夫卡身上却出现血迹。类似这样非现实的情节，大多与村上春树口中的“那边的世界”相关，正是因为与非现实的世界接触，小说中的情节也出现非现实色彩。值得一提的是，村上春树极为看重他小说中的这些非现实情节，“对我来说，《奇鸟行状录》中最重要的部分是‘穿墙’的故事。”

此外，村上春树的小说中还存在大量具有强烈非现实性的人物。这类形象首次在村上春树的长篇小说中现身，应是在《寻羊冒险记》中：“羊男”是小说中的重要意象之一，身材矮小，身披羊皮，摇着铃铛行走在树林之中，“羊男”似乎是介于人和羊之间的存在，种种怪异特征使他（它）显然具有某种暧昧的非现实性。在《海边的卡夫卡》中，出现了琼尼·沃克、山德士上校两个人物，从外表上看，琼尼·沃克与苏格兰著名威士忌酒品牌尊尼获加（Johnnie Walker）商标画中的人物相似，却血腥而残忍，虐杀小猫，并吞食猫心；山德士原为肯德基创始人，其头像遍布全球肯德基快餐店的招牌，《海边的卡夫卡》中，卡内尔·山德士上校（小说中特意强调，并非和山德士上校长得像，而是“我就是卡内尔·山德士”）却既具有某种神性，又像是个拉皮条的。无论是琼尼·沃克还是卡内尔·山德士，都像是某种卡通形象走进了日常现实之中，与现实产生龃龉，被赋予了完全不同的内涵。在《1Q84》中，能够变大缩小、采撷空气编织空气蛹，并能传递某种神秘声音的小小人（Little People），也属于这类人物。村上春树小说中的这些人物，很难说背后隐藏有何种深意，日本评论家加藤典洋指出，我们无法从隐喻或象征的层次来理解村上春树。

（二）村上春树小说中的现实性

在被村上春树视为创作转折点的《奇鸟行状录》中，除了大量非现实的内容，应该注意到小说开篇对日常生活的现实性描绘，这种对琐碎日常现实的极为逼真细致的描写和非现实性世界的营构一样，是村上春树小说的重要构成部分，贯穿创作始终。做饭、吃饭、淋浴、穿衣、熨烫衣物、喝啤酒、发呆……凡此种种，虽然与故事情节并无多大干涉，却得到村上春树的悉心描绘。正如《奇鸟行状录》开头部分，冈田亨一人在家边听音乐边煮意大利面，接到陌生的电话，此后读小说，熨烫衬衣，做食品采购，接听色情电话，出门去找猫……简言之，这可谓是对平凡生活的细节实录式的现实描写。借此，村上春树为作品打下一个现实的基础（只是随着故事的发展，越来越多的非现实因素才加了进来），其逼真细致的程度，甚至超过夏目漱石在《门》中对于类似场景的描写。

日本学者黑古一夫曾认为，村上春树的小说“几乎没有直接具体涉及外部世界或社会的作品”，而只是反映了个人与外界隔绝的孤绝状态气这一结论显然是基于村上春树前期作品而做出的，即便如此，也多少忽视了村上作品中对社会现实的反映。事实上，村上春树的作品中“直接而具体涉及外部世界或社会”的内容并不鲜见，例如，在被村上春树称为“现实主义”的《挪威的森林》中，通过大学生活侧面反映了安保斗争，并展现时代氛围和（部分）年轻人的精神状态。在由“超然”转向“介入”后，村上春树作品中的社会现实性更是大大加强，以《1Q84》为例，小说虽然存在大量非现实的内容，仍呈现出广阔的社会画面。小说着重探讨的关于宗教的问题，在日本有着现实原型：1995 年，由奥姆真理教发动的地铁沙林事件，给日本社会造成沉重打击，也给村上春树带来了极大的震动，这促使他对此进行深入研究，并最终在小说中以故事的方式予以呈现。此外，小说还触及日本社会另一重要问题——家庭暴力。小说中，众多女性人物遭受来自丈夫或父辈的暴力行为，身心受到严重挫折，儿童也因父母的缘故遭受心理创伤。在此，日本社会中家庭暴力问题得到了如实反映。除此之外，《1Q84》还关注了文坛黑幕、黑社会势力、婚外恋等社会问题，使得该小说的现实性大大增强，成为村上春树全景式描写当代日本社会的一部作品。

村上春树小说的现实性还表现在对于历史的关注上。在第二次世界大战中，日本作为法西斯侵略者，其野蛮行径给亚洲邻国带来了深重的灾难，有关这段历史的记忆，在村上春树的作品中也有所反映。村上春树作品中最早出现的有关战争的内容，可在《且听风吟》中觅得，小说提及，“我”的一个叔父死于上海郊区，死因是“战败第三天踩响了自己埋下的地雷”。在《奇鸟行状录》中，有关战争的历史终于得到了更为详细的展示。小说通过间宫中尉的讲述以及信件，并且加上之后的赤坂肉豆蔻的相关讲述，将战争的残酷和荒谬，所造成的无谓的牺牲，描写得淋漓尽致。《奇鸟行状录》中着重表现的发生于满蒙边界的诺门坎战役，也涉及了“满蒙开拓团”，并且提到南京大屠杀。除却战争历史之外，村上春树对于发生在20世纪60年代末期的安保斗争也进行了持续的描写。小说《挪威的森林》虽然并非直接描写安保斗争，安保斗争却是其中不可或缺的内容，在一定程度上为主人公的活动和思想性格提供了现实依据。描写曾参加过安保斗争的那一代人在斗争结束、理想幻灭之后的空虚之感，曾被认为是村上春树的重要主题，该主题也确实一直持续下来，直到《1Q84》中，村上春树还描绘了由安保斗争中的派别演化而来的极端宗教组织，“先驱”和“黎明”。

可见，村上春树作品中虽然存在着大量非现实的内容，却同时也具有很强的现实性，既关注个人的现实生活，又瞩目于日本社会现实、历史等内容。那么，村上春树在作品中是如何将现实性与非现实性结合在一起的呢？

（三）非现实性与现实性的融合

《世界尽头与冷酷仙境》是村上春树一部颇具特色的长篇小说，单双数章节交替推进，分别讲述“冷酷仙境”与“世界尽头”的故事，相较而言，“冷酷仙境”具有某种现实色彩，而“世界尽头”

则有强烈非现实性，然而，并非“冷酷仙境”部分的故事纯然是现实性的，而“世界尽头”是绝对非现实的——几乎所有的村上春树作品中的现实性内容与非现实性内容都不能做这样简单的区分。在村上春树的长篇小说中，现实性与非现实性总是奇妙地融合在一起，就像在《世界尽头与冷酷仙境》中一样，非现实性中有现实性，现实性中也有非现实性。

村上春树惯于在长篇小说中塑造一个“那边的世界”，围绕这个非现实的世界，小说中往往存在大量非现实情节和非现实的人物形象。这些非现实的因素与现实确有较大差异，而且往往没有明确的象征、隐喻含义，兀自展现出奇异的特征。村上春树相当珍视他作品中的这种非现实性，他将作品中的这些部分称为“黑匣子”，虽然搞不清楚这些非现实因素与现实之间的关联，搞不清楚其具体意义，但是，“如果这个故事能在读者的心中激起回应，就说明这种关联是确实存在的”，这种“黑匣子”被村上春树视为小说的生命线，“读者哪怕不明白黑匣子的意义，也不得不张开双臂接受它”。在村上春树看来，重要的不是现实与非现实，而是能否通过这些部分与读者建立起关联，对读者产生影响。显然，村上春树在全球范围被广泛接受的事实证明了这种关联是确实存在的。一方面，村上春树作品中的非现实部分会对读者产生现实性的影响；另一方面，究其能够产生影响的原因，是由于在这种非现实性当中也存在着现实性。本书第一章曾提到，村上春树的作品有着介入读者深层心理的特征，在如《奇鸟行状录》等某些村上春树最出色的作品中，他已将触角深入了集体无意识的层面，通过对原始经验的“挖掘”，来使故事取得某种普遍性。而为了将这些原始经验表现出来，村上春树在很大程度上借助了一种非现实性的幻想。《奇鸟行状录》中的穿墙而过，看似不可思议，却是主人公潜入自己意识底层后所获得的某种超越现实的体验。《1Q84》中，“小小人”到底是什么，村上春树表示自己无法解释清楚，但应该将它们看成是某种“来自原始世界、来自地下的信使”，从这个意义上，“小小人”可以说是传递了某种原始经验的“原型”。可见，村上春树作品中的非现实性内容，往往与意识的深层内容有关。

村上春树作品中的现实，也具有一定的非现实性。首先，因为村上春树作品中的现实内容往往与非现实内容相关联，作为引出非现实内容的基础，现实部分也被染上了非现实的色彩。以日常现实生活为例，村上春树作品中对于日常生活细节的过度关注，使得现实本身有一种奇异之感。《奇鸟行状录》中，正是从这种琐碎的日常细节中，引出了一系列超现实的内容：冈田亨在当天接到的色情电话、猫的失踪，诸如此类的小事中隐含着一种不自然之感。村上春树作品所反映的社会及历史问题，固然是现实存在的，然而在具体表现时却偏爱以一种非现实色彩的故事来呈现：一方面，必须承认小说《1Q84》反映了日本社会中存在的新兴宗教、家庭暴力等问题；另一方面，这些现实又是通过主人公在与现实世界不同的另一世界的冒险所传达出来的。村上春树作品中现实具有非现实性的另一种情形，是作品所描写的现实本身具有荒谬性，让人产生非现实感。《奇鸟行状录》中，诺门坎战役和日本从伪满洲国的撤退都是历史事实，然而战争具有十足的残酷性和荒谬性，因此，当村上春树在历史现实的语境中构思有关撤退前的日本军在满洲动物园里绝望地屠杀各种动物以及用棒球棍击杀叛逃的中国士兵时，虽然这些情节具有相当的现实性，一种非现实感仍会油然而生。

为传达出非现实的现实性与现实的非现实性，村上春树在创作中采取了一系列策略。在解释小说《1Q84》中的“小小人”究竟为何时，村上春树曾指出，“小小人”虽然在文化人类学上可以看作某种象征、隐喻或类比，然而“如果把它放入情节中，它便是作为现实而发生”，进而指出，作为小说家，最有趣的就是能够将类比、象征、隐喻变成现实。为了达到这一效果，村上春树常常通过对不存在之物进行详细描写，来使非现实性的因素具有某种现实感。仍以“小小人”为例，《1Q84》中通过详细描写它们的外在形态、行为模式和特殊话语方式，给人以实在感。另一方面，村上春树在处理现实性的内容时，又会通过一种推近焦距的方法，通过逼近现实，从而达到某种失真效果。“让镜头极度逼近被描绘的事物，打破现实主义的限度，于是日常生活中鸡毛蒜皮的琐事又变得奇异起来。”最能反映这种策略的无疑是出版于2004年的《天黑以后》，小说中作者模拟了一个摄影机的视角，通过在主人公之一的浅井爱丽深睡不醒的房间内细致而详尽的“拍摄”，通过对各种细节的不断聚焦，呈现出一种可怕的非现实氛围。除此之外，前述《奇鸟行状录》的开头部分也是这种策略的典例。

以上从小说中的非现实性因素、现实性因素、现实性与非现实性的融合三方面，概述了新现实主义在村上春树作品中的具体表现。在“凑合性的现实”观念的指导下，小说作品呈现出这样的面貌似乎是必然的。强调小说应反映现实的非现实性和非现实的现实性、恢复非现实性内容在小说中的合法地位，是村上春树小说观的独特之处。本章第二节将运用对比的方法，从现实主义、现代主义、后现代主义文学中分别取出与村上春树新现实主义较为相似的样本，加以对比，以此揭示其主要特征。通过比较新现实主义与传统现实主义，可以发现村上春树新现实主义表现现实的独特方式；比较新现实主义与超现实主义，可以深入了解村上春树对“现实”的认识；比较新现实主义与魔幻现实主义，则能够了解非现实性内容的不同性质和作用。

二、村上春树新现实主义观的主要特征

（一）新现实主义与传统现实主义

村上春树十分推崇19世纪传统现实主义小说，认为19世纪小说家讲出了完美的故事。就小说与现实的关系而言，如果说现实主

义对应的是19世纪人们的现实经验，而村上春树的新现实主义所对应的则是当代的现实经验，经验不同，决定了传达这些经验的方式各异。

1855年，当法国画家库尔贝在他个人画展目录的序言中强调“现实主义的”这个词时，他是希望为自己的绘画辩护，他认为这些绘画“如实地表现出我那个时代的风俗、思想和它的面貌”。现实主义作为19世纪一种主要的文学思潮，其核心内容已表现在库尔贝的上述论断中，即文学应当通过反映或模仿，记录生活的本来面目。因此，19世纪传统现实主义小说是一种反映和模仿的艺术，作品中所呈现的世界虽经小说家的精心选择和加工处理，却显示出与现实世界相差无几的面貌。19世纪的现实主义者乐观地认为，只要如实反映现实世界，就能够为读者提供某种真实；而在村上春树看来，现实早已虚拟化了，必须通过反映这种现实的虚拟性，必须加入大量非现实的内容，使读者明了这种虚拟性，同时在这种虚拟之中体验真实，唯有如此，才算是达到了目的。村上春树的作品与19世纪传统现实主义最为显著的差异就表现在这种虚拟性的大大增强。前文已论及村上春树作品中的非现实性，无论是非现实世界的营构，非现实的情节，还是非现实的人物形象，都是这种虚拟性的体现。村上春树曾在一个访谈中拿自己的作品与托尔斯泰做对比，认为19世纪的作家为读者提供真实的东西是职责所在，因此，托尔斯泰在《战争与和平》中通过各种方法去再现一场战争，让读者信以为真；然而时代在变化，村上春树认为，我们生活的时代是一个虚假的时代，“我们观看电视里虚假的晚间新闻，我们在打一场虚假的战争，我们的政府是虚假的”，然而“我们在这个虚假的世界里发现了真实”，正因为如此，村上认为小说也应当通过“一个个虚假的场景”发现某种“真实的”“处境”，这正是村上春树一直在写的东西。可见，传统现实主义认为，如实再现现实生活就能求得某种真实，而在村上春树的时代，他必须通过揭示生活的虚拟性来达到对生活更深刻的认识。

传统现实主义的第二个特征就是典型化。19 世纪现实主义文学并非是对现实生活原封不动的实录，现实主义作家也不只是胸中藏着一面镜子以映照外物的无动于衷的客体，而是在充分发挥主观能动性的基础上，通过艺术提炼，使作品能够以小见大，以特殊反映普遍，从而获得一种典型性。别林斯基将这一过程生动地表述为："像凸面玻璃一样，在一种观点之下把生活的复杂多彩的现象反映出来……"典型化经常通过人物表现出来，典型人物身上往往既具有独特的个性，也具有广阔的丰富性，是单一与杂多的统一，除此之外，典型人物还通过置身其间的环境，反映出深广的社会历史意蕴。应当说，"典型环境中的典型人物"这一论断是在某种典型环境会对人物的性格命运等产生决定性影响的 19 世纪历史条件下产生的，而在村上春树从事创作的当代，伴随着信息社会的到来，环境对人的决定作用大大减弱，我们生活在一个扁平的世界里，从而具有某种均质化的倾向，因此，19 世纪小说家们的典型化手法在村上春树的新现实主义这里大大削弱了。仅就人物而言，塑造性格鲜明而丰富的人物形象是 19 世纪小说家的普遍追求，无论是巴尔扎克笔下的拉斯蒂涅，狄更斯笔下的马内特医生，还是托尔斯泰笔下的安娜·卡列尼娜，陀思妥耶夫斯基笔下的拉斯柯尔尼科夫，都具有鲜明的个性和丰富内涵，然而村上春树的小说中的人物形象却大多是模糊不清的（《挪威的森林》等现实主义风格作品除外），不具有"性格"这样的东西。取而代之的是人物对于这个世界的"感觉"。而且，村上春树不同作品之中人物还具有某种统一性，例如，几乎所有作品中的主人公都是年轻都市青年，独身，拥有不俗的古典和爵士音乐品位，对于非现实的逆境见怪不怪。之所以如此，是因为村上春树已经放弃了采用典型化的手法来再现社会现实，而是通过这种均质的、性格薄弱的人物感觉反映出我们的现实"处境"。

此外，传统现实主义十分注重细节描写，乔治·桑给现实主义下的一个简洁的定义就是——细节的科学，19 世纪现实主义作家往往通过细节的准确来达到一种真实效果，而在村上春树的作品中，细节往往被放大到失真的程度。

（二）新现实主义与超现实主义

在涉及物语的自发性时，作者曾就自发性与超现实主义的自动写作进行对比，指出二者虽有相似之处，背后却有不同的理论支撑：超现实主义从弗洛伊德的精神分析学说中汲取养分，而村上春树写作中的自发性却源于荣格的“集体无意识”理论。超现实主义认为“唯有神奇才能使文学作品变得更加丰富多彩”，在作品中追求一种“神奇”效果。这种超越了理性、逻辑的“神奇”，与村上春树作品中的非现实因素有相似之处，因此有必要进行辨析。此外，超现实主义中的“现实”与村上春树所追求的“现实”有无不同，也值得深入思考。

超现实主义追求一种神奇效果，这与超现实主义者对理性、逻辑的排斥是一体两面的。超现实主义者认为日常生活表象是平庸的，并无真实可言，传统的文学只是迎合了读者想要从作品中看到合乎逻辑的生活的愿望；超现实主义则试图打破传统，在作品中彻底摒弃日常生活的逻辑与理性，打破理性与逻辑的禁锢，进入潜意识中，表现不受任何约束的思维活动。一则因为潜意识活动原本就恍惚迷离二则因为对现实表象的刻意反叛，使得超现实主义格外重视作品中那些与现实表象相违背、不合常理的“超现实”现象。例如，在达利的画作《记忆的永恒》中，三只钟表瘫软如抹布，分别挂在树枝上、垂在桌子边、搭在奇异生物的身上。类似的“变形”在超现实主义文学中也时常出现。布勒东的小说（也有人认为是散文诗）《可溶化的鱼》中有如下段落：“一个男人将手臂慢慢地伸进一只钉得结结实实的箱子里，接着又伸进另一只手臂……接着，箱子将他的胸膛都吞没了，手臂也没有了……”从表面上看，这与村上春树作品中的同类情节相似，如《奇鸟行状录》中，冈田亨穿过井壁，来到迷宫样的场所。然而表面的相似之下却存在着众多的差异。

首先，《可溶化的鱼》因其体裁的特殊性，并没有贯穿始终的故事情节，男人被箱子吞没不过是作为其中之一令人感到“神奇”的意象出现在作品中，与其他意象并无情节关联；《奇鸟行状录》则不然，冈田亨穿墙而过产生了现实的后果（脸颊长出一块黑痣，甚至最后直接造成了反派人物绵谷升的昏迷），因此，“穿墙”是故事的有机组成部分，甚至是重要部分。《可溶化的鱼》作为超现实主义文学的一个典型文本，反映了超现实主义者在抛开意识干扰的情况下对潜意识活动进行文字实录的创作方法，如此方法与意识流小说相似，只不过更为极端，可谓“潜意识流”。而村上春树虽然也关注深层心理，但并不采用实录深层心理活动的方法，而是将之转化为故事情节，通过故事来起作用。

其次，对于“神奇”的态度，村上春树与超现实主义者们并不相同。布勒东强调“神奇”在文学作品中的重要作用，认为“神奇”颠覆了日常生活的表象，借由“神奇”我们能够进入潜意识之中。正如在观看达利的《记忆的永恒》时，画面的“神奇”使我们从理性和逻辑的框架中摆脱出来，进入一种难以言喻的心理混沌之中，超现实主义文学作品中的一系列“神奇”，都有着类似的效果。洛特雷阿蒙的诗句“一架缝纫机和雨伞在解剖台上的偶然相遇”之所以受到超现实主义者追捧，也正是因为其非逻辑的大跨度意象跳接营造了一种与日常现实迥异的“神奇”效果。村上春树作品中的非现实性因素则有着另一种形态。不同于超现实主义者故意拉开与日常生活的距离以凸显“神奇”，村上春树在处理这些非现实内容时总是淡化其“神奇”效果，力图贴近日常生活。这从村上春树作品中主人公对于这些非现实性因素的态度可见一斑:《奇鸟行状录》中，冈田亨穿越井壁后本人并未觉得有多“神奇”，而是几乎立刻就认为这是可能发生的；《海边的卡夫卡》中，田村卡夫卡也是在发现自己衣服上的血迹后不久就认为是自己杀死了千里之外的父亲，全不顾当中的不合理因素（两人千里之隔，而田村卡夫卡又不过只失去意识几个小时）；《1Q84》中，青豆也几乎是十分痛快地接受了与现实世界有着微妙差异的另一世界里的一切，认为“小小人”“空气蛹”等是可能的……台湾作家杨照指出，村上春树“小说里那些经历的奇怪程度，与主角的惫懒懵懂形成最强烈的对比”。人物的“惫懒懵懂”，使得小说中的非现实情节显得见怪不怪——切似乎本应如此。这使得村上春树作品中的非现实因素具有双重作用：一方面，非现实因素有助于将故事导向深层心理（与超现实主义相似）；另一方面，村上春树以此再现（揭示）当代社会中人的生存状态：我们的日常生活中充满了显而易见的虚拟因素，对此我们却视而不见，认为理所应当。

从以上分析也不难看出，超现实主义者口中的“现实”，主要还是现代派“向内转”后对于心理真实的探求，只不过试图将探索的触角伸向潜意识领域；而村上春树并不想要直接再现深层心理的具体内容，而是用故事的方式来探讨。村上春树所言新现实主义中的“现实”不仅包括了深层心理，也包括了当代人的现实生存状态。

（三）新现实主义与魔幻现实主义

大量非现实因素的引入，神话、传说、超现实的情节与现实的紧密结合，使得村上春树的“新现实主义”与拉美魔幻现实主义多有类似之处，因此有必要在比较的基础上加以辨析。魔幻现实主义于20世纪二三十年代在拉丁美洲发端，并于五六十年代达至高潮，在世界范围内产生影响。魔幻现实主义最引人注目的特征，就是在借鉴欧洲现代派文学的基础上，结合拉美本土的历史文化，将神话传说、奇迹梦幻等超现实的内容与拉美独特现实熔为一炉，从而使文学性与可读性都大大增强。魔幻现实主义小说中频频出现的超自然因素，很容易让人联想到村上春树作品中的非现实内容，二者“以幻求真”的方式初看也如出一辙。确实，魔幻现实主义曾对村上春树产生过某种方式的影响。

上文曾提及村上春树认为19世纪的小说是“完美的故事”，究其原因，在于19世纪小说家处理“自我”的方式，村上春树认为，19世纪正当资本主义蓬勃发展，资产阶级向心力强，寻求整个阶级的娱乐，这就是现实主义的长篇小说。而到了20世纪后，个人从集体中脱离，“自我”从自己中脱离，作家们日益纠结于这个“近代的自我”，被逼入死胡同。村上春树认为20世纪的小说家在构筑“自我”时往往从内部开始（如意识流小说），对于故事性的忽视也因此开始。而在魔幻现实主义看来，不是从内部构筑自我，而是“从外部包围”，以瑰丽的故事使自我由外向内地得以凸显。村上春树表示：“我很喜欢加西亚·马尔克斯，仔细想来，马尔克斯的小说几乎从不写自我。以南美的风土为舞台，在土著风景中，也就是在外界环境的环绕之中，人物形象浮现出来……”也即，魔幻现实主义对故事性的推崇，表现“近代的自我”的方式，给了村上春树以启发。

然而村上春树的作品却鲜少被称为魔幻现实主义。这一方面是因为，“魔幻”二字实难概括村上春树作品中的非现实因素。“魔幻现实主义”中，“魔幻”更多与古旧形态的神话传说、奇迹梦幻等因素相联系，是与传统、前现代的环境联系在一起的，而村上春树作品中屡屡出现的，却是某种当代都市神话。这自然与村上春树所处的环境有关：魔幻现实主义作家所瞩目的，是贫穷而落后的拉丁美洲历史现实，而村上春树置身其间的，却往往是现代性乃至后现代性的国际大都会。除却“魔幻”的内容不同之外，“魔幻”性质的不同在更为本质的意义上决定了村上春树与魔幻现实主义之间的差异。2004年，村上春树接受美国文学杂志《巴黎评论》的采访，记者约翰·雷提及村上春树的小说与魔幻现实主义的区别，认为魔幻现实主义的一条重要法则是不让人注意故事中离奇怪诞的成分，而在村上春树的作品中，人物常常会讨论故事中的离奇事物，以唤起读者的注意。村上春树提出这样一个比喻："你可以设想一个电影摄影棚，这里所有的东西—柱子、靠墙的书架和上面的书——都是假的道具，墙也是纸做的。在经典的魔幻现实主义作品中，这些墙和书本都是真的，而在我的小说里，如果有任何东西是假的，我会说出来，而不会假装那是真的。"与魔幻现实主义作家普遍表示作品中的魔幻因素是现实发生的态度不同（卡彭铁尔认为，"神奇随着这些原原本本记述的事件自然而然地流露出来"。马尔克斯也说："我的作品获得的最大赞美是想象力，而实际上我所有的作品中没有哪一个句子是没有现实依据的。"），村上春树乐于承认自己作品中非现实因素的虚设性，并在作品中让读者意识（感受）到。因此，村上春树作品中的非现实因素就起到某种元小说的作用，它提示读者在阅读的是一篇小说，是虚构的，其虚构性由小说中的非现实性因素可见一斑。这自然与村上春树所注意到的我们所处社会的虚拟性相联系，社会的虚拟如同小说的虚构，村上春树通过提醒读者在阅读的是一篇虚构的小说，希望读者能够以同样的眼光瞩目社会，从而发现社会的虚拟性，并在虚拟中找到真实，也即真实的自我。这也是村上春树认为马尔克斯的小说更具有传统的文学性，而自己的作品则"更加活生生、更加当代，涉及更多的后现代经验"的原因。

三、村上春树新现实主义观的背景

（一）文学思潮的演变

伟大的作家总是能够敏锐地捕捉到时代精神的变化，并以自己的作品回应这种变化。进入 21 世纪，村上春树敏锐地发觉读者对他的小说的反应发生了很大变化，这种变化之一表现在作品的销量上，《1Q84》这样"莫名其妙的故事""眨眼间就卖掉一百万册"，这让村上春树既难以置信，也意识到明确的时代精神变化："这么一想，背景中是否蕴含着时代潮流的巨大变化呢？有过现代，有过后现代，而我觉得后现代绕场一圈后，一个时代恐怕便已宣告结束了。"村上春树认为在 21 世纪所面临的，是"后现代之后"这样一种时代精神状态。

与时代精神的演变相适应，文学思潮也在不断变化。有过现代主义文学，有过后现代文学，典型的后现代文学在 20 世纪 80 年代就陷入了某种困境（以美国为例）。后现代主义文学思潮之后，新的文学思潮涌起，正如村上春树用"绕场一周"一词直觉地表述的那样，这种新的文学思潮有着某种与传统融汇的特征，是文学走到极端后的某种溯源性回归。以村上春树十分关注的文学中处理"自我"的方式为例，在现代主义文学中，过于注重自我，追求深度模式，试图表现心理真实，由内而外表现自我，等等，一系列尝试之后，后现代的时代到来了，后现代摧毁了深度模式，单一神话的破灭，不确定性的生成，使得由内而外的"自我"表达方式以成为不可能，从而使"如何处理自我"的问题回到了传统现实主义的阶段，也即以故事的方式去由外而内地"包围""自我"。

后现代主义文学试图用文学作品的形式本身去对应时代和社会的混乱无序，极度的创造性也使文学陷入某种"混乱"或"沉默"。然而文学总体上并没有因为后现代而终结，尽管后现代作品中确实存在着种种终结意识。1967 年，美国小说家约翰·巴思就写下了著名的《枯竭的文学》一文，提出文学的表现形式，或曰文学的可能性已被耗尽。然而，后现代之后，文学继续发展，巴思也在 1979 年写下《补充的文学》，对前文的观点进行修正，他提出，理想的后现代主义作小说家应该是对无论现代派还是传统现实主义，都既不简单否定也不单纯肯定，而是对多种不同写作传统采取"综合或超越"的策略。也就是说，巴思将追求文学创新的可能性锁定在了不同写作传统的"综合或超越"。而这正与村上春树采取的策略相一致。“新现实主义”也体现了文学思潮演进的方式。文学思潮的演进不是以一种思潮完全取代另一种思潮，而是在一种思潮基础上发展另一种。伊哈布·哈桑的一个比喻能够更好说明这一问题。哈桑指出，文化的历史并非一道铁幕或长城，而是“一块可以擦掉旧的字迹重写的新石板”，旧的字迹虽被擦除，却仍可以透出来，新的字迹就写在隐约透出的旧字迹之上。新现实主义就是写在传统现实主义、现代主义、后现代主义文学思潮的层层“字迹”之上的新“字迹”。

（二）村上春树对故事性的重视

村上春树对小说故事性的强调，将讲故事定义为小说的本质特征，对此本文第一章已论述颇详，这里重点讨论对故事性的追求如何影响了“新现实主义”，具体而言，是小说的故事性与村上春树作品中的非现实因素（情节）之间存在的联系。

《源氏物语》第九回《葵姬》中，源氏公子之正妻葵姬受源氏旧情人六条妃子嫉妒，孕中被六条妃子的生魂折磨，终于不治而亡。六条妃子因妒恨过深，自己的魂灵不知不觉出游于葵姬处所，以至于回过神来时，觉得“自己的衣衫熏透了葵姬枕边所焚的芥子香”，且“洗头换衣之后，香气依旧不散”。生魂离开自己的躯体而到了所恨之人身边，并最终致其死亡，这无疑是超现实的情节。然而村上春树在与心理学家河合华雄谈及这部日本伟大的“物语”作品时，认为其中的超自然因素是作为现实的一部分而存在的，对此河合集雄表示肯定。举出这个例子，并不是为了说明村上春树的迷信，事实上，村上春树当然不相信发生在现实世界中的生魂，他曾坦陈并不相信自己作品中那些超现实事件会在现实中发生，但这并不影响村上春树坚信这些非现实内容应当出现在物语（故事）中。这是因为，“一个故事可以在超越了解释的层面上表达某些东西，可以表达在一般的情境中无法解释的东西。因为一个故事表达事物的方式是不同于其他表达类型的”。故事作为一种表达事物的方式，不同于报告，不同于实录，不同于科学研究，故事在讲述或写作的过程中被赋予了虚构的特权，这种虚构的特权是故事与接受者在漫长的历史中达成一种默契。通常我们不会去追问故事中的一切是否属实，只会对故事中发生的一切是否合情合理做出自己的判断。如果沿着文学之河上溯，会发现早期的文学类型（如神话、史诗等）中充满着种种超自然的情节，俄耳浦斯下至冥府试图救出自己的妻子，吉尔伽美什试图以一株神奇的药草救回死去的挚友恩奇都，伊耶那岐命想要救回爱妻却被她的腐烂吓坏，如此等，文学从来不是建立在“解释”的基础之上的，相反，文学常通过那些无法解释的情境来传达某些意义。只是由于在文学发展的过程中，我们越来越以一种理性的眼光看待世界，解释似乎成了一项重大任务。19世纪现实主义小说就是通过文学来解释某种社会现象的典型，非现实的因素往往被拒在文学的门外。故事的虚构特权被弃置不用；这一现状要一直到后现代文学中才能得到某种改善。从江户时期《雨月物语》中可以看出，在前现代的日本，小说中的现实与非现实界限并不明确，日本现代小说只是在自然主义、写实主义的潮流影响下，界限才变得分明。村上春树正是意识到了故事这种表达事物的特殊方式，才对故事性强调再三。这与时代背景有关：后现代（及之后），人类生存的现实环境的虚幻性大大增强，与前现代时期十分相似。也正因此，复苏故事中的非现实性内容得到了广泛的认可。

自然，故事的虚构特权并不是说可以随意编造，天马行空；在村上春树看来，非现实的情节应该是在故事中自然而然发生的，并且能够表达某些东西。通常，村上春树在创作这些非现实的内容时，会以一种极为详细的笔触来描写，从而给人一种身临其境的真实感，即使荒诞如天方夜谭，村上仍能通过描写给读者一种既视感，从而建立起读者的信任，避免使人感到虚假。例如，在谈及《海边的卡夫卡》中杀父的情节时，村上春树说道：“当我在一个故事的情境中进行构思时，一切皆有可能，而且发生得非常自然。在我构思时，即使像这种千里之外杀死父亲的情节也算得这个世界上现实到自然主义的事实……”此外，村上春树作品中的非现实情节往往作用于人的深层心理，从意识层面虽然难以理解，却能借由深层心理使人有所领悟，这就又回到了本文第一节关于物语自发性的论述。村上春树所传达的，是只能经由这种包含了非现实性的、新现实主义的“物语”（故事）才能传达的内容，一种后现代（及之后）的普遍生存体验。

第五章

日本现代主义文学的风向标——芥川奖

第一节 战后恢复期的芥川奖

随着战后民主主义改革的顺利进行，日本经济与社会各项事业也在不断恢复和发展，日本文学也同样得到了发展。在战后日本文学逐步走向繁荣的同时，芥川奖也在 1949 年重新开始评奖。芥川奖以发现、推举、奖掖文学新人为己任，把一个个文学新锐推介到读者面前，对促进战后日本文学的进一步发展起到了重要作用。由于日本战后文学史上的大部分重要作家在这一阶段里相继获得了芥川奖，如井上靖、大江健三郎、石原慎太郎等，这使得芥川奖影响越来越大，逐步成了日本文坛最重要最有影响的纯文学奖项。

一、战后的日本社会与文学

1945 年 8 月 15 日，日本接受《波茨坦公告》，裕仁天皇发表广播讲话，宣布日本无条件投降，第二次世界大战以日本失败而告终。战败，对于日本整个国家来说，是一个新生的开始，同样，对于日本文学来说更是新生的开始。大部分战后日本文学史著作在描述战后日本文学发展状况时，不约而同地把战败后的文学称为一个新时代，如松原新一等人著并在中国翻译出版的《战后日本文学史·年表》的第一章《战败之初的文学状况》中的第一行字就是“新的时代启幕”。战后日本文学也的确发生极为深刻的变化，反动的法西斯文学退出了文坛，表现民主主义思想的新文学诞生了，日本文学进入了一个新的繁荣时期。

随着战后民主主义改革的开始，曾遭受法西斯军国主义专制统治的新闻与文化艺术领域逐渐恢复了生气。战后日本新文学的诞生是伴随着一系列文学期刊的创刊和复刊而出现的。1945 年 10 月，《光》杂志创刊，11 月，《新生》杂志创刊。《新生》杂志第二期的编后记这样写道："创刊号获得了绝大部分人的支持。这个具体数字，恐怕是我国综合性杂志所具有的空前最高纪录。"这说明日本国民迫切需求新思想内容的文化读物。紧接着，《文艺》《文学》《新潮》《文艺春秋》等杂志也相继复刊。年底，对战后日本文学发展产生过巨大影响的《近代文学》杂志创刊。1946 年，《人间》《东北文学》《思潮》《新日本文学》《文明》《黄蜂》《世代》《艺术》《纯朴》《高原》《群像》等文艺杂志，以及《世界》《展望》《思索》《文化评论》等综合性杂志也先后创刊。同时，《改造》《中央公论》《新小说》《新文学》《三田文学》《四季》《批评》等杂志也纷纷复刊，整个日本杂志出版界呈现出一片充满活力的复兴景象。文学杂志的兴旺，为战后日本文学迅速走向繁荣奠定了基础。"如果没有杂志界的这种活跃气氛，战后日本文学也就无法起步。"

战后日本文学就这样起步了。"战后日本文学的第一步是由替这些杂志写稿的所谓著名老作家的作品迈出的——志贺直哉的《灰色的月亮》（昭和二十一年一月《世界》），正宗白鸟的《战难者的悲哀》（昭和二十一年一月《新生》），永井荷风的《舞女》（昭和二十一年一月《展望》）、《勋章》（昭和二十一年一月《新生》）和《浮沉》（昭和二十一年一月至六月《中央公论》）。"这些作品与战后新时代所要求的主题虽然存在着距离，但和战时那些迎合、鼓吹侵略战争的作品相比已有天壤之别。在这些老作家的带动下，战后日本文学开始走向新时代。1946 年 3 月，新日本文学会的机关刊物《新日本文学》创刊。中野重治在《新日本文学发刊词》中说："必须尽快把国家的文学中心据点让有志于搞文学的人们知道，必须尽快地号召战时被迫保持沉默的作家们：'冲吧，冲破障碍！'

必须尽快明确地对那些在战时响应了政府和军阀以强制和阴谋手段发布的动员，现在因内疚而自责、迟迟不想重新活动的作家们说：‘重新振作起来，这是可能的，也是可贵的！’”，这期创刊试刊号上还发表了宫本百合子的文章《歌声哟，响起来吧——新日本文学的由来》，“这篇划时代的评论不失为宣告战后民主主义文学诞生的第一声”。随后，平野谦、本多秋五、荒正人等七位文艺评论家创办了同人杂志《近代文学》，积极宣扬民主主义文学思想。在这两家杂志的领导下，战后日本新文学运动开始了。

战后日本新文学是以民主主义文学运动为开始的。民主主义文学在创作方面出现了一大批有影响的作品，如有宫本百合子的小说《知风草》《播州平野》，德永直的小说《妻啊，安息吧》，野间宏的作品《阴暗的图画》《脸上的红月亮》，中野重治的小说《五勺酒》，金达寿的小说《玄海滩》等。这些小说对侵略战争进行了批判反省，表现了战争给日本国民造成的严重伤害。

面对战败的社会现实，固有的传统社会价值观、道德观统统被打破了，旧有的秩序和权威体系崩溃了，新的权威和秩序尚未确立，许多人惶惑不安、茫然失措。这种社会心理现实促成了无赖派文学的产生。无赖派文学是在民主主义文学发展的同时出现的一个以自虐姿态对战后社会现实进行批判的文学派别。因为这些作家具有的自嘲态度、戏谑手法与明治时期的“戏做派”文学有相通之处，所以也被称作“新戏做派”。这一派别的代表作家有坂口安吾、织田作之助、太宰治、田中英光、石川淳、石上玄一郎等。他们是以堕落的态度来反抗和批判社会与审视传统道德的。

具有鲜明战后社会特点的文学流派是“战后派”文学。这个派别是在“近代文学派”的基础上发展而来的，也可以说，战后派的创作宗旨与《近代文学》杂志的主张是相一致的。1946 年 4~10 月，野间宏发表了中篇小说《阴暗的图画》。这部作品体现了一种新的战后时代特质。随后，大量追随作品不断涌现，主要有梅崎春生的

《樱岛》、椎名麟三的《深夜的酒宴》、中村真一郎的《在死的阴影下》、填谷雄高的《亡魂》、武田泰淳的《审判》等作品，这些作家也被称为“第一批战后派”。后来，《近代文学》杂志成了战后派文学的主阵地。此后，又有许多新的作家加入这个队伍，创作出大量反映战争、反映战后社会现实，具有新时代精神内涵的优秀作品，进一步发展了战后派文学。这些作家主要有三岛由纪夫、大冈升平、安部公房、堀田善卫等人，他们被称为“第二批战后派”代表作家。在芥川奖中断的四年，正是第一批战后派活跃于文坛的时期，到了芥川奖恢复时，都已经属于成名作家，因此失去了评奖的资格。第二批战后派的作家正好赶上了这个时机。需要提及的是，三岛由纪夫虽属第二次战后派作家，但是他年少得志，过早在文坛上显露出非凡的才华，到了芥川奖恢复之际，也不再是新人作家，遗憾地同芥川奖失之交臂。除了三岛之外的其他第二批战后派作家同“第三新人”一道，在昭和二十年后半期开始历时 30 年间，成为芥川奖的一道亮丽风景。

随后出现的另一个重要文学流派是“第三新人”派。这个派别出现在 20 世纪 50 年代，由于朝鲜战争的影响，日本社会发生了很大变化。文学创作内容也开始变化，文学主题从批判战争向反映日常社会生活过渡。在第二批战后派作家出现之后，在年龄层上属于“战中派”，即战败时年龄是 20 几岁的一批新人作家，有安冈章太郎、吉行淳之介、小岛信夫、庄野润三等登上了文坛。由于战争的影响，他们普遍出道得比较晚。他们的创作与战后派作家有了明显不同，在昭和二十年登场的“战后派”作家们，大体上都持有社会变革的思想及问题意识。与此相对，“第三新人”的作品中很难找到向观念方面的倾斜。正因为如此，安部公房、堀田善卫之后的芥川奖，更容易被世人接受。因此，“第三新人”派的主要作家几乎都获得过芥川奖。正是由于芥川奖的推介，“第三新人”作家很快受到了人们的重视。

20世纪50年代末，随着日本社会的变革，战争的记忆逐渐淡化，人们遇到了经济与社会发展带来的新问题，人们的观念及心理也开始发生了变化，日本文学也同样发生了深刻变化，一批新的作家走上文坛，即“战后一代”作家，被称为“太阳族”文学。他们不再感受战争伤痛，而是表现和平生活状态下的日本国民心理世界。主要作品有石原慎太郎的《太阳的季节》、开高健的《皇帝的新装》《恐慌》《夏天的黑暗》、大江健三郎的《奇妙的工作》《死者的奢华》《万延元年的足球队》等。这些作家也得到了芥川奖的青睐，先后都获得过芥川奖。芥川奖适应了这种新发展，比较准确及时地把一批能够体现新时代文学发展方向的作家推介给了广大读者。

二、恢复期的芥川奖及其发展轨迹

（一）芥川奖的恢复期（1949—1960年）

战后，随着民主主义改革的进行，日本文学获得了新生，逐步走向繁荣。在这种背景下，芥川奖的主办者顺应历史潮流，以新时代的民主主义思想为主导，以推动日本文学发展繁荣为己任，决定从1949年起恢复芥川奖的评奖工作。

芥川奖主办者首先组织了新的评奖委员会。由下列知名作家组成：川端康成、佐藤春夫、淹井孝作、宇野浩二、岸田国土、石川达三、坂口安吾、丹羽文雄、舟桥圣一。从名单上可以看出，曾经是法西斯军国主义鼓吹者的火野苇平、片冈铁兵等战争时期的评奖委员被清出了评奖委员会。

1949年上半年的第21届芥川奖评选在经过四年的停办后重新恢复。恢复后的芥川奖同之前的芥川奖相比，可以看出对优秀作品的界定标准发生了一些变化，作品的题材更加宽泛，创作的视角更加趋向大众化。这届的获奖作品是小谷刚的小说《确证》和由起茂子的小说《书的故事》。紧接着，1949年下半年的第22届芥川奖评选也如期进行，著名作家井上靖的小说《斗牛》获奖。此后，芥川奖的评选进入了正常轨道，在日本文坛的影响也越来越大。

20世纪50年代初，芥川奖将“第三新人作家”安冈章太郎、吉行淳之介、小岛信夫、庄野润三等推介到文坛上。文学批评家服部达将“第三新人”概括为“劣等生·小残废者·市民”。“他们一方面过着市民生活，一方面却是社会通识下的局外人。”（昭和三十年九月《文学界》）。

20世纪50年代末60年代初，随着社会和人们思想观念的变革，战后日本文学也进入了一个新时期。这时的日本文坛又出现了一批与“第三新人”的创作明显不同的作家，这就是“战后一代”作家。这批作家的出现反映了日本国民的心态已逐步由感受战争的创伤疼痛向和平时期的日常生活过渡。这一派的主要作家作品有石原慎太郎的中篇小说《太阳的季节》，大江健三郎的《奇妙的工作》（1957年）、《死者的奢华》（1957年）、《万延元年的足球队》（1967年），开高健的系列小说，柴田翔的《然而，我们的口子》（1963年），高桥和巳的《忧郁的党派》（1965年），江藤淳的评论《夏目漱石》（1955年）等。同“第三新人”比较，他们显示出这样的特征：其一，他们的资质没有被刻上“个性”的烙印；其二，小说的世界没有固有的明晰的轮廓；其三，没有单纯、彻底的原型。还有一点，就是作家的创作手法日趋西方化以及在创作内容上危机与不安的主题。

石原慎太郎的《太阳的季节》是最早出现的带有“战后一代”文学特征的作品。作品表现了失去信仰的日本青年应该怎么办的问题。由这部小说引发的“太阳族”文学对日本现当代文学的发展产生了重要影响。从昭和十年代（1935—1944）芥川奖初创到石原慎太郎的《太阳的季节》，芥川奖尽管成为报纸的文化面的新闻，也尚未成为社会面的新闻。芥川奖还隐藏在社会表层下，还是潜势力。《太阳的季节》以后，芥川奖的话题扩展到社会面，获奖作家被媒体追逐、作品的单行本成为最畅销小说，为读书界带来了一定的生气和新倾向。在社会影响方面，没有明确的测定方法，但是芥川奖社会性的扩大是不争的事实。

开高健也是“战后一代”的代表作家之一。他的一系列小说表现战后社会人们的焦虑与恐慌。大江健三郎是日本当代文学的代表性作家。他的小说《饲育》获得了芥川奖。大江健三郎以其独特的文学风格荣获了1994年度的诺贝尔文学奖。这是继1968年川端康成获得该奖以来日本第二位获此殊荣的作家。

（二）芥川奖文学的战后

从1949年上半年的第21届到1960年下半年的第44届，芥川奖在战后日本社会与文学不断发展的背景下，共进行了24次评奖，有22位作家的24篇作品获奖。这些获奖作品的主题大体上分为三类：一是反思战争的残酷及给人们造成的苦难，二是表现战后日本人艰难的生存状况，三是表现日本经济与社会发展后出现的新问题。

第21届（1949年）获奖作品是小谷刚的《确证》和由起茂子的《书的故事》。这两部小说作为芥川奖小说恢复后的第一次获奖，具有非同寻常的意义。《书的故事》是一部源于作者自身体验的现实主义小说，评委们认为，这篇小说扎实却有些保守。而小谷刚的《确证》，尽管显示了富有野心的新倾向，但还欠缺文学上的成熟。《确证》讲述了一名开诊所的医生和三个女人的故事。作品旨在表现人如果只专注于肉体，试图用性来证明情感，只会让肉体变得空洞而麻木。在当时被看作是背离道德的主人公的行动和性描写，随着历史的推移，如今已经变得可以理解和接受。曾经遭禁压的性，也随着田村太次郎的《肉体之门》等小说的登场渐渐被解放出来。《书的故事》中，主人公“我”得知在大学教书的姐夫去世，赶去看望一直生病的姐姐。姐姐靠着变卖家产活着，或许有一天家产卖完了姐姐就会死去吧。“我”觉得帮助姐姐变卖家产是一种责任。家中剩下的财产是姐夫遗留的六百余册的书籍。“我”在卖书的过程中经历了人情冷暖和各种困难。最后，疲于世俗之事的“我”决定写童话，用和现实对立的纯美的世界来慰藉心灵。小说发表的1949年，正是日本大学起步的时期。大学教育的普及无疑是一大进步，然而其代价就是，像小说中的姐夫那样默默地从事学问研究，甘心忍受孤独的闪光心灵的消逝。随着文学的世代交替，那种文人之志已如隔岸的传说般触不可及。这篇小说还体现了昭和前期和后期私小说的不同：前期是作家作为反社会的存在来写作，后期则是作家将自己作为社会的一分子进行创作。这种“开放型小说”是在时代的要求下产生的，它的出现反映了日本私小说的变质及作家意识的变化，是日本文学的一种新变化。中村真一郎评价说：“这个作家脱离了近代日本作家的普遍意识，更贴近普通的社会人，因而在现代文坛上占有特殊的地位。”。

第22届（1949年）获奖作品是井上靖的小说《斗牛》。这篇小说以《大阪新晚报》社举办的斗牛比赛为背景，深刻反映了战后初期日本社会的真实状况和人们的心理现实。关于这篇小说，评委们的评选角度各不相同。比如说，是从小说引人入胜的情节出发，还是将它的主线看作是爱情的发展。小说中的人物的行动，似乎也有作者按照自己的想法去安排之嫌，如同棋盘布局中的棋子一样。然而不管如何，对于这部小说的获奖，评委们都认为是当之无愧。

第23届（1950年）获奖作品是迁亮一的小说《异乡人》。作品描写了战后滞留在中国的主人公诚实能干，得到中国人的支持，却深受丑恶的日本同胞的迫害。小说表现出对日本伪共产党的否定。芥川奖小说经常反映一些时代的社会问题，不论是在战后士兵复员的话题，还是涉及日本遗孤的回国、苏联扣留者的返还等主题，如第24届的候补作品高杉一郎《极光的背后》，长谷川四郎的《西伯利亚的故事》等。作品中的“木枯国共产党”指的是中国共产党，小说中坦率地讲述了在一个非政治性的日本人眼中，这种意识形态的现实意义。当时，正值共产圈的自由问题受到关注的时期。

第25届（1951年）获奖作品是石川利光的《春草》和安部公房的《墙壁—卡尔玛氏的犯罪》。小说《春草》是关于战败归还者的问题。描写了主人公“我”从战场上归来，发现妻子和继父不伦，母亲自杀。“我”借住在朋友家，并同朋友妻子睡觉。“我”对所有一切都无感觉、无感动，觉得无论做什么到头来都是空。小说表现了人们战败后的虚无感和内心的崩溃，暗示了日本人要继续前行就必须重获新生。《墙壁—卡尔玛氏的犯罪》是初期安部公房作品中变形记系列的代表作。这篇小说定位于主人公遗失姓名后发生的剧情，这种异想天开式的描写，构筑了安部公房文学世界的原型。作者在后期创作的同系列作品《砂女》，同卡夫卡的《变形记》《城堡》等作品一道，被誉为现代主义的经典作品。在这一点上，也再一次验证了芥川奖在挖掘新人方面做出的努力。这部小说的当选，也说明了芥川奖小说尝试着在写作范围上的扩大化。这部小说至今为止累计销量达到了130余万部，是芥川奖小说中最畅销的作品之一。

第26届（1951年）获奖作品是堀田善卫的《广场的孤独》和《汉奸》。这两部小说同时代也是密不可分的。1951年，政治组织同个人之间的关系成为知识分子的关注话题。堀田善卫在中国迎来了战败这一点，也可以上升为亚洲和日本的关系问题。小说《汉奸》描写了战后上海的日本国际文化振兴会被国民党征用。振兴会的安德雷在上海出生，学了口语，通晓诗学，被当成汉奸没收财产，服役一年半，剥夺公民权一年半。而日本人匹田、大岛等人开了个书屋，生意非常红火。小说反映出政治斗争的可怕。这部小说继承了武田泰淳和竹内好关于中国的认识，并将其小说化。《广场的孤独》反映了朝鲜战争爆发后日本知识分子的迷茫。小说的主人公设定为通讯社内部，围绕着国际情报的处理，挑战了现代科技的前沿部分。小说获奖正是1951年9月的靖和条约到1952年占领结束期间。通过单独靖和，日本国民开始意识到日本已成为国际世界的一员。这部小说中的国际认识，正是基于日本知识分子的思考，反映了当时的日本正慢慢地将目光移向世界的时代气息。

第28届（1952年）获奖作品是五味康裕的《失神》和松本清张的《某〈小仓日记〉传》。《失神》是战后芥川奖获奖小说中的第一部时代小说。作者后成为大众文学领域中剑豪文学的代表人物。这部小说描写了剑客精神，将战前的武侠小说加以改良，加入了真实性元素。《某〈小仓日记〉传》叙述了残疾人田上耕作将寻找森鸥外失踪的手稿《小仓日记》作为自己的事业，历尽艰辛，直到病死。这部小说本是大众文学奖直木奖的候选作，评委们认为它更具有纯文学的特质，于是被推介给芥川奖。芥川奖评委坂口安吾独具慧眼，从这篇小说中看到了松本清张在推理小说方面的才能，鼓励他从这个角度出发从事创作。此次获奖，将松本清张从一个饱受生活艰辛困扰的普通印刷工人变身为职业作家，成就了日后日本社会派推理小说的第一代宗师。平野谦则从这部小说中发现了战前无产阶级文学创作的发展延续，由此引起文坛一部分人的反驳，并引发了日本近现当代文学批评史上著名的“纯文学”论争。大正以来，人们一直认为，纯文学大体上是“私小说”的代名词，大众小说完全就是娱乐小说，随着时代的变迁，这种根深蒂固的划分方法已经不能适应文学发展的潮流，还成为纯文学发展的羁绊。在这种背景下，这两部小说的获奖，极大地动摇了纯文学和大众文学的理念。首先以横光利一的《纯粹小说论》、小林秀雄的《私小说论》等评论的方式提出了要拔掉二者的根基，纠正纯文学的封闭性的观点。其后，纯文学作家通过创作新闻小说来接触广大读者。同时，通过战后《小说新潮》的创刊，“中间小说”——介于纯文学和大众文学之间的新兴文学领域，被广泛推广，并迅速普及开来。至此，芥川奖和直木奖的界限也变得模糊起来。

第29届（1953年）获奖作品是安冈章太郎的《坏伙伴》和《阴郁的乐趣》。安冈章太郎在连续两次提名芥川奖候补之后，终于摘到了芥川奖的桂冠。小说《坏伙伴》是反映由“七·七事变”到“日美战争”时期日本高中生的生活状态的作品。这里的高中生的一些不良行为，正是战争时期的特殊表现。主人公——读高中的“我”结识了坏伙伴藤井。“我”开始崇拜藤井，跟着他逃学、到饭馆吃了饭不给钱就跑，偷东西等。后来，“我”的好友仓田也迷上了藤井，跟藤井的关系比我还近，“我”觉得自己被抛弃了。小说最后，藤井和仓田由于继续逃学做坏事而受到了惩罚，而此时的“我”觉得自己背叛了藤井。这种强装成加害者的受害人意识，是安冈文学的特点之一。安冈章太郎的另一篇获奖小说《阴郁的乐趣》讲述了主人公“我”由于在服兵役时背部伤口恶化，到 7 年后的今天还在享受着每个月 2000 日元的补贴。在去横滨政府的灾害赔偿科取钱时，总有个 18 岁左右的少女一直凝视着我，让我感到一种难以忍受的侮辱。“我”注意到不知从什么时候起，自己在暗中盼望着体味这种屈辱感，一种阴郁的快感。于是，在餐馆门前，“我”故意贴近看似很幸福的外国人一家，趁父母不注意时斜眼瞪着小孩，让他恐惧，从中体味陷入自我厌恶的快感。就这样，在街上闲逛成了“我”每天必做的事情。有一次，去政府时没有见到那个少女，那天还比平时多给了 1000 日元，本想要尽情奢侈一把，可是到了餐馆却怎么都无法进去，没钱时悠悠闲逛，可是有了钱却觉得要被拒绝似的。在“我”嚼着大饼时突然瞥见那个在政府赔偿科遇见的少女，“我”便慌张地飞奔出来。没地方可去，就到了擦皮鞋的老太太那儿，将半年没擦的皮鞋擦亮，带着一天的喜悦回家了。安冈章太郎的战后，正是作为军人的父亲失去存在的理由的时期。当时，在战争中负伤的军人可以到政府的窗口领取救助金。尽管这是正当的报酬，但是在领钱的那一瞬间，总会感到异常窘迫。安冈章太郎从弱者的角度出发，将战败带来的影响同自己对时代的感觉不加雕琢地传递出来。江藤淳在《成熟与丧失》中说：尽管人们将第一次战后派和“第三新人”的差异比作“左翼大学生”和“不良中学生”之间的差异。可是，时代首先站在前者的立场上进行战争批判，然后从后者的观点捕捉社会的各种画面，找到新鲜的切入口。“第三新人”的登场，对于在文学中寻求问题意识的青年读者来说，会理解为文学的保守化，是朝鲜战争带来的“特需景气”下产生的社会安定的产物。然而，“第三新人”从不被外部的政治、社会现象所束缚，他们执着于自己的感觉所确定的狭小空间，这一点同旧文坛的文学意识有着共通之处。可以说，没有对“私小说”遗产的继承，就没有安冈文学；没有对“文士”精神的继承，也就没有吉行淳之介文学中孤立的性格。安冈章太郎的获奖，标志着“第三新人”正式登上了文坛，在他之后的连续几届芥川奖，都成了“第三新人”的颁奖台。

第 29 届的芥川奖候补作品有小田仁二郎《伞神》、杉森久英的《猿》、伊藤桂一的《黄土的牡丹》、庄野润三的《恋文》《丧服》、和田芳惠的《尘中》、结城信一的《大方之文》以及丰田三郎的《喜欢的图画》和石滨恒夫的《蓝色的阿普索口》。这些候补作家们在日本文坛上都有很突出的表现。以《触手》成名的小田仁二郎，被杉森久英誉为“天才和狂人之间”。伊藤桂一的《萤河》获得了直木奖。和田芳惠在 1931 年和本次先后获得两次芥川奖候补，包括获奖作品的单行本《尘中》，在 1958 年却获得了直木奖。她在晚年的诸多作品，也获得了很高的评价。结城信一的《萤草》在 1941 年获得芥川奖候补，一时间被归于“第三新人”之中，不久就以《空中的小道》获得日本文学大奖。以上事例再次印证了芥川奖在优秀作品选拔上的眼光。

第 31 届（1954）获奖作品是吉行淳之介的小说《骤雨》及其他。作者以妓女为对象的初期作品之一的《骤雨》，看似战后极为兴盛的肉体文学的一种，然而，肉体文学通常是描写同社会秩序对立的肉体和性，在吉行文学中，却呈现出同一般的性文学不同的独特之处。《骤雨》中，主人公为了避免自己同女性的关系脱离游戏阶段，于是用厚重的铠甲套住自己的心。妓女街被解读为保持平衡、维护精神上的卫生的最恰当的场所。在保持自我意识的同时，还有着要打破平衡的欲求。这种平衡上的破绽衍生出作品的剧情。作者以这种独特的方式将性意识抽象化，这种创作倾向，在其后的《沙上的植物群》《暗室》等作品中有着更为成熟的表现。

第32届（1954年）获奖作品是小岛信夫的《美国学校》和庄野润三的《游泳池畔小景》。小说《美国学校》表现了美军占领下的日本国民的心理。美军的占领启动了日本的战后，然而涉及美军占领下主题的作品却很晚才出现在日本文坛。描写战后风俗以及描写占领军的作品虽然出现过几篇，但是第一部成功地表现出美国给日本民族带来的自卑感的文学作品，当属小岛信夫的这篇《美国学校》。小说讲述了一群去参观占领军的教育设施的日本人英语教师，有的人夸张地在美国人面前卖弄自己的英语，有的人则感到无所适从。从后者的悲哀中可以读出战后日本的悲哀。在战争中被看作是敌国语言的英语一度遭到了蔑视，而如今在美军的占领下，以胜利者姿态复活的英语备受崇尚，甚至成为衡量新时代精英族的标准。《游泳池畔小景》叙述了工作十五年的工薪族丈夫被迫辞职后，在妻子眼中，以往安定的日常生活、工作突然间都变成了架空的契约，妻子甚至不断猜想着丈夫外遇之类的事情。小说反映了生活中的种种矛盾，显示了“第三新人”家庭小说的主题深化。

第33届（1955年）获奖作品是远藤周作的小说《白种人》。作品以法西斯侵占下的法国为背景，主人公是一个斜视的性异常者。这是一篇探索基督教教义中数不胜数的人性“恶”的问题，是作为基督教徒的作者对宗教的思考。另一方面，作者真正关心的是在文化方面，从“白种人”的视角出发，来看日本人存在的问题。譬如在日本文坛上难以扎根的文学和宗教的统一以及和战争的关联问题等。在远藤周作此后的许多作品中，都表现出对这些问题的思考，并阐释得更为纯熟。

第34届（1955年）获奖作品是石原慎太郎的中篇小说《太阳的季节》。石原慎太郎以反叛的姿态出现在日本文坛上，他的这篇青春小说掀起了“太阳族”文学热潮。小说反映了现代社会发展中日本新一代年轻人的思想和行为，失去了社会性目标的青春时代，恣意放纵自己的冲动和热情。评审们绕开这部小说的艺术价值，将目光投向了小说的时代性。有人质疑，从这篇小说开始芥川奖的性格将要发生变化，偏重商业效益，炒作社会话题。也有人质疑这部小说的社会价值，认为小说一味地颓废、低俗的思想会因为摘到最高纯文学奖的桂冠而对社会产生不利的影响。对这部小说褒贬不一的评价，再经过媒体的炒作，本次评奖引起了极大的轰动，小说当年的销量就达到了 20 多万册，成为年度最畅销的小说。石原慎太郎也由此变为英雄般的人物，社会上出现了“太阳族”这一流行语，用来称呼当时颓废的一代年轻人。这次评奖，被认为是战后芥川奖具有划时代意义的一次获奖。从思想意识上看，文学创作脱离了自夏目漱石的《心》所代表的知识分子的自我确认，而《太阳的季节》则是日本年轻一代在身体上的自我确认，不是靠思想，而是靠身体行为来确认自己的“生”，根本不去思考后果如何、是否后悔等。主人公在拳击时的个人英雄主义，正体现了当时对美国文化的接受程度。题目所标注的“太阳”，带有多重含义，除上述的含义之外，还有日本之意。从中可以看出，这部小说具有一定的野心。这部小说的划时代意义还体现在商业性方面，是芥川奖正式被媒体所重视，大幅度提升了芥川奖知名度的大事件。从 1995 年第 114 届开始出任芥川奖评委的石原慎太郎，在该奖目前的评委会中属资历最深者。在 2012 年 1 月 18 日，石原本人准备辞去芥川奖评委时这样说道:“日本现代著名作家高见顺经常说，对作家而言，最重要的是与时代同眠。像我这样的人，就与时代同床共枕，为自己的青春与战后日本的青春重叠在一起而感到庆幸。”石原慎太郎自 1999 年起连续 12 年担任东京都知事，是日本有名的极右翼保守派政治家。2012 年 4 月 10 日，78 岁的石原慎太郎第 4 次当选日本东京都知事。在石原的心目中，“好的作家”应该像已故的高桥和巳那样热烈拥抱时代，用“高密度的文体”写出尖锐揭示社会问题的作品。石原慎太郎称，自出道开始，比起小说的艺术性，他更加注重小说的时代性。此番话是否可以理解为石原慎太郎在为自己的文学修养、艺术造诣的亏缺寻找托词，或是继承了他一贯的作风，不管是对是错，只要是固有的就一定要颠覆的永不安分的性格所致呢？因为作为纯文学奖项的芥川奖，艺术性是其不可撼动的根基，很难想象只追求时代感的作家会在芥川奖中存在了近50年的时间。不管怎样，《太阳的季节》在芥川奖文学史上具有划时代的意义，在未来恐怕也将长留史册。

第35届（1956年）获奖作品是近藤启太郎的小说《海人舟》。虽然都是描写大海的作品，近藤的小说显得坚实有力，充满着现实感。似乎是在校正《太阳的季节》引起的文坛崩溃问题。这里描写的是以大海为工作场所的生活者们，和驾驭帆船的青年们是完全不同的光景。近藤关于大海的描写，即使现在读来也不失新鲜感。芥川奖在传统艺术和时代新风的文学作品之间摇曳前行。

第37届（1957年）获奖作品是菊村到的小说《硫磺岛》。主人公片桐是一个深受战争创伤的老兵。他认为自己在战争中误杀了两名同胞，心中难以承载沉重的战争责任，重返硫磺岛自杀。回顾战后的战争文学，在昭和二十年代战后派作家辈出，到了“第三新人”，通过日常生活来捕捉战争，展现了不同的风貌。而到了昭和三十二年的《硫磺岛》，则宣告了战中派战争文学新一期的到来。小说从新闻记者的视点出发，追溯硫磺岛集体自杀时幸存士兵的记忆来再现战争。这种描写战争的手法新颖独特，片桐自杀的背后，是战争带来的心理创痕。小说获奖的前一年，正是村上兵卫的评论《战争派是这样想的》成为报纸杂志的热点话题而作为新人的吉本隆明的发言甚为活跃的时期。

第38届（1957年）获奖作品是开高健的《皇帝的新装》。小说通过儿童的天真天性被利欲熏心的大人抹杀的故事，对现代一味追逐利益的成人社会进行了深刻的批判。同大江健三郎一道，被誉为文学新时期的象征与代表。

第 39 届（1958）获奖作品是大江健三郎的小说《饲育》。当时的大江健三郎还是东京大学法语专业的一名学生，这名年仅 23 岁的学生作家，因为作品中新鲜的感受性和崭新的文体而获得高度的赞赏。1957 年，他以作品《死者的奢华》入围芥川奖候补作品，仅以一票之差败给了开高健。《饲育》这篇作品描写了在战争期间山村里的一群儿童看护美军黑人俘虏的故事，表现了大江健三郎的少儿战争体验主题。作家以自己的家乡、战争时代偏僻的小山村这一朴实而鲜活的形象为原型，通过《掐去病芽，勒死坏种》《万延元年的足球队》等诸多作品，成功地将这一原型塑造成独特的“想象力的世界”。大江通过这个世界，担负起把战争与现实世界相连的历史使命，成为新世代的巅峰人物，并于 1994 年获得了诺贝尔文学奖。

第 41 届（1959）获奖作品是斯波四郎的小说《山塔》。在开高健和大江健三郎被推上芥川奖之后的一小段时期，即一个大的高潮之后的回落期，大体上获奖作品都带有质朴的风格。《山塔》叙述了一个病愈后的银行职员回家乡寻找生命本源的故事。主人公在家乡爱上一个离了五次婚、带着五个同母异父孩子的女人静子，陷入了麻烦的境地。之后，他终于觉醒，明白了越是努力想同别人站在同一高度，越会搞得自己不像自己，只有心安理得地接受现实，明确自己在生活中的位置，才能活得踏实。他最后决定重返东京。正如中村光夫所评价的：“从那里展开的世界中，能够让人清楚地看到作者的东西。”这正是该小说的突出之处。

第 43 届（1960）获奖作品是北杜夫的小说《在夜与雾的角落》。作品描述了在纳粹精神病院中，患者和医生的境况。小说通过精神病患者同安乐死作战的历史事实及医生们同纳粹的斗争，表现了纳粹的残忍和人们的斗争精神，也表现出了社会对精神病患者的偏见。当时作为精神科医生的北杜夫，将自己的职业知识活用到了作品中，为他的创作手法带来了宽泛的社会性，形成了格调很高的叙事诗式的散文。这种创作手法在后期的名作《楡家的人们》中变得更为成熟。

第44届（1960）获奖作品是三浦哲郎的小说《忍川》。在上一届《在夜与雾的角落》获奖时，有一位备受关注的候补作家，《党派》的作者仓桥由美子。她是一位学生作家，创作手法独特新颖，被媒体赞为比大江健三郎更年轻的女性作家。同有吉佐和子、曾野绫子一道，被誉为“三大才女”。不过，本届中她的候补作品《夏天的结束》却没有得到评选委员会的有力支持，获奖作品赠予了《忍川》。这是一部表现作家三浦哲郎和妻子相爱结婚主题的优美抒情的私小说。这种略显传统的坚实手法以及完美的结局，可以说在一味追求前卫的手法显出疲劳之际，带给人一种平和、放松的气氛。

从这些获奖作品可以看出，战后恢复期的芥川奖作品从性、暴力、国际化、家庭、宗教与文学以及战争的反省等多重角度进行创作，在纯文学的方法及现代主义的创作方法上都取得了新的发展。同时，呈现出在传统与创新中摇曳前行的个性特征。每当出现了创新之后，就会出现与之保持平衡的传统型作品。这一时期，芥川奖占据了文坛乃至社会上的最高地位，获得了从艺术性到商业性的双丰收。此外，正是由于这一时期芥川奖及时准确地奖掖了日本文学中尚未成名的青年作家、作品，才使井上靖、大江健三郎等作家在获奖之后迅速成长起来，很快成为日本现当代文学史上的领军人物，对促进日本现当代文学的发展发挥了巨大作用。

第二节　经济腾飞背景下的芥川奖

一、激烈变动的时代与文学

20 世纪 70 年代，随着日本社会经济的高速发展，日本文坛出现了以古井由吉、黑井千次等为代表被称为“内向的一代”的作家。“内向的一代”作家所注重的是探讨在社会高速发展的背后，“生”的意义是什么，人的内心世界的细微变化是怎样的。面对这种创作倾向，小田切秀雄指责道：“净往自己和个人内部钻，这就是现当代文学随便逃避现实的严重性。”“最近引人注目的新进作家、评论家们，除了少数例外，都只想在自己个人的范围里，寻找自己作品的真实反映，他们成了脱离意识形态的内向性文学的世代，形成了一股现代潮流。”小田还指出了“内向的一代”作家们的两个特点（即缺点）：一是看不出他们在敏锐地、积极地关心社会上的现实；二是他们可能陷入了轻薄的虚无主义之中，他们致力于追求自己的内心及日常生活中的不安和不现实的东西。当然，对于这种指责，“内向的一代”作家们给予了否定的回答。实际上，“内向的一代”作家所具有的特点是与时代发展相适应的。第一，“内向的一代”作家与小田等传统评论家没有共同语言，他们所理解的“社会”概念不同；第二，新作家们把“非现实的世界”搬进了日常里，他们使用了超现实主义的手法，这是传统的现实主义评论家们不能理解的；第三，新作家们描写的是在现实主义作家们看来毫无意义的独自一人所处的城市生活；第四，“内向的一代”作家描写的是“无意义的人，在无意义的场所，过着无意义的生活”之类的沙粒般的生存形态。从这些特征来看，“内向的一代”是属于地道的现代主义文学。

“内向的一代”的出现，反映了日本现代社会中人们精神上的迷惘、彷徨和探索。这一派别的主要作家有古井由吉、黑井千次、小川国夫、后藤明生、阿部昭等人。他们的存在方式、小说的形式、创作方法等，在文学的各方面都是对战后长期持续的既成体制的瓦解，新的作家们投入到完全未知的状况中，在捕捉“现代”的过程中迷走。芥川奖评审现场上经常传来“不知道小说在描写什么，作者为什么特意要写这篇小说”这样的声音。“难以理解的小说”引起了评委们的不安，甚至导致了评委石川达三的辞任。“文学在面临着新的变动，正在动摇着评审的标准。”面对这种情况，中村真一郎、井上光晴等人及时做出了反应，调整了方向。

古井由吉是“内向的一代”的代表作家。他的创作象征了日本文学在20世纪70年代的又一次质的转变。他的小说《杳子》（1970年）与战败后不久野间宏的《阴暗的图画》一样，刚发表时不为人理解，但都标志着日本文学的深刻变化。

古井由吉的处女作《星期四》发表于1968年。作品中的主人公因在星期四曾遭过难，所以他每到星期四这一天就要出现周期性的空白意识和丧失感。作家所要表现的是：人只有在生死界限不清、生死相互渗透、生随时都有可能转化为死的情境中，才能体会到“生的本质”。《带头兽的故事》（1968年）则表现了现代社会中斗争的困难性。《围成圆圈的女人》（1969年）以精神分析手法描写了主人公在看到女子围成圆阵后产生的意识上的错觉。从这些作品中可以看出，古井由吉的小说大都从平凡的日常生活中截取一个片段进行描写。这些片段有写实，却很模糊，有思想，却又不清晰。观念与形象交织在一起。这种特点终于在1970年发表的获得芥川奖的《杳子》中得到了充分体现。这篇作品显示出新型小说的魅力。小说在以“杳子独自坐在深谷里”开篇的第一章里，暗示了静止、孤立的现代意识，同时描写了一个有神经性病症的年轻美貌的女人杳子的微妙的内心世界。作品通过对杳子与大学生 S 孤独的爱的描述，精心细腻地刻画了一个与周围世界隔绝，独自徘徊的女人。杳子的这种非理性思维，体现了作家对人生、对日常生活的怀疑。这种对病态神经官能症般的敏感的感受，在《隐没》（1972 年）、《水》（1973 年）、《梳子之火》（1974 年）等作品中又得到了进一步的表现。20 世纪 80 年代以后，作家的创作风格具有了一种沉稳中带有轻快的风格，如小说《假往生传试文》（1989 年）等。

黑井千次也是“内向的一代”的代表作家。他早期的创作是属于现实主义风格的。从 20 世纪 50 年代中期到 60 年代末，他的创作主题大部分是探究企业内部个人的主体性问题，如《蓝色工场》（1958 年）、《机械主义 NO.1》（1958 年）、《尚未竣工的楼》（1960 年）、《冰冷的工场》（1961 年）、《两个夜晚》（1963 年）、《神圣产业周》（1968 年）、《穴与空》（1968 年）、《骑士哥达斯》（1969 年）等。这些作品大都表现了主人公在具有内在充实感的劳动中追求个人主体性的完善。1969 年，他发表了短篇小说《时间》，标志着他的创作进入了“内向的一代”的行列中。此后，他又创作了小说《红树》，通过描写一位红衣少女表现了对逝去的生活的追寻；小说《狂奔的家族》则通过在月夜中驾车狂奔表现了对迷失的自我的寻找；《动摇的家族》则表现了企业的机械主义与家族的稳若磐石的两种空间的对照；《陌生的家路》《夜与果实》表现了企业与家庭两个空间的不安的日常生活。这些作品与早期的作品相比显得抽象难懂，实际上这是作为现代主义文学作品的基本特征，它要表现的是现代社会中，人的异化现象和人自我丧失的危机越来越严重。1977 年，黑井千次发表长篇小说《五月的游历》。这部作品从企业和家庭两个方面深刻反映了现代社会中人的异化现象。20 世纪 70 年代末 80 年代初，作家的创作又有了新的变化。他的小说中的主人公多为战中或战后的青少年。作家通过他们的精神成长过程，表现了经过战中战后混乱时代的发展，应对朴素的民主主义思想进行重新认识的观点。

表现复员军人的生活是日本战后文学的一个重要题材，如大冈升平的《武藏野夫人》中的男主人公勉，井伏蹲二的《遥拜队长》中的陆军中尉等。但阿部昭的这篇作品与以往的小说有了很大的不同。这篇小说是以审视父亲的意识和角度拉开了作者与表现对象之间的距离。在大冈升平等人的作品中，作者与表现对象是处在面对面的位置上，即是共时的，作者是以一种介入或对视的姿态来表现的，作品中的主人公是表现对象。而《司令的休假》中的作者与表现对象则是一种历时状态，真正的主人公是父亲的儿子，而不是父亲。父亲形象的存在只是一种历史虚拟的实在形式，这个形式的真伪、细节及价值都取决于儿子的判断。父亲的形象不是全知全能的作者诉诸读者，而是读者与作品中的儿子一起来感受、构建父亲的形象。小说也表现出了儿子内心的义理人情方面的矛盾。此后，作家在《明治四十二年夏》（1971 年）和《父子之夜》等作品中，进一步表现了这一意识和方法。

20 世纪 70 年代后期的日本文坛上还出现了“透明族”文学。在日本文坛上，以石原慎太郎的《太阳的季节》为代表的“战后一代”文学曾被称为“太阳族”文学。“透明族”文学带有鲜明的现代主义特征，代表作家是村上龙、中上健次、池田满寿夫等。他大学时代曾参加过学生运动，受挫后悲观失望走向颓废。《近乎无限透明的蓝色》是他的代表作。小说深刻表现了经济高速发展背景下日本青年的迷茫、苦闷、彷徨与无奈反抗。小说获得了芥川奖。

中上健次的芥川奖小说《山甲》描写的是一对同父异母兄妹通过近亲相奸，发泄了对血缘关系的愤懑和不满。池田满寿夫的《献给爱琴海》描写了一个颓废的雕刻家只身留美，瞒着在日本的妻子同时与两个外国女人鬼混的故事。

进入 20 世纪 60 年代，芥川奖呈现出更为多姿多彩的特性。曾经是“第三新人”连续获奖，接着是石原慎太郎、开高健、大江健三郎作为昭和出生的旗手的登场，这种带有年代色彩的特点，到了昭和五十年代出生的村上龙、三田诚广、高桥三千纲那里已经大体上消失了，这反映了日本文学与现代社会发展保持着一致，进入“混沌”的状态。

二、获奖作品评析（1961—1980年）

从1961年至1980年，芥川奖共进行了40届评奖，共有44位作家的44篇作品获奖。这些获奖小说深刻表现了日本经济高速发展时期的社会生活和人们的心灵世界，揭示了新时代中的各种社会问题和矛盾，是日本现当代文学发展的新成就。

第45届（1961）没有获奖作品。

第46届（1961）获奖作品是宇能鸿一郎的小说《鲸神》。这篇作品讲述了一个人类同巨鲸搏斗的故事。作品中主人公的祖父、父亲、哥哥都是最优秀的渔民，他们都死于同巨鲸的搏斗中，于是，杀死巨鲸报仇成为世代渔民的誓言。最后，弟弟经过几天的生死较量，终于杀死了巨鲸。而身受重伤，濒临死亡的弟弟望着巨鲸的白骨，他们似乎在向对手致敬：你，是最优秀的！文章具有传统的纯文学色彩。

第47届（1962）获奖作品是川村晃的小说《美谈的出发》。小说讲述了一个生活在底层的贫困者的艰难生存的故事。从事自由撰稿人工作的主人公生活贫穷，再婚的妻子患有严重的忧郁症。妻子是个离过婚的女人，她的前夫在和妻子结婚时欺骗说是单身，可是后来知道丈夫结过婚并带有两个孩子，于是离婚嫁给了主人公。主人公抚养着患病的妻子和没有任何血缘关系的两个孩子。他性格倔强，由于拒绝了工会组织的罢工遭到封杀，接不到撰稿的活儿，生活更加困难。

第48届（1962）没有获奖作品。

第49届（1963）获奖作品是后藤纪一的小说《少年的桥》和河野多惠子的小说《蟹》。小说《蟹》从女性的角度描写了扭曲的女性心理。小说的主人公悠子患结核病未愈不能生孩子，于是不顾丈夫的反对到海边去疗养，身体一天天地恢复。丈夫的弟弟一家来看望她，她舍不得他们的儿子，留他一天，等丈夫第三天来的时候再带回去。孩子要捉螃蟹，悠子费尽心机也没有找到，孩子说等到大叔来的时候再捉，悠子心中突然生出一股妒意，执意要在丈夫到来之前捉到螃蟹。作品表现悠子的恋童癖。水田宗子分析说："河野多惠子的女主人公们被抛进一间传统的封闭的房屋或者是一幢房子，在那里她们追求性爱痛苦的快乐和虐待儿童的虐待狂的幻觉。这一行为可以被理解为通过扮演传统强加给女性的受虐狂角色，反映出一种企图得到性爱和女性自我的绝望。在河野女士的作品中，外部世界只不过是从封闭房间的窗户里看到的景色而已。"

第50届（1963）获奖作品是田边圣子的小说《伤感旅行》。小说带有作家自传的私小说色彩。作品中女主人公"我"的表姐是一位长得不漂亮、化妆也很俗气、言行戏剧化，滑稽可怜的四十多岁的女人，而且传出许多绯闻。一天，她被男友抛弃时不由自主流露出的可怜姿态打动了"我"，"我"体会到了她的孤独，而孤独正是人的真实。

第51届（1964）获奖作品是柴天翔的《然而，我们的日子……》。这篇小说的问世，正值文学进入混沌时期的开始阶段。小说表现了日本在进入新阶段时的青年人的心灵世界。这篇小说与其说是以作家的个性为原型，不如说以"空虚"这一"观念的重合"为基础。作品涵盖了青春小说、政治小说或恋爱小说、教养小说中的多重要素，在内容上暗示着"不透明"的扭曲，这些要素的混合，形成了小说的密度。小说的这种形式以及作家的表现策略，在此后的文学中逐渐成为支配性的主流倾向。

第52届（1964）没有获奖作品。

第53届（1965）获奖作品是津村节子的小说《玩具》。小说塑造了一个整天沉迷于骨头收藏，对其他事情不管不顾的丈夫形象。丈夫对妻子没有丝毫关心，即使妻子怀孕也一样冷淡。妻子只能幻想自己生下一个将来能爱护她照顾她的孩子。当时代本身变得多层次、不透明、轮廓模糊时，日常生活——这个体现“生”的实实在在的东西也失去了形式，漠然地延伸开，让人抓不到核心。倘若有日常的“生”的表现，则本应从家庭中找到。但是，家庭已经丧失了“家”的形式。那么，核心就只能体现在维系人与人共同生活的最小单位——夫妻关系上。这篇小说以妻子的立场来写，虽然是私小说的形式，但是同以前的具有求道精神的私小说相比，小说具有多层次的特点。从作者的写作特点上无法预判作家今后的发展。因为这个发展不再像以往那样建立在天赋之上一根筋地发展下去，而可以从最初存在的多层次的任何要素中拓展开去，因此具有不可预测的多种发展空间。

第54届（1965）获奖作品是高井有一的小说《北河》。小说回忆了战败后六个月时，母亲经受不了沉重的精神压力自杀的故事。小说以少年的眼睛来描绘战争及战败，这种少年的视点同大人们描述的被战后意识包围的文学不同，是完全异质的、新的视点。像看着战争一样凝视战后，像看着战败一样凝视和平，将和平看作是母亲的自杀，像看母亲的遗容那样凝视自己。这种视点一直隐藏在大人们高亢声音的背后，即战后意识的背后，经过了20年，到了战后意识解体的这一时期，第一次冒出头来。

第55届（1966）没有获奖作品。

第56届（1966）获奖作品是丸山健二的小说《夏的流动》。小说讲述了死刑执行人的生活及想法。这篇小说，将日常素材像演奏爵士似的写作，这种明快的文体本身就是小说的内容。文体，在捕捉现代性的“生”的节拍中产生了。丸山健二关于文体的提出，是发现了小说现代化的一个新装置。1966年，正是战后的20个年头，日本经历了10年经济的高速发展，医治了创伤，一跃而成为世界强国。如果说60年代上半期体现了创作风格的西化特色，那么下半年在创作主题上，对现代社会带来的生的危机以及不安的话题，更为积极地活跃在文坛之上。

第57届（1967）获奖作品是大城立裕的小说《鸡尾酒会》。作品描写了一个与美国人、中国人、本土日本人都有交往的冲绳人，在女儿被美国军人诱奸后是否进行控告的矛盾心理。作品表现了当时夹在日本本土与美国之间的冲绳的痛苦，深刻揭露了国际交流和文化融合过程中的问题与矛盾。日本所谓的战后意识一直忽略了冲绳的视点这部作品击中要害，让人们看到了连审判犯人都不自由的冲绳视点。小说中观念性的东西交错，这种复杂性构成了作品的核心，形成了作品的主题。

第58届（1967）获奖作品是柏原兵三的小说《德山道助的归省》。作品反映了战败归国的士兵所面临的各种困境。小说中，战后的时间、意识本身都已经成为小说讲述的对象。

第59届（1968）获奖作品是丸谷才一的小说《残年》和大庭美奈子的小说《三只蟹》。大庭美奈子的小说《三只蟹》闪亮登场，得到了相当高的社会评价。小说讲述了美国生活的无聊但无路可退。作品没有什么高潮迭起的故事情节，在阿拉斯加的日本人家庭中飘浮的人工气氛、敷衍潦草的夫妻对话、充满倦怠的桥牌聚会的样子、女主人公若无其事、毫无意义地和外国年轻男子过夜等，描述的仅仅是这些光景。然而在外国翻译小说中才能读到的光景，突然间出现在了日本的内部。首先，它反映出60年代的日本在日常生活的潜层意识中所渗透的美国化的程度。从此，以日本为舞台的国际婚姻中女性们的生态被许多新人女作家书写开来。其次，这里的“美国”不是指具体国家，而是一个走在近代化最前端的榜样。另一层意思，宣告此时的日本，新形式的大众社会化状况已经到来。即在“生”的底层的一端，离开了固有的民族性的土壤（另一端是“自我”）、完全扎进世界各大都市盛行的、日本年轻一代最为喜爱的美国西海岸的都市风俗之中，进入“浅薄的生的领域”。日本的日常活动受到这种“浅薄的生”的支配，“人生”这一主题不再成立。

作品中的这几句男女对话具有象征性：“怎么这么沉默？”男的说。“没什么好说的。”由梨回答。像这样，在这种“浅薄的生的领域”中，不是从自己充实的内部发出的声音，“没什么好说的”或者是聚会中矫揉造作的无聊话题，让“生”的态度变得单调乏陈。

丸谷才一的小说《残年》，揭示了老人的生的领域。在芥川奖评审现场上，“老人小说要是流行起来的话，首先归功于能写出这等优秀作品的作者的才气”（中村光夫）。从日本近代文学的传统观点来看，没有经验的作者能够将老人的心境描绘得如此透彻，是一种不凡的才能。如果说小说《三只蟹》中体现了美国，那么小说《残年》所体现出来的则是西欧。文学的“方法”是西欧的特长，是一种知性的文学。这种知性，在日常的最细微处，交织在无处不在的“生”之中，体现了文学现代化的一种方向。在日本的近代文学中虽然尝试过这种方法，却没有出现高水平的作品。而这篇小说成功地确立了将方法作为主题的文学。主人公医院院长上原通过朋友自杀的情节联想到多年以前另一位朋友妻子的自杀，从那里又联想到深埋在主人公记忆中的恋爱。这部小说具有复杂的结构，正是这种复杂的结构给予了人们同等的生命形式，这就是文学的“方法”。在芥川奖评审中，以个性或原始的感受性为核心的文学一直受到尊重，而这部小说的获奖也体现了在芥川奖评审标准上对方法的认可及超越。

第60届（1968）没有获奖作品。

第61届（1969）获奖作品是庄司薰的小说《红头巾的女孩小心》和田久保英夫的小说《深河》。小说《红头巾的女孩小心》讲述神武景气（高度成长期间）背景下新生代们的生活。主人公是高中毕业生，在高考前一天笔丢了、宠物死了、大脚趾劈了、东大入学考试暂停了，而其他学校报名都截止了。于是主人公决定不读大学，在迷茫中，他看到了一个五岁的小女孩，在给小女孩念故事的过程中，他安静了下来，突然感觉很幸福。他决心要成为初恋女友一直爱恋的男人，以此来激励自己面对任何痛苦。作品内容上的“知性”和“温柔”，在年轻人冷峻的眼中获得了尊重与推崇。这两个词贯穿了年轻一代对生的两极态度，顺应了时代的趋势。这篇小说的新颖之处在于它的语言形式，采用了年轻人之间常用的饶舌体。这种语言看似作家的态度有些轻薄，其实不然。年轻人中间流行的新风俗，要求新的语言形式与之呼应。作品中成功地运用这种日常的语言来完整地捕捉当世青年的风貌，获得了一致好评，成为当年最畅销的小说。这种日常生活化的叙事法，至今仍为年轻的新人作家们高频率地使用。

田久保英夫的小说《深河》讲述了朝鲜战争期间主人公“我”作为马馆的助手，帮助提取马的血清留给朝鲜难民和负伤士兵备用。有几匹马得了传染性血液病，马倌找理由逃走，我几番寻找不到，最后决定杀马的曲折经过。这篇作品中，刚刚战败的天空“深深地虚空”，死去的马“连名字都没有的存在”等，处处体现出由“观念”组成的“生”的世界。小说中“生”的领域和性的领域的融合，男女微妙关系的主题，让人想到吉行淳之介，然而比较起来，区别非常明显。这部作品中体现出“内向的一代”的作品特征，认为决定“生”的本源性的东西，不单是直属于“生”的自然性的东西，而是“生”之外的一种观念性的东西。对于观念的思考从这一时期开始反映出来。

第62届（1969）获奖作品是清冈卓行的小说《阿卡西亚的大连》。作品表达了主人公“我”对战争期间居住过的大连的留恋之情。作品具有明显的私小说特点，而且加入了自我肯定的成分。作为诗人，连续发表小说，像诗歌的段落一样排列记忆的片段，这种方法给人以新鲜感。而回忆的原动力“怀念”是“温柔”的变形，体现了时代的动感。

第 63 届（1970）获奖作品是吉田知子的小说《无明长夜》和古山高丽雄的小说《中庭第八号的黎明》。作品《无明长夜》描述了主人公“我”在战败后结婚，可是丈夫失踪了。唯一的好友死了等事件，让“我”模糊了现实和非现实，寺院着火，“我”产生了幻觉，看到寺院被熊熊大火烧掉了。小说执着于证明生的本源依附于“观念性的东西”。女主人公感到自己“没有该去的地方”，周围尽是莫名其妙的日常光景，特别是脱离了周围的现实之后，感到自己也成了“他者”，这种充满不协调的感觉世界在延伸着。从这里可以看出，女性作家们在这种非日常性空间的探索以及驾驭观念性方面独具特色。女性不是像男性那样凭借精神而生存于非日常性的空间，而是像孕育小生命那样，毫无芥蒂地同观念一道生存。作品《中庭第八号的黎明》讲述了监狱中人们的生活。小说中运用了冷淡的、漠不关心的语调，含有轻微的讽刺意义。以往在讲述战争或被俘体验时必定会附上知识分子的视点来进行剖析，而这篇作品描述的是在日常生活中像蚂蚁一样生存，在战争中当了俘虏也像蚂蚁一样生存的人。这种低视点，突出普通人的感觉，配合口语体的文本，使小说变得意味深长。

第 64 届（1970）获奖作品是古井由吉的小说《杳子》。作品讲述了患有精神病的女青年杳子和大学生 S 的感情纠葛。杳子的生存根基之一是观念的世界，这个观念不是简单的观念性的东西，而是直接通向意识根源处的一种新的经验。这种新经验产生了新的“生”的体验。另外，随着 60 年代意识框架的解体，“恋爱”主题也随之消失了。这原本应该是展开新生代关于生的主张的最切合的主题，而事实上，自从三浦哲郎的《忍川》以来，恋爱小说便销声匿迹了。这是因为恋爱题材的小说多是老旧的内容，还没有新形式出现的缘故。

在这部作品中，日常中的存在感忽而消失，忽而出现，在飘移的意识中，恋爱作为生存的证明之一而存在。新型的恋爱小说伴随着杳子而成立，是时代的结晶之一。这部小说是这一阶段文学作品中出现的各种新文学特征的集大成者。它的出现，标志着昭和四十五年，走向现当代文学的尝试期告一段落，开始进入这种混沌状态的泛滥期。从小说的内容和形式来看，以前的定型完全解体，新的创作基础却还没有打牢。前面尝试性的新的开拓，也还没有定型，正漫无目标地扩大下去。而此时，芥川奖的评审基准也在发生动摇。此后一个时期的芥川奖，要么没有获奖作品，要么同时有两篇作品获奖（正好是传统型作品和新型作品），这样的事例变得多了起来。

第65届（1971）没有获奖作品。

第66届（1971）获奖作品是李恢成的小说《捣衣女》和东峰夫的小说《冲绳的少年》。《捣衣女》讲述了一个朝鲜女人在日本的凄惨故事。主人公朝鲜女人不愿做捣衣女，独自跑到日本，嫁给了一个日本的无赖汉，坚强地带着两个孩子生活。临死之际嘱咐父亲千万不能自己逃掉不管孩子。作者是朝鲜混血儿，作品是以一个日朝混血儿的视野来表现社会的。在评选的时候，有人说“这是用口语写成的外国小说”（舟桥圣一），“以这种倾向的作品获奖，还真有些挠头”（吉行淳之介）。言外之意，评审们希望作家能够更尖锐地捕捉在日朝鲜人眼中的日本现实。然而作者无意站在作品之上，这样，作品所卷入的状况中自然而然产生了“曲折”和“错综复杂”的内容。这也是混沌的泛滥所致。《冲绳的少年》的作者东峰夫是冲绳出身的作家。这篇作品用一个少年的眼睛和语言成功地将冲绳拉到自己的世界中，把玉碎、基地问题、回归运动等冲绳沉重的历史问题以艺术的手法反映出来。小说中少年的日常会话式的语言显得生动而新鲜。这个时期，生动地描写“家庭”的只有李恢成和东峰夫这两个作家。这个时期的日本家庭，内容暧昧化的同时也丧失了形式，变成了捕捉不到的存在。作者后期没有从本篇作品出发，一根筋地发展下去，正如评委舟桥圣一预感的那样摆脱了日本，以观念性的东西为基础，写起了带有嬉皮色彩的作品来。在混沌的泛滥时期，作家的创作风格变得多元化、很难预判。

第 67 届（1972）获奖作品是烟山博的小说《迟早要拉响汽笛》和宫原昭夫的小说《被人碰过了》。《迟早要拉响汽笛》讲述了主人公由于兔唇从小就受到歧视，直到工作也是如此。作品反映了日本人对朝鲜人的歧视问题。这篇作品就像是时代的信号，作者烟山博以前曾在街道的工厂做工，用这种低视点来凝视人，尖锐地提取人身上的“生”的残酷性，充满了直观的现实感。作品虽然没有观念性的东西和复杂的构成，但是“兔唇”本身是自然的不公平，而在日朝鲜人是社会的不公平，近距离地描写受伤害的光景，其含有差别的主题本身就带有了观念的二重性，主题的深化要求作品具有复杂的结构，这种题材的描写具有了时代的色彩。《被人碰过了》讲述在麻风病隔离区的老师，开始从严格消毒、不肯碰孩子们的手，到最后脱下隔离服、主动去碰孩子们的过程以及病愈的孩子在出院后回来探视母亲也不肯脱下隔离服的讽刺性的世相。小说中少男少女的样子同到来的教师们之间的交流等，用轻松的触感和明快的节奏刻画出来，完成得干净利落。评委们在一致认可的同时，几乎都感觉到有一抹不安或不满，这篇作品主题很弱，不明白作者为什么要写这个，究竟有什么内在的必然的理由。可以说，这篇作品的基础是作者持有的错综复杂的观念之一，而支撑在作品背后的是作者才华的泛滥。

第 68 届（1972）获奖作品是山本道子的小说《贝蒂的院子》和乡静子的小说《安魂曲》。《贝蒂的院子》是一部反映日本人在海外生活的作品。作品中的战争新娘——日本女人嫁到澳大利亚后，渐渐失去丈夫的宠爱，于是疯狂地收藏日本物品，并到港口寻找日本人。山本道子本人是一位诗人，颇具叙事的才能，能捕捉到发挥才能的绝好的题材。候补的八篇作品中有三篇的作者是既成诗人，反映出当时的混沌泛滥的状态。《安魂曲》是一部战争体验小说，从少女的内心体验来控诉战争恶行。在空袭和战败的最惨烈阶段，一个 17 岁的少女，家人及朋友纷纷在战争中死去，她患上了结核病，结果在硝烟弥漫的防空洞中孤独地死去。这篇作品虽是战争体验小说，但是在体验之前，就已经存在着观念和复杂的构成，强烈地反映出混沌的泛滥这种时代的性质。在这种泛滥的中心，即所谓的“不在”的感觉。在宫原昭夫后的日本四名作家的作品中，没有一篇是描写普通人的普通生活的。若是“生”的中心部的“不在”，产生了混沌的泛滥及才华的泛滥，那么日本文学就是在相当曲折、讽刺的时代中穿行。

改变的和不变的东西相互碰撞，从碰撞的火花中产生了新的获奖者。于是，产生了芥川奖和时代同步的印象。不变的是评审委员们所秉持的纯文学的理念。纯文学尽管在方法和表现上因人而异，但是在人性、社会、历史等方面的理解已达到了一定的深度，并将努力使其在作品中结晶。评审委员们以文学的不朽性的立场，筛查不断涌现的新作品。通过“人和作品和时代”的角度来看芥川奖作家，当然能够同时代一致。但是也可以预想作者和时代的背叛表面化，这时就要考虑芥川奖的社会性。

第 69 届（1973）获奖作品是三木卓的《金丝雀》。这是一篇战争体验小说，多取材于作者的自身经历，在刚刚战败的旧满洲，病重的父亲抛下贫困潦倒的一家人撒手人寰，小学生的少年和哥哥挣扎在生存底线上。小说借孩子的眼睛，描述了“战后”日本人赤裸裸的生活状态。高度成长期以后、大学纷争以后、政治季节以后等，这所有的“以后”，原型都基于战争以后。“战后”直至今日仍在继续，并且在日本人的情绪底层无限地延长。《金丝雀》将主人公设定为少年，在外地这一舞台上，日本人的地位急速逆转，社会全体陷入无意识和秩序的混乱中，无论怎样都必须活下去的执着和紧张感变得白热化。在这种设定的条件下，能够显示出“战后”

最为纯粹和杂乱的一种表现。《金丝雀》中的少年虽然每天的生活都很灰暗，也许是因为年少，并没有体察到看破人生的大人们身上的那种绝望感。作品中飘浮着对人生不安的跃动，类似希望的气息。从这种感觉出发，可以将这篇作品的情境理解为日本人战后的象征之一。三木卓的出现，是"'内向的一代'以后"的文学起点。虽然年纪相仿，但是"内向的一代"都是在都市出生的，作品中也透着冷漠的人际关系。而三木卓的作品则是带着体温和心脏的强音在塑造新鲜的生命。

第70届（1973）获奖作品是野吕邦畅的小说《草之剑》和森敦的小说《月山》。森敦获奖时已经年逾60，成为最高龄的获奖者。森敦在昭和初年就已经被菊池宽、横光利一看好。1934年，横光利一还提携他创作报纸上的连载小说。然而不知什么原因，森敦后来在文坛上消失了，浪迹山形、尾鹫、新潟等地，从战后开始陆续发表作品。《月山》颇具大家风范，一举进驻文坛的中央。他的复活在获奖者中是最放异彩的一个。他是个与时代有很少瓜葛的独来独往的人物。在作品中，能够感受到卑微的小人物超越生死迈向永恒的生命的光芒，以及作者在永远和时间的问题上，从哲学角度及佛学角度做出的与众不同的阐释。小说讲述主人公在积雪覆盖的月山山中的古做看守，在那里度过了漫长的一冬。通过与外界隔绝的"死"的世界的亲密接触，尝尽其中的纷杂之后，又重返世间。这是进到冥府、迷宫的故事，在重返这个世上时产生了一种解放感。从生到死，再从死到生，这种通向再生的生死循环的暗示，使《月山》成为联系永恒的人生关照。森敦不愧是具有长期经验的作者。采用"森敦小调"似的语调以及人物对话中的山形方言来阐述这一哲学主题，充分显示出文学的力量。这部作品是历代获奖作品中不可看漏的大家之作，为芥川奖又加重了砝码。

同森敦的成熟相反，野吕邦畅小说中表现的是青春的主题。小说《草之剑》讲述了主人公在自卫队训练的艰苦经历。当时，正围绕着战后新成立的自卫队的合法性反复展开讨论，因此，反映自卫队中真实生活的题材受到瞩目。作者曾经有参加自卫队的经历，尽管不足一年。作者在文中有意避开了对自卫队的批判，采用抒情、感性的手法捕捉一个朴素而健康的士兵，同时也是孤独的青年的内心世界。表面上是反映战后的新风俗，其实是亘古不变的青春的骚动和梦想。

第 71 届（1974）没有获奖作品。

第 72 届（1974）获奖作品是日野启三的小说《那天的夕阳》和阪田宽夫的小说《土器》。这两篇作品都是私小说，它们的获奖，引起了很多人的不满。围绕私小说的问题再度被提及。随着时代的发展，尽管同以前的私小说形式相同，但是在性质及叙事上还是有着显著的不同。《那天的夕阳》的私小说性比较隐晦，讲述了主人公“我”从小就随父母到韩国生活，战败后回到日本时就像被判了无期徒刑那样悲伤。“战争将我的过去夺走，那我就把将来也扔出去。”从此自暴自弃，无聊倦怠。考大学时不喜欢文科偏选文科，就职到新闻社也没有干劲十足的心情。结婚也是自弃，怎么都行，反正也不想有什么幸福。结婚不久，妻子令子也失去了之前的活泼，二人间出现了灰暗的深沟。后来出差到首尔，同韩国女性李小姐相爱，于是尘封 15 年的过去复苏了。尽管如此，恋爱就是恋爱，不用搞什么家庭，依旧是倦怠。后来妻子发现了李小姐的存在，只身离开了家，“我”感觉似乎两个人生活过的味道完全没有了。作者在韩国度过了十余年的少年时代，同韩国女性的亲近，隐含着对第二故乡的希求。从这篇作品中可以看到，私小说从自我暴露转向了自我辩护，这是基于战后自我主张及自我过保护的风潮。《土器》详细描述了母亲身患癌症的肉体逐渐衰弱，直到咽气时凄惨的情形。母亲是一位基督教的忠实信徒、一位从不将苦痛外露的精神主义者。照顾母亲的兄嫂持有不同的生活信条和人生观，但是仍然相处得很和谐。这是一种文化程度很高的进步家庭中才有的氛围。小说没有从基督教等欧洲的思想观念的角度出发，而是放低视角，渗透在一个关西的实业家家庭的日常生活中，以和《月山》不同的形式显示了战后社会的成熟。阪田宽夫出身于大阪基督教家庭，伯父是《椰子的果实》的作曲者及灵南坂教会的风琴手。阪田自身的音乐造诣很深，获奖前制作电视剧、广播剧，还为儿童歌曲作词，已经颇有名气。基于这样的背景，《土器》中表现出富有余裕、温婉柔和的文体特征。

第 73 届（1975）获奖作品是林京子的小说《祭场》。这篇小说在获得了“群像”新人奖之后，紧接着又连续获得了芥川奖。《祭场》生动地再现了长崎遭受原子弹轰炸后惨不忍睹的景象，深深地震撼了读者。林京子亲身经历了长崎的原子弹爆炸。当时的作者还是一名长崎的高中生，正在军需厂做勤劳动员。同学和带队教师们几乎都倒在了现场，还有很多人隔了几天或几个月，也死于原爆症。对九死一生的作者来说，这是一篇安魂作。作品在原爆以后，沉淀了 30 年后终于诞生了。这不但能够从历史进程的角度去理性地反思原爆的恶果和后遗症，从另一个角度讲，还能够通过再现发生原爆的战争阶段，来清晰地反映出原爆以后，即战后这一形态。

第 74 届（1975）获奖作品是中上健次的小说《山甲》和冈松和夫的小说《志贺岛》。《山甲》的主人公秋幸生活在和歌山县新宫的一个具有复杂血缘关系的家族中，由于父母的缘故而遭受歧视。他的愤慨无处发泄。只有在进行原始的体力劳动时，那挥汗如雨的瞬间能驱除那些思绪。哥哥和姐姐一个自杀，一个发疯，把秋幸推上了一条向血缘关系复仇的道路。这种复仇和自虐结合在一起，最后以虚无主义收尾。小说从肉体上的粗暴到血缘的自我确认，从自我确认到家族内部的神话，强调个人的主体性，用自己的存在证明自己。同时，也说明这种打破世俗制度的行动，只能在接受现实的基础上进行。作品属于“透明族”文学的作品。以青少年的反叛行为为主线展开情节，透明派文学的基本特点是致力于大胆放纵的性描写以及性享受、性实验的官能感受。在这篇小说中将性描写融入了主人公的复仇心理。中上健次出生于1946年，是第一位战后出生的芥川奖获奖作家。当时的文坛，正在为文学人口高龄化、后继无人而忧心忡忡，中上健次的出现，成为文坛重返年轻的突破口，仿佛在宣告时代的车轮到这里又转了一圈。然而中上健次的作品相当另类，他在以《山甲》为首的一系列作品中，圈起了外人无法进入的粗野的血缘及地缘领域，这个领域里不存在大城市风格的知识分子形象。作者描写同家族一道进行土木工程的年轻人，并通过亡父法事时家族的聚集场面，刻画人物的群像。他的作品具有一种粗暴的生命力，配以势头猛烈的纪州方言，土木工人汗淋淋的肌肉、熊野滩的浪潮鲜活地呈现在世人眼前。从评委们的评论中可以看出，尽管作品的冲击力招来了抵抗情绪，但是它标志着同战前出生的人们完全不同的、纯粹的战后一代文学的诞生。

《志贺岛》是一篇具有古典文学修养的正统的作品。作者冈松和夫在1959年获得文学新人奖之后，很少有作品发表。40岁以后，又开始了文学创作。同林京子一样，经过长时间的沉淀，将战后的形态完全消化吸收后，终于得到了恰当的时机。以《志贺岛》为开端，作者反复取材的母亲的死也好，政治运动的挫败也好，同女孩的爱情也好，都有种超越时代风俗的东西。卷入时代大潮的人们，归入像海底那样恐怖的地方（死亡），带有哀伤的情调，给人以静静的感动。这篇小说以终战前后处于混乱期的博多为舞台，讲述了立志于当相扑的少年历经母亲惨死，以及双眼受伤等一系列突如其来的不幸，后进入伯父的寺庙，开始了僧侣的人生。

第75届（1976）获奖作品是村上龙的处女作《无限近似于透明的蓝》。作者是24岁的武藏野美术大学的学生。这篇作品的获奖，掀起了“透明族”的社会风潮，同时也使芥川奖这一文学上的奖项，正式被圈到社会面的新闻中，变成了社会性事件。可以说，这篇作品使人们认识到在横田的美军基地，现实中还存在着由日本年轻人用性、毒品、爵士围建的快乐解放区，这意味着从文学中获得了对“战后”的认知。小说不只是题材新颖，文体中蕴含的抒情性也显示出作者不凡的才能。小说创下了最年轻获奖者的纪录，以及最高销量纪录，继《太阳的季节》后再一次将芥川奖推向高潮。

第 76 届（1976）没有获奖作品。

第 77 届（1977）获奖作品是三田诚广的小说《我是什么》和池田满寿夫的小说《献给爱琴海》。《我是什么》描写了自幼受到母亲溺爱和照顾的“我”独自来到东京读大学，在举目无亲的校园里不知所措。一个偶然的机会，“我”参加了大学的学生运动，结识了 B 派的学生领袖玲子并与之同居。其实“我”根本就不相信玲子的那些斗争理论，也毫无兴趣，和她住在一起，只是觉得有了一个安身之地罢了。通过玲子，“我”又结识了不少学生运动的领袖，并渐渐卷入派系间的斗争中。有一天，“我”被一个讨厌学生运动的工人揍了一顿，狼狈地回到了自己的住处，没想到妈妈和玲子在房间里正等着我的归来。“我”不知道这样的“我”到底是什么……这篇作品通过年轻人的风俗，将现代学生的冷漠及精神上的轻薄逼真地描绘出来。三田诚广高中时就在学生作文比赛中获奖，尽管年轻，却是有着多年文学经验的老手。他的出现，使芥川奖得到了最活跃的作家，更显出了活力。《献给爱琴海》描写了一个美术家在美国和两名白人女子乱交的生活，其颓废的描写与《无限近似于透明的蓝》相接近，作品更趋向于性文学范畴。对于这篇作品的获奖，评委们之间出现了很大的分歧，争论非常激烈。以至于作者当时已经是一名国际知名的版画家，这篇尝试性的作品中，独特的艺术构思显然成为获奖的优势。

第 78 届（1977）获奖作品是宫本辉的小说《萤川》和高城修三的小说《香枢树祭》。《萤川》这部作品表现出同作者年纪不相仿的老成，是一部具有古朴的抒情色彩的小说，作品描述了白雪、樱花、萤火虫的绚丽景象，叙述了不知愁滋味的初三少年龙夫，跟着正为丈夫的去世而苦于生计的母亲，以及初恋的邻家少女英子、慈祥倔强的装修工银藏爷爷一起，溯河而上，寻找萤火虫的世界的故事。看到萤火虫交尾季节那漫天飘光的奇景，大家恍然大悟：“一切都结束了。”小说主要涉及了三个问题：一是“生”与“死”，二是“性”与“宿命”，三是“生命的亮点”。宫本辉和20年前的三浦哲郎有着相似的天资，至今仍以巧妙的叙事体小说吸引着众多的读者。战后的小说，内含思想性或社会性问题、描述人的日常生活的小片段或是细细讲述时代带来的死的悲情的作品，多会引来批评之声，获奖机会甚少。在这种不利的条件下，《忍川》《萤川》能脱颖而出，可见作品非同寻常的张力。

与此相反，高城修三的小说《香枢树祭》是具有民俗性的作品。值得注意的是作品中的会话，采用的是一种虚构的、合成的方言。至此为止，很多获奖作品都使用了方言，像《月山》中的山形方言、《草剑》《祭场》《志贺岛》中的九州方言、《山甲》中的纪州方言、《萤川》中的富山方言等，但是像这篇作品中采用架空的方言还是第一次。不仅如此，主人公的名字嘎新也体现了抽象化的民俗性。在山村中采集香榧果实最多的年轻人成了主神、最后主神被牺牲掉，从小说的技巧来看，是一种巧妙的转承，从民俗的角度来看，还是一种情节的虚构。同三田诚广等同年代，经历了大学纷争的高城修三，并没有像三田诚广那样将纷争漫画化，而是降到了生活的底线，将目光转向最能表现出人的生的原型的民俗和语言。这种方法也是那个时代的典型性特征之一。

第79届（1978）获奖作品是高桥揆一郎的小说《伸予》和高桥三千纲的小说《九月的天空》。《伸予》表现了年近50的女教师再次遇见了自己一直喜欢的男学生的微妙心理。小说细腻地描写了女主人公深感自己年老色衰等的内心活动。《九月的天空》是一部青春小说，像九月的天空一样清爽。描写了高一的学生之间的友谊和异性之间的朦胧情愫。

第 80 届（1978）没有获奖作品。

第 81 届（1979）获奖作品是重兼芳子的小说《山间的烟雾》和青野聪的小说《愚者之夜》。这两篇作品反映出小说的多元化倾向。《愚者之夜》的作者青野聪是青野季吉（日本文学评论家，曾任日本文艺家协会会长）的儿子，创作的尺度非常大。在获奖时，以自己少年时代的家庭生活为题材的《母与子的契约》和以青年的外国放浪记为题材的《愚者之夜》两个系列的创作同时进行。同以前的年轻人不同，这种相当愉悦地去海外留学过着放浪生活的时代趋势，第一次出现在了芥川奖里。作品在某种程度上借鉴了作者的经验。主人公同荷兰女性恋爱并结婚，女的多次和别的男人出去旅行并同居。普通意义上的“婚姻”的消失是作品的看点。不只是新颖之处，作者内部的古朴正统的生活感情也不能忽视。青野聪同村上龙都是中上健次之后的文坛上的希望。获奖数年后，依然是每篇文章都采取不同的文体和方法，无从判断他今后的发展。属于晚熟型作家。《山间的烟雾》的主人公是火葬场的尸体焚烧工和训练师工作的残疾女儿。在这样的特殊人物内心深处，藏着温柔的一面。

第 82 届（1979）获奖作品是森礼子的小说《有模仿鸟的城市》。这部作品表现了战后嫁给美国军人的日本妇女在异国他乡的沉重生活。小说中的这些日本女人同美国军人结婚后移居美国中南部，在很平常的地方都市过着无聊而沉重的生活。她们的人生像是被装入大箱子运到终点一样令人窒息。作者沉着的笔锋，将居住外国的日本女性特殊的心境成功地刻画出来。文章从女性的角度，提示出时间和历史，表现了埋没在异国他乡的日本人的“战后”。

第 83 届（1980）没有获奖作品。

第 84 届（1980）获奖作品是尾迁克彦的小说《消失的父亲》。作者本是一名知名画家，用的是赤獭川原平这个名字。他的作品文体轻妙独特、大量使用拟声拟态语、随处发散着呆傻的钝感和奇想。小说主人公在去看给自己准备的墓地的途中，插入了对已逝父亲的回忆。小说完全没有沉重黯然的氛围，或日式的感伤，这一点同深泽七郎有相似之处，只是较之更为轻松、幽默。小说的获奖，使芥川奖在文体上又有了进一步的拓宽。

从以上获奖作品可以看出，芥川奖是以促进日本当代文学发展为出发点的。这 44 篇获奖小说既有坚持传统文学观念的正统之作，也有标新立异的创新作品，芥川奖能够不拘一格，以包容的姿态奖掖文学新人，的确为日本当代文学的繁荣起到了重要引领作用。

这 44 篇获奖小说大体包括三种类型：一是反映经济高速发展背景下日本社会的异化与危机；二是表现人们日常传统的生活细节，展开在日常生活中关于“生”的探讨；三是以新的角度重新审视战争给人们造成的影响，即站在战后 20 年的视角重新认识“战后”。同时，本阶段的芥川奖进一步巩固了其在日本纯文学领域的标杆地位，并在商业领域和社会领域取得了很大的成功。

第三节　发达的现代社会与芥川奖的新视野

一、高度发达的现代化国家

20 世纪 80 年代以来，日本进入了一个新的发展阶段。经过长期的高速发展，日本已经成为世界第二经济强国，整个国家进入高度发达的现代化社会。“1986 年日本国民生产总值达 19585 亿美元，海外净资产达 1804 亿美元，成为世界头号债权国。1987 年，世界最大股票市场也由纽约转移到东京。到 1983 年，日本的汽车、造船、电子计算机、机器人等产品量均居世界第一位。”

然而，长时间的经济高速发展引发的经济泡沫越来越严重，土地价格暴涨，股市疯狂飙升，到 1995 年达到了顶峰。1995 年，日本的国民生产总值达到了创纪录的 5.11 万亿美元，而当年美国的国民生产总值是 7 万亿美元，日本经济是美国的 73%，当时日元兑美元一度达到了 79.95 ： 1 的高位。经济泡沫带来了严重后果，土地、劳动力等各项生产成本急剧上升，影响了日本企业的进一步发展。随后，日本经济泡沫破灭，经济发展遭到重创。从 1996 年开始，日本经济进入去泡沫化的发展阶段，日本的国民生产总值回落到 5 万亿美元以下。2006 年，日本国民生产总值为 4.9 万亿美元，美国为 13.45 万亿美元，日本仅为美国的 36%，日元兑美元也贬值到了 120 ： 1 的水平。经过去泡沫化，日本经济经历了一次经济大倒退，此后进入了平成大萧条时期。经过一段恢复期，日本政府于 1992 年 2 月宣布，从持续数年的大型矿业生产指数等主要指标来看，日本经济已经摆脱了经济大萧条期，平成景气宣告结束。2009 年，日本的国民生产总值重新升到5万亿美元以上，达到5.07万亿美元。日本经济又一次呈现出复苏的势头。

虽然经济遭遇泡沫化，但日本社会已经全面进入现代化，日本也始终保持着世界第二经济强国的地位。

随着经济实力的强大，日本在国际事务中更加积极地争取话语权，历届日本政府都致力于谋求由经济强国向政治大国的转变。一个重要的标志就是在进入21世纪后，日本积极争取联合国安理会常任理事国的席位。

随着日本全面进入现代化社会，一些新的社会问题暴露出来，新的社会矛盾也开始产生，如社会的老龄化问题、住房与交通问题、生活节奏加快引发的精神问题以及吸毒、自杀等诸多社会现象。

二、文学的新发展

进入20世纪80年代后，日本文学出现了新的变化与发展。“内向一代”和“透明族”文学的作家们继续创作，同时，一批战后出生的作家登上了文坛。

在新作家中，除了战前出生的林京子外，重要的作家作品有津岛佑子（主要作品有《安魂曲——为了狗和大人》《草栖处》《宠儿》《火河岸边》等）、增添瑞子（主要作品有《两个春天》《麦笛》等）、中泽惠、松浦理英子、吉行理惠、林真理子、山本昌代、山田永等。

20世纪八九十年代的日本文坛上出现了两个产生重要影响的“热门”作家。他们就是村上春树和吉本芭娜娜。20世纪90年代后，村上春树的小说被陆续译成中文，并迅速在中国大陆和港台地区掀起了一股“村上春树热”，至今不衰。

吉本芭娜娜（1964—），日本当代著名作家，1964年出生于东京，本名吉本真秀子。她的父亲吉本隆明是著名诗人和文艺评论家。1987 年，吉本芭娜娜毕业于日本大学艺术系，毕业时以短篇小说《月光阴影》获得日本大学艺术系主任奖，同年发表小说《厨房》，获得第六届海燕新人文学奖，以此登上日本文坛，在日本掀起“吉本芭娜娜热”。1988 年发表小说《泡沫》，被推荐为芥川奖候补作品，同年以小说《厨房》获该年度的“文部大臣新人奖”。1989 年 3 月以小说《鸫》获第二届山本周五郎奖。1993 年 6 月获得意大利 SCANO 奖。1995 年 11 月以小说《甘露》获第五届紫式部文学奖。1996 年 3 月获意大利 Fendissime 文学奖。1999 年 11 月获意大利银面具文学奖。2000 年 9 月以小说《背伦与南美》获得第十届多玛格文学奖。1989 年和 1990 年，她创作的两部小说被搬上银幕，“吉本芭娜娜热”再度升温，成为现代“治愈系”文学的代表作家。此后，她又发表了《白河夜船》和《蜥蜴》等小说。吉本芭娜娜的作品大多以孤独的男女青年为主人公，这些人物在现代充满矛盾的社会生活里相互帮助，彼此抚慰受伤的心灵，共同勇敢地面对现实，争取健康地生活下去。这些主人公往往不仅为各种疾病所困扰，更重要的是要克服心灵上的伤痛。她的小说《厨房》就是表现了这种主题。作品的主人公樱井因为亲人去世成了一个孤独的人，为了追忆家庭的温暖，排遣心中的寂寞和痛苦，樱井常常待在厨房里。这时候，男青年田边一雄出现在了她的面前，真诚地邀请樱井去自己家里一同生活。樱井就和田边及田边的母亲组成其乐融融的温暖临时家庭，可是，田边的母亲后来不幸去世，田边也陷入了痛苦的深渊。此时，樱井反过来鼓励田边要勇敢地面对生活。小说表现了饮食男女的生活状况，表达了积极生活的意识。

20 世纪 80 年代后的日本文坛上活跃的作家还有高桥源一郎、岛田雅彦、井上夏、池泽夏树、青野聪、筒井康隆、日野启三、丸谷才一、柳里美等人。

高桥一郎（1951—）1981 年发表长篇小说《再见吧，暴徒们》，获得第四届群像新人长篇小说优秀奖，从此登上文坛。接着又发表了《彩虹的彼岸》（1984年）和《约翰雷弄对火星人》（1985年），成为20世纪80年代日本流行文学的旗手。1988年，他的小说《优雅伤感的日本棒球》获得第一届山岛由纪夫文学奖，2002年以小说《日本文学的盛衰史》获得第13届伊藤整文学奖。

岛田雅彦（1961—）1983年发表小说《为了优雅的左派嬉戏曲》被推荐位第89届芥川奖候选作品，引起文坛关注。1984年，他发表了小说《为了梦游王国的音乐》获得野间文艺新人奖，此后他的创作进入高峰，接连发表长篇小说《天国降临》（1985年）《未确认尾随物体》（1987年），《我是仿造人》（1989年），《洛克克街》（1990）及大量散文随笔作品。1992年，他发表小说《彼岸先生》，获得泉镜花文学奖。进入21世纪后，他创作了爱情三部曲《无尽的卡农》，再度引起广泛关注。三部曲第一部是《彗星的居民》、第二部是《美丽的灵魂》、第三部是《择捉岛之恋》。这个三部曲主要围绕着常盘一家的恋爱悲剧，描写了一家四代人一个多世纪波澜起伏的命运。

井上厦（1934——2010）是日本当代著名作家，1958年他以剧本《稀里糊涂过三十，晃晃悠悠进四十》获得艺术剧本鼓励奖。他的主要作品是在20世纪80年代后创作的，有《手锁心中》（1972年），《吉里吉里人》（1981年），《我是漱石》（1982年）等。他的小说具有讽刺滑稽、批判社会恶习的特点。

池泽夏树（1954—）1987年以小说《静物画》获得中央公论新人奖和第98届芥川奖登上文坛。1992年又以《自然母亲的乳房》获读卖文学奖，1993年，他的小说《马西阿斯吉利的生涯》和《快乐的结局》分别获得谷崎润一郎奖和伊藤整奖。

青野聪（1943—）的主要作品有小说《母子契约》（1978年）《愚者之夜》（1979年）《人的营生》（1987年）《妈妈哟》（1991年）等。其中《愚者之夜》获得了1979年度芥川奖，该小说表现了异国文化之间的冲突。

筒井康隆（1934—）的小说以黑色幽默的特点对日本现代社会进行了辛辣讽刺，主要作品有《越南观光公社》（1967 年），《非洲的炸弹》（1968 年），《逃脱与追击的桑巴舞》（1971 年），《家庭八景》（1972 年），《虚人们》（1981 年），《文学部唯野教授》（1990 年）等。

日野启三（1929—2002）在 1974 年以小说《那个夕阳》获得了芥川奖登上日本文坛。他的主要作品还有《梦岛》（1985），《台风的眼》（1993）等。他的作品具有传统的私小说特点，作品往往触及人物的心灵深处，探讨许多人对于自我、家庭、婚姻、死亡等问题的感受。

柳美里（1968—）是日籍韩国人，1992 年她以《鱼之祭》获得岸田国士戏曲奖，1996 年以小说《家庭电影》获得第 116 届芥川奖。《家庭电影》深刻揭示了现代社会生活中家庭遇到的问题与危机，具有时代意义。

进入 20 世纪 90 年代后，随着日本社会的发展及国际形势的新变化，日本文学也出现了新的特点。

首先，在经济全球化和社会高度发达背景下，日本文学进一步开阔了国际化视野，作家创作呈现出“世界化、无国境化”的趋势，作品的故事、主题、人物也表现出了世界性质。高井有一的小说《立原正秋》（1991 年）表现了潜意识中的民族劣等感、自卑感。中上纪的小说《她的普伦卡》（1999 年）和楠见朋彦的小说《零岁诗人》（1999 年）等作品的背景都是国际舞台。这些作品表现了作者希望人类世界一体化、消除文化身份差异的愿望。

1994 年，日本著名作家大江健三郎获得了诺贝尔文学奖，这是日本第二位获得此项殊荣的作家，也说明日本文学融入了世界文学潮流中。

90 年代后的日本文学还具有突出表现“家庭崩溃”主题的特点。在日本，经济全球化的背景使国家概念、民族意识逐渐淡化，不同种族、不同肤色的人们之间交流更加密切。这种新型的交往范式打破了传统的交友理念，跨国际的交友、幽会、恋爱、同居、婚姻变得越来越合乎自然，也使人与人之间的关系变得复杂多样和变化万千，甚至动摇了传统概念上的“家庭”模式，这引起了家庭夫妻关系、家长与子女关系的新变化。日本当代文学敏锐地表现了这种变化。狄野安奈的《负水》（1991 年）、吉目木晴彦的《寂寥郊野》（1993 年）等小说就是这样的作品。《负水》在 1991 年获得了芥川奖，《寂寥郊野》在 1993 年获得了芥川奖。

从 20 世纪 90 年代到 21 世纪头十年，日本文坛出现了大批女作家非常活跃的局面。在 20 世纪 90 年代及进入新世纪后的芥川奖获奖作家中，女作家的数量和作品影响引人瞩目。小川洋子的《妊娠日历》（1990 年）获得了第 104 届芥川奖，多和田叶子的《狗女婿》《1992 年）获得第 108 届芥川奖，笙野赖子的《跨越时空的联合企业》（1994 年）获得第 111 届芥川奖，川上弘美的《踏蛇》（1996 年）获得第 115 届芥川奖，柳美里的《家庭电影》（1996 年）获得第 116 届芥川奖，大道珠贵的《咸味兜风》（2003 年）获得第 128 届芥川奖，绵矢梨沙的《想踢他的背》（2004 年）和金元瞳的《蛇舌》（2004 年）获得了第 130 届芥川奖，丝山秋子的《在海浪上等待》（2006 年）获得了第 134 届芥川奖，青山七惠的《一个人的好天气》（2007 年）获得了第 136 届芥川奖，川上未映子的《乳与卵》（2008 年）获得了第 138 届芥川奖。这些女作家向沿袭了千年的传统文化发起了批判性的挑战，对现代社会对人性的异化及现代女性的地位进行了深刻反思。除了这些芥川奖作家外，林真理子、山本道子、河野多惠子、吉本芭娜娜、竹西宽子、狄野安奈、津岛佑子、增田瑞子、中泽惠等女作家也是从自身体验出发，创作了大量表现女性独立、自由愿望的小说。

日本文学正以前所未有的新姿态开创 21 世纪的新篇章。

第四节　芥川奖的特点与发展趋势

1935年，芥川奖正式设立，至今已经有77年的历史。芥川奖的历史既是日本现代文学发展的缩影，也是日本现代文化、现代社会发展的反映。它向日本乃至世界文坛推荐了无数的文学精英，具有了社会性品牌效应，成为日本宝贵的文化财产。然而，芥川奖文学并不能代表整个日本现代文坛，也不能片面地说代表了日本现代文学的最高成就。首先，它是纯文学奖项，在大众化社会的今天，纯文学与大众文学的界限几乎已经消失，那么在纯文学的限定之下，评审的方法成为至关重要的环节。其次，它是新人奖，目的是要全力扶持有潜力的新人作家。文坛上的资深作家们并不在选择范围之内。而资深作家们的创作方法相对更为圆熟。此外，芥川奖的小说空间受到了许多人为因素的影响，如社会性因素、评委们的审美取向、国家的纯文学保护策略、出版社的新人培养，不用说，背后还有不可忽视的商业利益链等。其实，这些因素并不代表着消极的负面作用，正是这些因素的结合，芥川奖才具有了自己独特的性格，才能评选出如此优秀的作家作品，才能成为日本现代文学的风向标，成为日本文坛亮丽的风景线。所以，在研究中应客观而公正地把握芥川奖的特殊性来探讨芥川奖文学的价值和意义。

一、芥川奖文学的特点

截至2010年，共有147位作家的151篇作品获奖。这些获芥川奖作品与芥川奖评奖机制一起构成了日本现代纯文学的一道亮丽风景线，成为日本现代文学不断发展的助推器。

芥川奖获奖作品不愧为日本现代文学发展史上的一道亮丽的风景线。芥川奖获奖小说在人物塑造、艺术表现手法的运用等方面取得了令人瞩目的成就。

（一）日本现代文学史上著名艺术形象的塑造

芥川奖的大量获奖作品不仅是年轻作家的成名作，也成了日本现代文学中的优秀小说，甚至是经典作品。这些小说所塑造的人物形象，真实而细腻地刻画了日本现代社会中的国民性格，形成了一系列具有鲜明个性的人物画廊。《苍氓》中的主人公孙市和姐姐阿夏的形象是20世纪经济危机中日本贫苦百姓的代表。这两个人物形象鲜明体现了当时日本国民的思想风貌和心理现实，具有突出的典型意义。孙市是一个20世纪30年代生活在苦难中的既想努力改变命运而又带有迷茫的日本青年形象。阿夏是一个饱受艰辛、具有逆来顺受性格特点的下层日本劳动妇女形象，她是一个悲剧人物。阿夏的遭遇反映了经济危机和社会混乱年代日本广大劳苦妇女的悲惨处境。《斗牛》中的主人公津上和笑子的形象深刻表现了战后初期日本国民面对战败的严酷现状进行抗争却倍感艰难的历史现实。津上是一个具有赌徒性格的不甘心服输的知识分子形象，是一个坚信能够赌赢而结果赌输了的奋斗者，同时也是一个经历了战后具有冷酷心灵的日本国民。这一形象深刻表现了战后初期日本国民急于改变现状而进行抗争的心理现实。笑子是小说的女主人公，她是一位战争寡妇，是一位对生活和命运倍感无奈、明知道结果是输还要赌一把的女性，这一形象反映了战后初期那些被残酷的战争所伤的日本女性的艰辛与痛苦。《美国学校》中的两个主要人物形象是伊佐和山田。这两个人物形象表现了战后日本国民对美国占领军的不同心态。从人物身份来说，这两人都是日本的英语教师，但他们对待英语、对待美国人的态度却截然不同。伊佐表现出的是回避、抵触甚至无奈的情绪，而山田则表现出了恭维、讨好、巴结的功利心态。《太阳的季节》中的龙哉与英子则是战后开始享受丰厚物质背景下一代青年的形象。作为战后享受着物质丰富的一代青年，龙哉没有自己真正的人生目标，他整日想的都是一些与传统道德意义相违背的事情。英子其实是跟龙哉一样的人，在初恋情人死后，便产生了虚无的幻象，认为是自己克死了心爱的人。从此，她就认为命运辜负了她，于是就下定决心，“不把爱情给予别人，而要向别人夺取”。大江健三郎的获得1958年芥川奖小说《饲育》和随后出版的《掐去病芽，勒死坏种》塑造了一群战争时期日本儿童的形象。《然而，我们的生活……》中的主人公大桥文夫和佐伯节子是20世纪五六十年代处于彷徨苦闷中的日本青年的代表，也是守旧派与创新派代言人。

《无限近似于透明的蓝》塑造了以“我”——龙为代表的一群日本现代青年形象，这是一群生活在现代异化社会里的另类叛逆者。这群人物形象的主要成员是男青年“我”——一龙、冲绳、吉山、一雄，女青年丽丽、玲子、阿桂、茂子等。

《咸味兜风》《蛇舌》《想踢他的背》等获奖作品塑造了一系列现代社会背景下敢于反叛传统的日本青年人形象。

（二）多种多样的艺术表现手法

芥川奖获奖作品在艺术上是五彩纷呈，流派多样。既有正统的现实主义表现手法，如以《苍氓》《斗牛》等为代表的众多作品，更有充满各种现代主义特征的表现形式，如《咸味兜风》《蛇舌》《想踢他的背》《家庭电影》《在海浪上等待》等众多作品的现代性特征十分突出。同时，芥川奖获奖作品也充分表现了日本文学的众多特质，如私小说特征在《玩具》《家庭电影》等众多获奖作品中十分明显。

从战后的芥川奖文学中可以看出，小说的方法越来越受到重视，比如说甚至这种小说的方法本身就成了小说。第51届的柴田翔的《然而，我们的日子……》，这篇小说本身，是“空虚”这一观念的重合，在此基础上，小说包含了青春小说、政治小说、恋爱小说、教养小说等多种体裁，在内容上暗示着“不透明”的扭曲，这些要素的混合，形成了小说的密度，显示了小说的多元化倾向。此后的文学中，这种小说的方法开始成为支配性的主流倾向。到了第52届，丸山健二在作品《夏的流动》中将“文体”变成了写作的内容，发现了小说现代化的一个新装置。文学的方法是西欧的特长，是一种知性的文学。丸谷才一的《残年》成功地确立了将方法作为主体的文学，小说具有复杂的结构，正是这种复杂的结构给予了人们同等重要的生命形式，这就是文学的方法。在芥川奖评审中，以个性或原始的感受性为核心的文学一直受到尊重，这部小说的获奖，也体现了芥川奖评审标准上对方法的认可与超越。

作品中的对话作为小说的重要方法也越来越受到重视，这种表达方式直接关系到作品的质量。比如说，很多获奖作品都使用了方言，像《月山》中的山形方言、《草剑》《祭场》《志贺岛》中的九州方言、《山甲》中的纪州方言、《萤川》中的富山方言等，更值得一提的是，《香枢树祭》中采用的完全虚构的、合成的方言。在芥川奖评选中，作品的评语里每每提及这种表现方法，可见，评审委员们极为看重这种语言表现方法。

（三）私小说的变化轨迹

私小说作为日本文学独特的文学传统，芥川奖同样体现了这一点。在芥川奖众多获奖作品中，私小说的艺术特点得到了充分体现，可以说，芥川奖小说也是日本现代文学中私小说展现的一道独特风景线。其实，第1届的获奖作品《苍氓》的作者石川达三就把个人经历与心理状态写进这部小说里。评审们认可石川达三的题材非常新鲜而充实。作者因生活所迫，曾移民去美洲，作品中的人物及心理可以说是作者的真实写照，这也让《苍氓》带有了一些作家个人背景和私小说迹象。然而，作品并没有拘泥于身边的琐事，避免了私小说中狭窄的空间，将私小说加以改造而成。1949 年第 21 届获奖作品由起茂子的《书的故事》，私小说的特点比较明显，小说实际上是作家个人体验的表现。主人公“我”得知在大学教书的姐夫去世，赶去看望一直生病的姐姐。这篇小说还体现了昭和前期和后期私小说的不同：前期是作家作为反社会的存在来写作，后期则是作家将自己作为社会的一分子进行创作。这种“开放型小说”是在时代的要求下产生的，它的出现，反映了日本私小说的变质及作家意识的变化，是日本文学的一种新变化。1951 年第 25 届获奖作品石川利光的《春草》、第 26 届获奖作品堀田善卫的《广场的孤独》也是作家某种经历的描绘，私小说特点很明显。1953 年第 29 届获奖作品安冈章太郎的小说《阴郁的乐趣》所呈现出的私小说特征则十分明显。作家安冈章太郎就是把个人的经历、体验和内心世界作为了小说的主要内容，展现了战后日本国民的精神世界。1963 年第 53 届津村节子的《玩具》将带有私小说的形式又推进了一步，同以前求道精神的私小说相比，这篇小说中具有了多层次的特点。对于生的观念性的方法融入其中，确认了发展的多样性。1969 年第 62 届获奖作品清冈卓行的小说《阿卡西亚的大连》表达了主人公“我”对战争期间居住过的大连的留恋之情，具有明显的私小说特点，然而却加入了自我肯定的成分。1974 年第 72 届获奖作品日野启三的小说《那天的夕阳》和阪田宽夫的小说《土器》都是比较典型的私小说。这两篇作品尽管和以前的私小说形式相同，但是在性质及叙事上还是有着显著变化。《那天的夕阳》的私小说性比较阴晦，讲述了主人公“我”从小就随父母到韩国生活，战败后回到日本时就像被判了无期徒刑那样悲伤。《土器》详细描述了母亲身患癌症的肉体逐渐衰弱，直到咽气时凄惨的情形，表现出了富有余裕、温婉柔和的文体特征。

私小说在女性文学中一直发挥着重要的作用，其原因更多的是因为女性的社会接触面相对狭窄，视野不够开阔，对自身的关注与挖掘更为深刻与细腻。1996 年第 116 届获奖作品柳美里的小说《家庭电影》是作者生活与心理状态的真实写照，私小说的特点尤为突出。柳美里在后来的作品中将韩国的一位好友的经历写成了私小说，好友大为生气，将柳美里告上法庭。柳美里的败诉使她认识到即使是作家，也不再像以前一样拥有暴露隐私的特权。于是，柳美里开始尝试以各种虚构的观念性故事完成对私小说的改造。2007 年第 137届获奖作品讯访哲史的小说《遁世之人》是一篇比较独特的私小说作品。小说由两个部分交织而成，一部分是主人公“我”的小说草稿，内容是回忆已经失踪、经常口出“噼啪”这个意思不明之词的古怪叔叔，另一部分是叔叔的日记。这篇小说包含着作者讯访哲史的亲身经历，是一种私小说的变形。

（四）女性作家的创作趋势

芥川奖呈现出了越来越重视女性作家的倾向，这种倾向在 20 世纪后期得到了加强。1938年第 8 届获奖作品中里恒子的小说《公共马车》是女性作家第一次获奖，直至第 20 届，获奖的女作家只有 2 名，另一名是第 14 届芝木好子的《果蔬市场》。战后随着日本文学的发展和女性作家创作队伍的壮大，获奖女作家及产生重要影响的作品的数量越来越多，特别是 20 世纪后期及进入 21 世纪以来，获得芥川奖并产生重要影响的作家作品女性作家占了大多数。例如，1990 年第 104 届获奖作品是女作家小川洋子的小说《妊娠日历》，1996 年第 115 届获奖作品是女作家川上弘美的小说《踏蛇》，1996 年第 116 届获奖作品是女作家柳美里的小说《家庭电影》，2002 年第 128 届获奖作品是女作家大道珠贵的小说《咸味兜风》，2003 年第 130 届获奖作品是女作家金原瞳的小说《蛇舌》和女作家绵矢莉莎的小说《想踢他的背》，2005 年第 134 届获奖作品是女作家丝山秋子的小说《在海浪上等待》等。这些女性作家，有的采用身体写作的方式来反抗封建家长制度下的压抑的生活，有的采用民间传说等体裁，表现出现实社会的弊端，从根本上将现代文明的结构解体并重构。譬如，社会的构造、家庭的构造、婚姻的构造以及对人的制御机制等，这些获奖作品的特征反映了女性作为边缘构造的自觉与反抗。这些作品产生了非常大的社会影响，对日本现代文学发展起到了非常大的推进作用。

当然，芥川奖还具有许多鲜明特点，如在坚持纯文学与大众文学的标准方面有自己独特的观念；在对日本文学传统的继承发扬和文学观念的开创方面有自己的标准；在评价小说语言和艺术表现手法方面有独到的见解等。

二、芥川奖的发展趋势

回顾芥川奖走过的路程，我们可以看到芥川奖最重要的特点是它的协调性。在战前，这种协调性表现在文学的艺术性与政治性之间；在小说的方法上，这种协调性表现在前卫与保守之间；在评选原则方面，表现在作品的完成度与商业性之间；在小说的题材上，表现在传统与创新之间。芥川奖正是在这些看似对立的选项间，摇摆着取得平衡，一直发展下去。

（一）现代文学发展的特点

从历史来看，芥川奖就是一部日本现代文学发展史的缩影。20世纪初期，受西方文化的影响，日本文坛出现流派纷争、作家辈出的局面，日本现代文学开始发展。在日本现代文学走向繁荣的时候，芥川奖应运而生。虽然此时的日本文坛各种现代主义流派不断出现，但表现日本现实社会生活的现实主义文学取得了很大成就，诞生了夏目漱石等著名作家。在这种背景下，具有鲜明现实主义特点的石川达三的小说《苍氓》就成了第1届芥川奖获奖作品。小说深刻表现了20世纪初期日本社会现实，反映了当时日本国民因为国内生活所迫，被迫移民海外的艰难历程。正是这种坚持纯文学的评奖主旨，为芥川奖开创了一个良好的开端，芥川奖从创始就与日本现代文学发展融为一体。

20世纪30年代，日本军国主义国家体制全面形成，日本开始走向对外侵略扩张道路，日本文学也开始向法西斯文学方向转变。在这种背景下，已经拥有很大影响的芥川奖也不能幸免，同样加入了为侵略战争服务的行列。1937年，芥川奖授予了侵华部队士兵火野苇平的《粪尿谭》，评委亲自到前线授奖，在此鼓励下，火野苇平创作了一系列鼓吹侵略战争的小说。同时，战争时期，芥川奖也授予了许多鼓吹侵略战争的作品，如多田裕计的《长江三角洲》(1937年第13届)、小尾十三的《攀登》(1944年第19届)等。

战争结束后，面对民主主义改革，芥川奖也暂停了评奖，进行洗心革面的反省，从1944到1949年，经过民主主义改造，日本文学重新进入正常轨道，芥川奖也重获新生，重新回归正常的文学范畴。1949年，芥川奖重新开始评奖。这一阶段，日本战后文学非常繁荣，各种流派层出不穷，芥川奖同样紧随日本文学发展的脉搏，及时对众多优秀新人作家作品进行奖掖，如井上靖的《斗牛》、安冈章太郎的《坏伙伴》和《凄凉的欢乐》、小岛信夫的《美国学校》、庄野润三的《游泳池畔小景》、石原慎太郎的《太阳的季节》、开高健的《皇帝的新装》、大江健三郎的《饲育》等都在战后阶段获得了这一奖项，这些作家后来成了日本现代文学史上的著名人物，可以说，是这一阶段的宽广视野与高标准使芥川奖成为日本最重要的文学奖项成为可能。

20世纪60年代以后，日本社会进入经济高速发展阶段，各种现代社会矛盾与问题也开始出现，反映到文学上，许多表现新问题新矛盾，尤其是反映经济快速发展背景下人们内心世界新变化的作品不断出现。芥川奖及时地把日本文坛上出现的优秀作家作品推举给广大读者，巩固了芥川奖作为日本最具影响的纯文学奖地位。这一时期的著名获奖作家作品有后藤纪一的《少年的桥》、河野多惠子的《蟹》、柴田翔的《然而，我们的日子……》、林京子的《祭场》、村上龙的《无限近乎于透明的蓝》等。这些小说是日本20世纪60~80年代的优秀文学作品，具有鲜明的时代特征。

进入20世纪80年代以后，日本全面进入高度发达的现代化社会。现代社会引起了人们生活与精神的新变化，人们在享受丰富的物质文明的同时，也遇到了许多新困惑，尤其是现代社会的异化问题越来越严重。日本当代文学及时敏锐地把握了这种新趋向，芥川奖同样跟随社会的新变化，以新的视野及时地对这些优秀作品进行了关注和奖掖。一些具有现代主义文学特质、一些具有标新立异的新作品、一些能够及时把握时代最新特点的作品出现在了芥川奖获奖作品行列。这些作品正是因为芥川奖的推介，在日本文学领域产生了非常大的影响，许多小说的单行本发行量达到了数百万册，其中的许多作品也成了当前日本文学的代表性小说。这些小说深刻表现了发达社会背景下日本国民的心理现实，具有深刻的艺术表现力。

（二）芥川奖的未来

芥川奖已经成为日本现代文学的一个重要组成部分。如果缺失了芥川奖，日本现代纯文学发展肯定会失色许多，所以，芥川奖必将适应日本现代文学发展潮流，体现新时代的特点。

综观20世纪80年代以后的芥川奖，可以清楚地看到，芥川奖与整个日本现代文学，乃至世界文学发展趋势一样，呈现出许多新趋向。

首先，芥川奖的视野会更加宽广。随着时代的发展，纯文学越来越远离人们的关注圈，“文学失去了轰动效应”已经成为一种普遍现象，文学为了生存发展也越来越以更加宽泛的视野表现社会与人们的内心，同时，文学也越来越借鉴其他艺术门类的表现手法，文化综合性特点越来越明显。日本现代文学也同样体现了这一特征，芥川奖自然会及时把握日本文学发展的新脉搏，以更加宽广的视野进行运作。

其次，随着消费社会越发走向成熟，芥川奖的商业化倾向更为突出。随着现代市场经济的发展，出版业已经成为一个重要的经济门类，文学作品的出版发行必然要与出版社、出版商的利益紧密结合在一起。其实，芥川奖自诞生的时候起就与出版发行紧密结合在一起。芥川奖由当时文艺春秋社的社长菊池宽创办，创办的宗旨之一就是为了振兴《文艺春秋》杂志的出版发行，“与此同时，制定芥川奖，赠予纯文艺的新进作家。这与其说是用奖金来纪念亡友，不如说是为了振兴失去了芥川直木本杂志的繁荣，而采用了亡友的名字。”芥川奖以及同时创办的大众文学奖项——直木奖后来都成为文艺春秋社出版发行的一个重要内容。

20 世纪 80 年代以后，包括日本在内的许多重要国家的经济体制已经完全进入市场经济，包括文学作品出版在内的文化出版市场竞争也越来越激烈，各出版社为了争取读者，为了扩大书籍的发行量想尽办法，其中利用作品获奖来宣传、引起读者购买欲望已经成为一种非常重要的手段。在这种背景下，芥川奖的运行也与作品发行的市场化运作关系越来越密切。许多文学新人的作品正是由于芥川奖的推介而获得了巨大的发行量。例如，1976 年上半年芥川奖作品《无限近似于透明的蓝》是村上龙的成名作。这部小说获奖后在日本社会引起了巨大轰动，当时就创造了月销量超过 100 万册的纪录，到 2005 年，这部小说的销量已经超过 350万册。2000 年获得第 128 届芥川奖的大道珠贵的小说《咸味兜风》，因为获奖评价极高，获得了巨大的发行量；再如，2004 年以最小年龄获得第 130 届芥川奖的金原瞳的小说《蛇舌》就引起了巨大反响，小说获奖后畅销一时，在不到一年的时间里就发行超过50万册。特别是进入21世纪以后，芥川奖更是与小说的出版发行紧密结合，几乎每一部获奖小说都得到了巨大的市场认可。从另一个侧面来看，这种情况的出现也是芥川奖能够适应时代发展需求的一种体现。

此外，对于芥川奖是否能够继续走下去的问题，焦点还在于对于该奖项的界定，即“纯文学”，在文学大众化的今天，人们在问：纯文学和大众文学都已经没了界限，纯文学奖项还有什么存在的意义呢？将文学作品分成大众文学和纯文学是从20世纪的二三十年代开始的分类，是日本近现代文坛上的特有现象。相对于以销量为目的，重视小说情节和趣味性的大众文学，纯文学“艺术之上”，严格地追求小说的艺术性和思想深度。这就决定了纯文学的读者群是少数具有一定文化修养的精英人士。归属于需要很高的修养才能理解和享受的精英文化的范畴，是日本文坛打造出的精品，正如茶道、俳句，歌舞伎等。而大众文学，被纳入以商业利益为主的、通俗的、为大多数底层人士提供消遣的大众文化的范畴。然而，到了战后，随着资本主义民主体制的建立和完善，日本一跃成为富足的发达国家。国民结构也由原来的金字塔型转变为钻石型，即中产阶层占了大半，贫困阶层和富裕阶层为少数的两端，社会发展趋于缓慢而稳定。表现在国民的素质上，据统计，日本的高中入学率，战后持续上升，到了1974年时已经超过了90%，之后一直居高不下，已经进入了全民教育时代。据日本文部科学省2010年8月5日公布一项调查显示，大学升学率达到61.8%，半数以上接受了大学及以上的教育。显然，大众素质水平的普遍提高，拉近了同精英素质的距离。加之精英阶层的扩大，传媒的发展，纯文学的读者群同大众文学的读者群已经没有了界限。从芥川奖小说的销量来看，1955年第34届获奖者石原慎太郎《太阳的季节》成为战后芥川奖划时代的一次，当年的销量就达到了20多万册，成了最畅销小说。这是芥川奖正式被媒体重视、为社会瞩目的开始。在此前的第31届吉行淳之介的《骤雨》，据作者讲，当时只发行了5000册。进入70年代以后，获奖作品发行数量陡增。通常，都会销售五、六万部，销售到10万部，已经是很成功了。第75届村上龙的《无限近似于透明的蓝》，引起的轰动超过了《太阳的季节》。这本书销售两个月突破131万部（这个纪录还从来没有被打破过）。到了第130届金原瞳《蛇舌》和绵矢莉莎《想踢他的背》，两位美少女作家的入选又再掀了销量新高。继村上龙之后再次创下两个月100万部的销量。这些数据显示，在战后，纯文学已然拥有了广大的读者群，纯文学已经成为以大众为读者群的文学。本着芥川奖评奖的原则，纯文学今后若仍然秉持小说的艺术性，不断地开拓新的文学道路，笔者相信，芥川奖文学将成为日本文学乃至日本民族的品牌，如同茶道、花道一样，继续发展下去。

随着网络小说、手机小说等新的传媒方式的迅速走红，日前新任芥川奖评委甚至大胆尝试将芥川奖小说以手机小说的形式推出。先不谈这种方式是否会影响芥川奖小说的质量和地位，仅是这种在新形势下，纸质书籍面临严峻考验的关头，想要积极地尝试与变革的想法，也体现了芥川奖严肃严谨的另一面，即坚持与灵活。日本文学在不断发展，芥川奖将会与不断发展的日本文学一道，经受住社会激变的考验，开拓出崭新的未来，继续发挥着重要作用。

参考文献

[1] 朱光潜 . 西方美学史 [M]. 北京 : 人民出版社 ,1979.

[2]（德）黑格尔 . 美学 [M]. 北京 : 商务印书馆 1979.

[3] 莫邦富 . 日本现代派作家：开高健 [J]. 译林 .1980（1）.

[4] 何少贤 . 日本八十一届芥川奖得奖者作品简介 [J]. 外国文学动态 .1980（2）.

[5] 叶渭渠 . 日本当代文学趋向 [J]. 当代文学 .1981（2）.

[6] 莫邦富 . 吉田熙生谈日本现当代文学及研究情况 [J]. 外国文学动态 .1981（10）.

[7] 李德纯 . 战后日本文学 [M]. 沈阳：辽宁人民出版社 ,1982.

[8] 李明非 . 论井上靖的小说创作 [J]. 东北师范大学学报 .1982（1）.

[9] 唐月梅 . 七十年代日本现代主义的几个新流派 [J]. 日本文学 .1982（1）.

[10] 唐月梅 . 开高健 [J]. 世界文学 .1983（2）.

[11] 李弥东 . "芥川奖"获奖作品全集 [M]. 读书 .1983（11）.

[12] 高海宽 .1982 年日本文坛回顾 [J]. 外国文学动态 .1983（3）.

[13] 何少贤 . 日本"私小说"创作及评论概况 [J]. 外国文学动态 .1983（3）.

[14] 莫邦富 . 日本文学的又一新倾向：刻画精神孤立的人 [M]. 外国文学动态 .1984（2）.

[15] 莫邦伟 .1983 年日本文坛掠影 [J]. 译林 .1984（2）.

[16] 平献明 . 战后日本现实主义文学及主要作家 [J]. 日本研究 .1985（1）.

[17] 何少贤 .1984 年日本文学简况 [J]. 外国文学动态 .1985（4）.
[18] 夏刚 . 芥川奖五十年回顾 [J]. 外国文学动态 .1986（2）.
[19] 尚侠等 . 大冈小说的美学构成及其价值 [J]. 日本文学 .1986（3）.
[20] 兰明 . 战后日本文学论争的第一个“热点”：“主体性”论争 [J]. 文学研究参考 .1986（10）.
[21] 王敏 . 日本儿童文学中的童心主义 [J]. 外国文学研究 .1986（3）.
[22] 文洁若 .1985 年的日本文学 [J]. 日本文学 .1986（2）.
[23] 陈泓 . 开高健浅论 [J]. 外国文学 .1987（6）.
[24] 陈泓 . 试论安部公房 [J]. 日本研究 .1987（4）.
[25] 李德纯 . 战后日本文学 [M]. 沈阳：辽宁人民出版社 ,1988.
[26] 高海宽 . 回顾 1987 年日本文坛 [J]. 外国文学动态 .1988（5）.
[27] 李德纯 . 物欲世界中的异化：日本“都市文学”剖析 [J]. 世界博览 .1989（4）.
[28] 唐月梅 . 日本内向文学的新倾向 [J]. 中国文化报 .1989（8）.
[29] 何少贤 . 日本纯文学“断流”意味着什么 [J]. 文艺报 .1989（9）.
[30] 张玲 . 日本大众文学的发展与变迁 [J]. 日本研究 .1989（1）.
[31] 丛文 . 大冈文学与宗教文化 [J]. 外国问题研究 .1990（2）.
[32] 孟庆枢 . 日本近代文艺思潮与中国现代文学 [M]. 上海 : 时代文艺出版社 ,1992.
[33] 常海青 . 试论芥川奖的倾向性 [J]. 外国问题研究 .1992（1）.
[34] 平献明 . 日本当代文学史 [M]. 沈阳：辽宁教育出版社 ,1993.
[35] 宿久高 . 日本文学研究 [M]. 长春 : 吉林大学出版社 ,1994.
[36] 刘振瀛 . 日本文学史话 [M]. 北京：商务印书馆 ,1995.
[37] 叶渭渠 . 日本古代文艺思潮史 [M]. 北京 : 中国社会科学出版社 ,1996.
[38] 何乃英 . 日本当代文学研究 [M]. 北京 : 北京师范大学出版社 ,1997.
[39]（德）阿多诺 . 美学理论 [M]. 成都 : 四川人民出版社 ,1998.
[40] 王向远 . 中日现当代比较论 [M]. 长沙：湖南教育出版社 ,1998.

[41] 叶琳等 . 现代日本文学批评史 [M]. 上海：上海外语教育出版社 ,1998.
[42]（美）大卫 · 雷 · 格里芬 . 后现代精神 [M]. 北京 : 中央编译出版社 ,1998.
[43] 张辉 . 审美现代性批判 [M]. 北京 : 北京大学出版社 ,1999.
[44] 张福贵 , 靳丛林 . 中日近现当代关系比较研究 [M]. 长春 : 吉林大学出版社 ,1999.
[45] 卞崇道等 . 跳跃与沉重——二十世纪日本文化 [M]. 北京 : 东方出版社 ,1999.
[46] 叶渭渠 , 唐月梅 .20 世纪日本文学史 [M]. 青岛 : 青岛出版社 ,1999.
[47] 平献明 . 论战后日本新戏做派文学 [J]. 日本研究 .1991（3）.
[48] 张玲 . 日本大众文学的发展与变迁 [J]. 辽宁大学学报 .1990（1）.
[49] 周晓燕 . 向世界展现日本文学之美 [J]. 真善美 .1990（3）.
[50] 孟庆枢 . 文化转型时期的文学史重构: 日本文学史研究之管见 [J]. 戏剧文学 .1995（1）.
[51] 尚侠 . 日本 90 年代文学鸟瞰 [J]. 文艺报 .1991（6）.
[52] 何少贤 . 论日本私小说 [J]. 外国文学评论 .1996（2）.
[53] 刘宝霞 . 从日本语言文学透视日本的开放型文化 [J]. 日本研究 .1992（3）.
[54] 叶渭渠 . 日本艺术美的主要形态 [J]. 日本学刊 .1992（5）.
[55] 孙树林 . 从 1992 年日本最新文学用语看当今日本文坛 [J]. 日本学刊 .1993（3）.
[56] 孙树林 . 从 1993 年日本最新文学用语看当今日本文坛 [J]. 外国文学评论 .1993（4）.

后　记

尽管在本书的写作过程中，笔者阅读大量文献，查阅众多报告，整理各种数据，但由于笔者经验能力以及所调阅的资料有限，本文写作存在疏漏之处，所得出的结论和提出的对策未免浅薄，请各位专家、学者和老师批评指正，笔者将积极改进，完善对于本书所提出问题的认识。

本书的完成应该说是研究的开始，笔者将虚心求教，严谨治学，力求在今后的研究中，在深度、广度以及创新方面有更好的提升和突破。作为一个应用型的研究，特别要注意在实践中不断地检验、验证，再回归理论，希望笔者的研究能够对日本文学的现代主义特征的研究有所贡献，诚恳希望得到专家、同行的批评指正。

没有付出，就没有收获；没有大家的帮助和支持，就不会有本书的完成。再次对所有帮助、指导和支持过我的老师、同学、家人、朋友、同事和一直不放弃努力的自己表示深深感谢！

编者

2018 年 12 月